Ganga

STONE

Palabras de vida y muerte

biblioteca de BOLSILLO

Barcelona • Bogotá • Buenos Aires • Caracas • Madrid • México D.F. • Montevideo • Quito • Santiago de Chile

Título original: *Start the Conversation*

Traducción: Elena de Grau

1.ª edición en esta colección: mayo 1999

Bailén, 84 - 08009 Barcelona (España)
www.edicionesb.es

Publicado por acuerdo con Warner Books, Inc., Nueva York.

Printed in Spain
ISBN: 84-406-9139-4
Depósito legal: NA. 938-1999

Impreso por GraphyCems
Polígono Industrial San Miguel
31132 Villatuerta (Navarra)

Ganga

STONE

Palabras de vida y muerte

Dedico el libro a todas las personas que en este momento están sufriendo y a todas las que sienten temor ante la proximidad de la muerte. Es mi deseo que estas ideas las tranquilicen y les hagan desaparecer el miedo.

Espero que recibáis con agrado estas sencillas enseñanzas y que tengáis el valor de aplicarlas a vuestra vida. Que la paz y la confianza reemplacen vuestra aflicción y temor y que la verdad os produzca el consuelo que sólo ella sabe dar. La muerte no existe.

También dedico el libro a la doctora Elizabeth Kübler-Ross. Elizabeth empezó, hace más de un cuarto de siglo, a hablar del aislamiento y el abandono que sufren los moribundos en nuestros hospitales y en los de todo el mundo. A ella se debe la labor que se está llevando a cabo actualmente en el terreno de la muerte y el morir. Elizabeth abrió el campo en solitario y en solitario también lo aró y lo sembró. La cosecha es inmensa. Resulta difícil imaginar que hasta hace muy poco tiempo no existían libros, ni lugares de acogida, ni grupos de apoyo, y que ni siquiera se hablaba de la muerte.

Todos le debemos muchísimo a Elizabeth, pero estamos demasiado cerca de los árboles para distinguir el bosque. La magnitud de su contribución podrá medirse cuando pase otro cuarto de siglo. Desde mi punto de vista, esto es importantísimo. Adelante, Elizabeth. El fruto del trabajo de tu vida te reconfortará.

AGRADECIMIENTOS

Debo muchísimo a todos aquellos amigos moribundos cuya disposición a aplicar esta nueva manera de abordar la muerte ha hecho posible que pueda aseguraros que este método *ha sido* probado por seres humanos y que funciona. Y que a ti también te servirá.

Mi agradecimiento a Donald Adler, a Stu Colby y a Tomato Bob por sus numerosas y acertadas preguntas. Gracias también a todo el mundo que ha asistido a mis clases, especialmente durante los primeros años, cuando mi trabajo todavía estaba tomando forma. A Kay Mitchell, que me dio seguridad. A Judy Loza, que continúa facilitándome la enseñanza. Gracias por vuestro tiempo, a las dos.

Al ser una persona que se ha ganado el pan de manera bastante irregular, mi gratitud es eterna hacia un buen número de personas generosas que me han ayudado cuando lo he necesitado, no sólo me han mantenido los pies calzados, sino en el suelo, me han dado de comer y han tendido un techo sobre mi despistada cabeza. La más importante y significativa de todas estas personas ha sido, sin duda, Constantine Photopoulos.

Conocí a Costa hace diez años. Yo llevaba entonces una vida marginal, vendía café y cruasanes en la calle y mi tiempo libre lo dedicaba al voluntariado en el Hospicio Cabrini. Consideraba que debía compartir un poco de mi tiempo con las personas que se estaban muriendo y también que tenía mucho que aprender de ellas. Costa me retiró de la venta callejera y me llevó a trabajar al God's Love We Deliver (Amor de Dios Ofrecemos), el programa de alimentación para enfermos de sida confinados en casa que se había organizado en el hospicio donde yo había trabajado.

La persona que tiene hambre no puede interesarse mucho en la conversación, por consoladora que ésta pueda ser. El programa de alimentación fue nuestro primer objetivo.

En el recién nacido God's Love We Deliver, Costa ponía el dinero para el alquiler, el teléfono y un apartado de correos. Él se hizo cargo de todo desde el comienzo de la vida de mi hija procurando que yo me alimentara bien durante el embarazo. Comí muchísimo. Cuando llegó

Hedley, Costa le dedicó tiempo y le dio ternura, lo cual me permitió a mí elaborar este libro. Sé que Dios nos lo envió porque él era libre de rechazar esa tarea e hizo todo lo que pudo. Dios lo sabe.

El generoso legado de tía Lil en 1985 me permitió centrar la atención en preguntas importantes como «¿qué es la muerte?», en lugar de hacerlo en «¿cómo pago el alquiler?». Yo lo llamé en broma Beca Lillian Stein para el Desarrollo Profesional, porque el tipo de profesión que iba a desarrollar no estaba del todo claro. Tía Mary desempeñó sus deberes administrativos con gran paciencia y meticulosidad. Hasta ahora nunca le he dado debidamente las gracias. Gracias, Mary. Y a ti también, tía Elsa, por todo.

Hay tanta gente que ha ayudado durante el camino..., en cosas grandes y en cosas pequeñas. Se recuerda siempre cada gesto de ánimo y de apoyo. No puedo nombrarlos a todos aquí, pero los recuerdo a todos. Betsy Carter, esto es para ti. Y para ti también, Miss Jane Best.

PRÓLOGO

Sobre la muerte

Te acompaño en el sentimiento. Hemos perdido a un ser muy querido, muy valioso. Pero es la voluntad de Dios y de la Naturaleza que el alma abandone el cuerpo mortal cuando va a entrar en la vida real. Esto no es más que un estado embrionario, una preparación para la vida. El hombre no nace del todo mientras no muere. Entonces, ¿por qué lamentar que haya nacido un nuevo niño entre los inmortales, que un nuevo miembro se haya incorporado a su venturosa sociedad?

Somos espíritu. Es un acto de amor y benevolencia de Dios prestarnos un cuerpo que nos sirve para sentir placer, adquirir conocimiento o hacer el bien a las demás criaturas. Cuando el cuerpo pierde su aptitud para estos fines y nos causa dolor en lugar de placer, en vez de ayudarnos se convierte en un estorbo y no sirve a las finalidades para las cuales nos fue dado, es un acto de igual amor y benevolencia proporcionarnos un modo para librarnos de él. La muerte es ese modo.

En algunos casos elegimos con prudencia una muerte parcial. Cuando un miembro dolorosamente mutilado resulta imposible de restaurar, aceptamos de buena gana que nos lo amputen. Aquel que se hace arrancar una pieza dental se despide libremente de ella, ya que con ella se va el dolor; así aquel que abandona su cuerpo se despide de una vez de todos los dolores y las posibilidades de dolor y enfermedad que podrían hacerlo sufrir.

Nuestro amigo y todos nosotros estamos invitados a una fiesta en otra parte, una fiesta de placeres que van a durar eternamente. Su silla ya estaba preparada y se ha ido antes que nosotros. No podemos empezar juntos, pero ¿por qué afligirnos por eso si pronto vamos a seguirlo y sabemos dónde encontrarlo?

BENJAMIN FRANKLIN

PREFACIO

Corría el año 1964. Yo rondaba los veintitrés años y vivía sola en St. Louis. En otoño de aquel año viajé a Nueva York para asistir a una especie de reunión familiar. Mi padre había estado diez meses embarcado en el *SS Hope* y su regreso estaba programado para mediados de septiembre.

El matrimonio de mis padres no estaba exento de problemas, pero después de veinticinco años daba la impresión de que continuaría estable. Los achaques de mi madre, que se habían ido acusando durante la ausencia de su marido (debilidad en los dedos y en las piernas, pérdida de energía, cansancio) se debían probablemente a la soledad. Eso era lo que yo suponía, apoyado por lo que ella me había dicho a mediados de julio, que los numerosos análisis a los que la habían sometido no demostraban ninguna disfunción.

Por esta razón me llevé una gran sorpresa cuando la vi acercárseme en el muelle y comprobé que apenas podía caminar. Lo hacía con paso incierto, mal coordinado y extraño, el andar vacilante de un potro recién nacido.

No hablamos de ello y volvimos a casa con mi padre como si nada ocurriese.

Al día siguiente mi padre fue a ver al médico, el mismo que había asegurado que no existía ningún problema, y entonces fue cuando nos enteramos de que mi madre padecía esclerosis lateral amiotrófica, llamada también enfermedad de Lou Gehrig (aunque para mí siempre sería la enfermedad de Winifred Stone) y que moriría en menos de un año.

Recuerdo exactamente dónde estaba cuando me lo dijo. Estaba sola en la habitación de mi hermana. Mi padre entró sin llamar, dijo: «A tu madre no le queda ni un año de vida», y salió.

Recuerdo la trampa que se abrió bajo mis pies. Recuerdo la terrible caída, el terror que me devoró, el dolor que me atenazó el alma, me robó la alegría y no me abandonaría jamás.

Recuerdo lo difícil que me resultaba «comportarme con normalidad» ante mi madre. Recuerdo el aislamiento en que nos sumergimos cada uno, ya que no podíamos hablar de lo único que compartíamos.

Pasé unos días en casa y después tomé un vuelo de vuelta a St. Louis. No podía concentrarme en mi trabajo, divagaba, me temblaban las manos. Sara, mi jefa, era neuropatóloga. Me dijo que la enfermedad de mi madre era rara y, como era una mujer muy práctica, añadió que me agradecería profundamente que le permitiera asistir a la autopsia. Recuerdo que pensé «pero es que es mi madre... es mi mamá».

Nunca, a lo largo de mi excelente educación en una escuela privada y nunca, en los años de universidad que siguieron, nadie me había mencionado esta posibilidad: «Eh, ya sabes, tu madre puede morir.» Quizá, sólo quizá, si alguien me hubiera hablado de esa posibilidad, la conmoción que me produjo ese hecho entonces no habría sido tan profunda.

Así las cosas, no tenía ningún tipo de remedio para eso en mi botiquín. Nuestra educación había sido «ético-humanista», a falta de una definición mejor. Éramos personas activistas, políticamente comprometidas, cuya idea del bien residía en el cambio social. Contemplábamos con cierta superioridad y desprecio todo lo referente a asuntos religiosos o espirituales, aunque mi madre abrigaba un mal disimulado deseo de encontrar una forma de volver a la fe luterana de su juventud. Lo más que se acercó a la religión fue con una relación intermitente con una iglesia unitaria local. Mi padre lo toleraba de mala gana y nosotros nunca comprendimos por qué se tomaba la molestia de acercarse a esa religión.

Y así fue como me encontré, como en realidad nos encontramos todos, en un callejón sin salida, sin apoyo y sin esperanza.

Durante los meses que siguieron al diagnóstico de su enfermedad, inicié una serie de viajes en solitario entre St. Louis y Baltimore. No podía quedarme quieta en St. Louis porque mi sufrimiento era demasiado grande. Tampoco podía volver a Nueva York, porque eso la hubiera alertado (como si ella ya no lo supiera) de que ocurría algo grave. Y así yo subía a mi Plymouth de 1957 rojo con alerones blancos y hacía viaje tras viaje con mi bagaje de cigarrillos y pastillas para espantar el sueño en el asiento de al lado.

Desde Baltimore, donde mi novio asistía a la universidad y era fácil encontrar un trabajo de camarera, hacía algún viajecito a Nueva York y me dejaba caer como por casualidad en casa de mi madre, observando horrorizada cómo la enfermedad iba haciendo estragos en aquel cuerpo antes fuerte y robusto.

Finalmente, en enero, un día se cayó, de camino al trabajo, y no pudo levantarse. Dejó el trabajo y se quedó en casa, en cama. Como la cosa ya era evidente, pude entonces trasladarme a Nueva York, lo que hice en los primeros meses del nuevo año.

Mi madre aguantó siete meses más. La iba a ver todos los días. Nunca hablábamos de que se estuviera muriendo, nunca dijimos una palabra. Mi madre era una mujer inteligente, era bibliotecaria. Seguramente había hecho investigaciones y sin duda sabía el nombre de su enfermedad. Sin embargo, nunca llegamos a hablar del tema.

Un clérigo de su ciudad natal, Wisconsin, quiso visitarla, pero ella se negó a recibirlo. Su sobrina preferida vino a verla desde California y se quedó con ella tres semanas. Hablaron largo y tendido. Cuando Carol se fue, mi madre me dijo que había llegado el momento de ir al hospital. Después ya no pudo hablar ni mover el cuerpo. No podía volver las páginas de un libro, ni leer, ni conversar... aquélla no era vida para ella. «Vamos», dijo.

Fue un jueves por la tarde, el 15 de julio de 1965, alrededor de las cinco y media. La llevamos a la ambulancia en una silla de ruedas, conscientes de que abandonaba su casa por última vez. Unos vecinos se detuvieron para despedirse en la silenciosa calle frente a nuestro edificio y estrecharon con ternura sus débiles manos. Hubo lágrimas.

En el hospital no había cama disponible, así es que pusieron una en la sala de visitas. Me quedé con ella, durmiendo en un colchón de vinilo junto a su cama. Después de admitirla en el hospital, el médico se marchó a pasar el fin de semana fuera de la ciudad.

Recuerdo las horas que pasé allí, los bolsillos llenos de monedas, llorando y sudando en la cabina de teléfonos de aquella sala de visitas. Me sentía indignada, desesperada, ahogada por un dolor indecible y trataba de desahogarme con todas las personas que lograba encontrar. ¿Cómo era posible? ¿Cómo? No podía contener mi sufrimiento. Me parecía que iba a explotar.

Al fin, el lunes, nos reunimos con el médico. Mi hermana y yo decidimos de antemano apoyar a mi padre, que dijo al médico que no intentaran ninguna medida extraordinaria para mantener a mi madre con vida. Le preguntamos cuándo iba a morir. Nos contestó que era cuestión de días, o de semanas. Mi padre y mi hermana volvieron a casa y yo me quedé con el médico en el vestíbulo.

—Oiga —le dije—, esto no puede seguir así. Quisiera que le aumentaran la dosis de codeína de 15 a 45 miligramos.

—Eso le inhibiría la respiración —contestó.

—Precisamente eso es lo que quiero —le repliqué.

Observé cómo escribía la orden en la tablilla. La siguiente inyección le tocaba a las dos en punto. Mi madre ya tenía una enfermera que en ese momento estaba comiendo. Fui a verla y me aseguré de que viera el cambio en la dosis y luego comprobé que le ponía la inyección.

La enfermera estaba sentada haciendo una labor de punto. Yo le cogí la mano a mi madre.

—No te preocupes, mamá, no será difícil. Yo estoy aquí contigo, no tengas miedo.

A las dos y media sentí su mano fría y su respiración muy lenta. Continué hablándole suave y reposadamente, aunque el pánico me atenazaba el corazón. Me parecía que todo se movía muy despacio, que todo era irreal. El color azulado fue subiendo lentamente por el brazo mientras yo la contemplaba, fascinada, horrorizada.

A las tres y diez se deslizó una lágrima, sólo una, por su mejilla, la que estaba más próxima a mí, la izquierda, la cabeza cayó lentamente hacia atrás (¿cómo?), abrió la boca, y se marchó.

Pude ver entonces que aquello que quedaba en la cama ya no era mi madre. Era *algo*, no *alguien*, aunque me llevó años comprender las implicaciones de tal distinción.

Irrumpieron los internos, se abalanzaron sobre la cama y empezaron a aporrearle el pecho con sus grandes puños.

—¡Basta, basta! —chillé—. ¡Déjenla en paz, déjenla en paz, déjenla en paz!

Entraron unos ordenanzas para llevarse el cuerpo vacío, aunque antes devolvieron a todos los demás pacientes a sus habitaciones, supuse que para no asustarlos o impresionarlos. Recuerdo que le envolvieron la cabeza con una toalla y la sujetaron con un enorme imperdible por un lado, donde debía estar la mejilla. Observé cómo se llevaban por el vestíbulo el bulto envuelto sobre la camilla hasta el montacargas y desaparecían.

En la habitación sólo quedó su cepillo con algunos cabellos grises, y una mancha húmeda en el colchón donde había estado su cuerpo.

Tal vez el dolor que experimenté los años siguientes tuviera algún sentido. Mi madre era la única persona de la familia que parecía valorar a la persona complicada, desaliñada y vehemente que era yo. Ni siquiera yo esperaba mucho de mí, pero al parecer ella sí.

A finales de los años sesenta y principios de los setenta, hice las cosas que la época y el lugar, Nueva York, esperaban de una joven veinteañera. Trabajé, me casé, tuve un hijo, me divorcié, tuve uno o dos procesos políticos, pero todo lo hacía sin ilusión, sin alegría. Nada mitigaba el continuo zumbido de aquel dolor: mi madre había muerto, mi madre estaba muerta, muerta muerta.

Pasaron once años y continuaba buscando consuelo. A finales del verano de 1976 estaba en el *ashram* del *swami* Muktananda, en el interior del estado de Nueva York. Había conocido allí a una mujer a la que quería seguir viendo cuando volviéramos a la ciudad. Cada una tenía un pedazo de papel para escribir el nombre de la otra. Madeleine escribió en su papel «Winifred Stone».

Miró el papel, me miró a mí y volvió a mirar el papel.

—Ganga, ¿no te llamabas Ingrid antes de que Baba te pusiera el nombre de Ganga? ¿Quién demonios es Winifred Stone entonces?

Me quedé paralizada contemplando el papel. Madeleine era muy menuda y de baja estatura, a lo más mediría 1,50 m. Su escritura concordaba con su cuerpo, era meticulosa, diminuta, dos líneas de su fina caligrafía cabían en el espacio que ocupaba una línea mía. Pero mi madre era corpulenta y alta, mediría 1,75 o algo más y tenía la letra enérgica de una mujer corpulenta.

El nombre «Winifred Stone» del papel de Madeleine estaba escrito con la letra de Winifred.

Ésta es la razón por la cual te escribo hoy, querido lector o querida lectora. Porque podrías, igual que yo, perder años de tu vida, años sumergidos en la aflicción a causa de un malentendido que nuestra cultura sustenta acerca de lo que le sucede a la *persona* cuando muere el cuerpo.

Aquel «Winifred Stone» escrito en un trazo de papel me permitió saber que fuera lo que fuera mi madre en ese momento, no había dejado de existir. No se había extinguido como una vela o una colilla. Tal vez había salido de la ciudad, pero no había sido aniquilada. Eso no era una insignificancia. Para mi corazón dolorido, eso era lo más importante del mundo.

Maui, 27 de abril de 1993.

PALABRAS
DE VIDA Y MUERTE

INTRODUCCIÓN

LA FINALIDAD DE ESTE LIBRO Y CÓMO NACIÓ

Hace poco me encontré con mi vieja amiga Ana y le conté que estaba dando un curso titulado Charlas Iniciales, un curso sobre la forma de comprender y prepararse para la muerte.

—Vamos, Ganga —comentó ella en tono divertido aunque no exento de un cierto matiz de exasperación—, llevas veinte años hablando de la muerte a personas completamente sanas.

Ambas nos echamos a reír porque eso es cierto. Desde hace veinte años por lo menos procuro sacar el tema a colación cuando hablo con personas totalmente sanas. Y como podéis imaginar, las personas sanas y sensatas procuran evitarme.

En este libro quiero conversar contigo acerca de la muerte, un tipo de conversación diferente de la que has mantenido hasta ahora. Se basa en un curso de seis semanas acerca de la muerte denominado Charlas Iniciales que empecé a dar en 1989.

A Michael, mi mejor amigo, le habían diagnosticado el sida. Los dos habíamos observado que si bien existían muchos lugares donde uno se podía enterar de los últimos tratamientos o hablar de la salud (tanto física como espiritual), no existía ningún lugar donde se pudiera tener la más sencilla y elemental conversación sobre la muerte. Y la muerte era la preocupación dominante de Michael, así como de muchos de sus amigos.

Yo estaba interesadísima en la naturaleza de la muerte debido a la experiencia con mi madre. Me pasé veinticinco años estudiando lo que se conoce de la muerte en la tradición científica occidental y en las tradiciones religiosas de Oriente y Occidente. Estoy totalmente convencida de que el acontecimiento físico que nosotros llamamos muerte marca una transición, un paso del espíritu a un lugar fuera del cuerpo. La muerte es el momento de separación, una simple bifurcación en el camino, en la que dos compañeros muy íntimos se separan. El espíritu sigue y el cuerpo se detiene. Porque nosotros somos espíritu. Nosotros sobrevivimos.

Sé a ciencia cierta que no hay nada que temer en la muerte. Y, sin embargo, cuando he visitado a mis amigos en cuidados intensivos o en las salas de urgencias he visto rostros de terror una y otra vez. Todos temían morir y eso a mí me rompía el corazón.

Debido a este sufrimiento innecesario, empecé a conversar, de forma sencilla, y con mucha precaución al principio, con personas que sabían que iban a morir pronto, sobre todo con amigos míos enfermos de sida. Estas conversaciones aliviaban sus temores. La angustia se transformaba en tristeza, la que a su vez daba paso a una nueva manera de enfocar el agrado de la vida diaria, saboreado tanto más plenamente cuanto menor era ese horrible miedo.

Michael pensó que debíamos convertir esas conversaciones en un curso y así fue como empezamos. Cuando después de un año de haber comenzado, se trasladó la primera sede de Charlas Iniciales, me invitaron a continuar en Friends in Deed (Amigos en Actos), centro de apoyo para personas enfermas de sida y de cáncer. Y allí hemos trabajado durante los seis últimos años.

Cynthia O'Neal, que fundó y dirige Friends, me dice que es fácil comprobar quién ha asistido al curso y quién no. Aquellos que no han asistido se enfrentan a la desintegración de su cuerpo con la angustia, la desesperación y el terror «normales». Pero nuestros alumnos experimentan el mismo proceso de un modo muy diferente: confían en el porvenir, se enfrentan con mayor serenidad a los cambios físicos y no se resisten lo más mínimo a las formas de aliviar el dolor necesarias para una buena calidad de vida. Las depresiones son muy excepcionales.

La lectura de este libro será como asistir a

mis clases. Trabajaremos juntos en una especie de rompecabezas. Localizaremos las piezas individuales y te mostraré dónde colocarlas. Y conseguirás acabar el cuadro solo o sola. De esta manera llegarás a una convicción *propia* y cuando un día la necesites, allí estará.

Me gusta bromear con mis alumnos diciendo que soy capaz de despejarme el camino hacia el bar o el bufé en una fiesta multitudinaria con sólo decir en voz alta que me dedico a educar para la muerte.

Al parecer la gente cree que puedo contagiarles la muerte. Siempre digo: «Eh, que la muerte nos la contagió nuestra madre en la sala de partos. El deterioro ya lo llevamos encima.»

Servicios de Preparación y Educación para la Muerte, Inc. Hasta los chicos que imprimieron las tarjetas se pusieron nerviosos. Claro está que la mayoría de las personas sanas no quiere saber nada acerca de la muerte que a todos nos espera. Y en cuanto a prepararse, hacerse adquirir un seguro de vida es lo máximo que se está dispuesto a hacer, e incluso eso se hace a modo de una especie de hechizo contra la posibilidad de que alguien lo cobre alguna vez.

No deseamos morir. No queremos que muera ningún ser querido. No queremos pensar en ello, hablar de ello ni tener nada que ver con ello. Y esto es cierto sobre todo en el caso de las madres con hijos pequeños y de la gente enamorada. He observado que las madres sí piensan en la muerte y viven preocupadas. «Dios mío, te lo ruego, no permitas que mueran mis hijos.»

Escondemos la muerte bajo la alfombra de la sala de estar o en el armario, y nos pasamos la vida caminando de puntillas a su alrededor, o tropezando con ella o bien fingiendo que no está allí. Ante la muerte nos comportamos como las ostras: la cabeza enterrada en la arena y el cuerpo a cielo abierto. ¡Solemne postura!

Existe una razón para tener miedo, claro está, y para el rechazo. En realidad creemos que la muerte es el final. Si fuera así, ningún miedo sería excesivo y es posible que ninguna cantidad de aflicción tampoco.

Oye bien, la muerte es una transición. Todos sobrevivimos. De ello estoy absolutamente segura. Cuando acabéis este libro animado y ameno, también lo estarás tú. Saber la verdad te hará libre. Te servirá para vivir libre de temores, con plenitud, con alegría y sin aflicción.

Ver a través del camuflaje

La siguiente historia me la contó un juez retirado:

—Estuve en el ejército durante la última guerra. Mi labor consistía en volar bajo sobre el campo para descubrir los carros de combate y los pequeños vehículos aéreos ocultos bajo telas de camuflaje en el suelo. Pero, verá, no veo los colores, por lo tanto no podía ver el camuflaje porque sólo puedo ver la forma que tienen las cosas.

Hay muchos libros excelentes y fascinantes sobre la muerte, la mayoría de los cuales se ha publicado en estos últimos años. Algunos aportan los datos en bruto que vamos a comentar y otros ofrecen eruditos análisis en profundidad, no sólo del fenómeno de la muerte experimentada por personas que después han vivido, sino también de las interesantes teorías que se han forjado para tratar de explicarlo.

Cada aportación a este campo comprende una pieza de un gigantesco rompecabezas. Es el rompecabezas de siempre: ¿cuál es la naturaleza real de la muerte? Y lo cierto es que se ha de encontrar en las piezas repartidas en todos estos libros. La verdad se encuentra camuflada entre la superabundancia de información y teorías que contienen todos estos textos. Simplemente hay demasiadas piezas donde elegir.

El problema está en que si hay que hacer frente a la muerte de forma rápida, como por ejemplo en el caso de urgencia médica o diagnóstico de enfermedad terminal, la conmoción no permite leer ni pensar. Si uno echa un vistazo a esos títulos sobre la muerte en las librerías, lo único que verá será el camuflaje.

Hasta ahora no había ningún libro que extrajese esos fragmentos de la verdad y los presentase con una secuencia lógica y ordenada que cualquier persona pueda leer y comprender. Pero ahora hay uno.

Este libro te acompañará por el proceso que yo pasé: juntos elegiremos solamente aquellas piezas del rompecabezas que forman parte del cuadro que yo veo y que deseo mostrarte.

Pasaremos por alto muchos de los textos, sobre todo los escritos budistas tibetanos y los hindúes, no porque no reflejen la verdad, sino porque desde la perspectiva de la mente occidental, que es la que tenemos la mayoría de nosotros, la camuflan. Estos libros no nos revelan fácilmente la forma de las cosas tal y como son.

Toda persona que se haya formado, como yo tuve la suerte, en el pensamiento oriental, verá en un instante que no hay nada nuevo en lo que voy a decir. En cierta ocasión acusaron a mi maestro, el *swami* Muktananda, de enseñar principios que eran archisabidos por viejos. Baba se echó a reír y comentó que la verdad no ha cambiado en los últimos doce mil años.

No hay nada nuevo bajo el sol. Lo único que hago aquí es combinar hechos, ideas y observaciones corrientes de manera que tengan sentido para un norteamericano contemporáneo, una persona común y corriente como yo que lee los periódicos y las revistas, va al cine de vez en cuando, se interesa por el conocimiento, sea cual sea, en el contexto de la vida cotidiana.

El libro está pensado tanto para servir de primeros auxilios a aquellas personas que se encuentren en una situación de urgencia relacionada con la muerte como a aquellas otras que tienen buenos motivos para sospechar que morirán algún día, así como también sus seres queridos.

Los principios básicos que presento no irán respaldados por muchos ejemplos ni referencias bibliográficas porque deseo que se destaquen nítida y fácilmente de la confusión de las estanterías de que antes hablaba. En otras palabras, deliberadamente elegí no ser exhaustiva en la ilustración y documentación de cada uno de los puntos.

Los libros que te permitirán profundizar los conocimientos si lo deseas, los encontrarás al final de casi todos los capítulos. En Hollywood se han hecho también películas muy entretenidas que reflejan muy bien mis conceptos. He mencionado, asimismo, el nombre de algunas películas que están a la venta.

El cambio de percepción que aporta este libro no elimina la tristeza. No se puede eliminar tampoco la riqueza ni la intensidad de la vida humana. Nadie puede hacerlo. Ciertamente nos separaremos de nuestros seres queridos y estas separaciones ocurrirán en cualquier momento. Pero podremos experimentarlas en un contexto diferente y no nos destrozarán.

La utilidad inmediata de este libro dependerá de la urgencia de la situación. Si estás cuidando a un moribundo, podrás estar más plenamente presente. Ya no tendrás que tragarte el miedo antes de entrar en la habitación porque sabrás que allí dentro no sucede nada pavoroso. Ni tendrás que tragarte la pena para forzar una sonrisa. Podrás compartir las lágrimas también y así el amigo moribundo conocerá tu tristeza que refleja el amor que sientes por él.

Si se diera el caso de que estás en situación de suponer que vas a morir pronto, me alegra que hayas encontrado este libro precisamente ahora, porque será un consuelo. Recuerdo a un alumno amigo mío que falleció hace poco. John era un chico común y corriente de Oklahoma, un joven dulce y callado. Su cuerpo se deterioró terriblemente los dos últimos años. Se quedó ciego, perdió muchísimo peso y sufrió todo tipo de indignidades. Pero no tenía miedo. Se tomó con mucha calma todos los cambios que sufrió y procuró que lo medicaran bien contra el dolor. No sufrió innecesariamente.

John asistió a los cursos durante cuatro años y yo lo quería mucho. En cierta ocasión le pregunté por qué no me telefoneaba con más frecuencia o al menos alguna vez. «¿Para qué? —me replicó—, tengo las herramientas que me diste. Es suficiente.»

Es posible que no necesites estas herramientas ahora; si es así considera el libro como un seguro de vida. A la mayoría de los que contratamos un seguro de vida no nos hace mucha gracia la idea de que tengan que cobrarlo nuestros seres queridos. Sin embargo, cuando llega el momento, nos tranquiliza saber que lo tenemos. Aunque este libro no tenga un interés inmediato, lo tendrá en algún momento. Ciertamente todos necesitaremos estos conocimientos algún día.

No existe nada tan cierto como la muerte. Es la verdad, la realidad. Y, ahora, pongámonos en marcha.

CAPÍTULO UNO

NO ES JUSTO

Un ser querido se está muriendo. O esa persona podrías ser tú. Te acabas de enterar en el consultorio del médico o te lo han dicho por teléfono. Ha ocurrido un terrible accidente, o el diagnóstico es enfermedad terminal. ¡Oh, no!

Inmediatamente después de ese «¡Oh, no!», suele venir una frase que es una variación de «No es justo». Y si eres como la mayoría, será más o menos: «¿Por qué a mí? ¿Por qué esto? ¿Por qué ahora?»

Ahora bien, ésta es la parte más difícil de soportar de la charla que vamos a tener. Afírmate bien. Lo que voy a decir es cierto y todos lo sabemos: la única respuesta posible a esas tres preguntas es: «¿Por qué no?»

Busca el documento que te garantiza a ti o a

tus seres queridos (pareja, padres, novio, novia, hijos) una larga vida, una vida sana. ¿No lo encuentras en la cartera? Quizá lo guardaste en la carpeta de los documentos importantes. ¿No lo encuentras allí? ¿No lo encuentras en ningún sitio? Yo tampoco encuentro el mío.

Lo cierto es que no existe tal documento. Lo que sí tenemos es un contrato de alquiler del apartamento o el título de propiedad de nuestra casa. Lo normal es tener uno de esos dos documentos y el título de propiedad del coche. En esos documentos se especifican las cláusulas para vivir en la casa y conducir el coche.

Sabemos que podemos dormir tranquilos por la noche porque el casero no vendrá a importunarnos mientras el contrato no expire. Aunque es el dueño de la propiedad, no tiene ningún derecho a sacarnos de allí. Si lo intentase, lo llevaríamos a los tribunales y ganaríamos el pleito.

El cuerpo, sin embargo, con el que todos estamos tan encariñados y al que estamos tan apegados, puede ser reclamado por su fabricante en cualquier momento. Cuando nuestra ocupación expira, él también lo hace. No nos lo tienen que anunciar con antelación ni podemos protestar ante los tribunales. No hay recurso ni apelación.

El contrato actual, por llamarlo de este modo, que rige el uso de nuestros cuerpos dice más o menos lo siguiente:

CONTRATO DE ARRENDAMIENTO

Cuerpo nuevo y excelente cedido a Jane Jones para uso temporal.

Cláusulas del contrato: Expira en cualquier momento, a discreción del fabricante.

Obligaciones del contrato: El cuerpo debe ser mantenido a expensas del arrendatario. Las mejoras se abandonarán con el cuerpo.

Terminación del contrato: En cualquier momento, en cualquier lugar, sin previo aviso, sin derecho a apelación, el arrendatario deberá evacuar el local al instante, esté preparado o no lo esté.

Si aceptáramos este tipo de condiciones en el contrato del apartamento, casa o coche, ¿no tendríamos algún plan para caso de emergencia, como tener, por ejemplo, un cepillo de dientes y una muda de ropa interior en un maletín junto a la puerta? ¿O un par de zapatos extra en el maletero del coche?

Simplemente no queremos ver las cláusulas que rigen el uso del cuerpo aunque continuamente se nos presenten recordatorios. En el momento de la boda, cuando la pareja está delante del juez, del rabino, del sacerdote o del ministro y cada uno promete amar a su cónyuge «hasta que la muerte nos separe», el ministro no se refiere a su propia defunción, ¿verdad?

Cuando los padres tienen en la mano la partida de nacimiento de su primer hijo, no se dan cuenta, en la alegría del momento, de que al otro lado de esa hoja está el certificado de defunción, con la hora y el lugar todavía en blanco.

¿Desde cuándo ha sido así esto?

Lo cierto es que, hasta la fecha, el índice de mortalidad de la raza humana ha sido del cien por cien. Esto significa todos los niños, todas las mujeres, todos los hombres. No tenemos ningún tipo de motivo que justifique la expectativa de que algún cuerpo vaya a salir de aquí con vida. No existen esos motivos. Si alguien cree que es solamente un *cuerpo*, lo va a pasar muy mal. Pero si ya sabe que no es este cuerpo, entonces la cosa cambia.

Si tomamos conciencia de que este cuerpo puede ser reclamado por su creador en cualquier momento, esto puede servirnos muchísimo. He aquí un ejemplo de lo que quiero decir.

La historia de Toby

Cierto verano, estaba sentada en la playa con un grupo de madres mientras nuestros hijos chapoteaban en el agua nada profunda de la cálida bahía. De pronto la conversación pasó al tema de la mortalidad y como ése era mi principal interés, me fascinó la historia de una de las mujeres. De esto hacía seis años; Toby tuvo un hijo que nació con tal cantidad de enfermedades congénitas que le fue imposible continuar viviendo en su cuerpecito; falleció después de tres angustiosos meses. Un pequeño ser muy despabilado e inteligente al que le tocaron cartas muy malas y abandonó el juego casi antes de comenzarlo. Una de las madres le preguntó a Toby cómo se sentía, si había superado la pérdida o si todavía lloraba la muerte de su hijo. He aquí su respuesta:

—Ahora ya no lo lloro, pero los primeros meses fueron terribles. No hacía otra cosa que vagar por la ciudad y llorar. Una tarde me encontré frente al Museo de Historia Natural, la verdad es que ni sé cómo llegué hasta allí. Había una gran exposición sobre el ciclo de la vida del saltamontes. Imposible no ver el letrero.

»No tengo ningún interés particular por los saltamontes ni por otros insectos. Pero entré, ofuscada como estaba, esperando el impulso que me llevara a otra parte. Al cabo de un rato empezaron a llamarme la atención las particularidades de los saltamontes que allí se exhibían. Y me enteré de lo siguiente:

»La madre saltamontes ha de producir millares de huevos para asegurar la supervivencia de algunos individuos. No todos los huevos son viables, así que pone muchísimos. Éste es su destino. Y así ha sido siempre.

»Y lo mismo sucede con nosotros, eso es lo

que por fin comprendí. Me había quedado varada en el detalle, mi pequeño rincón en el mundo, en mi propio dolor. Y qué dolor. Pero en aquel momento la cámara retrocedió (Toby es cineasta), el encuadre se amplió y el nuevo cuadro, el grande, me dejó sin aliento.

»Eso es lo que ha estado sucediendo durante siglos. Y eso fue lo que hizo desaparecer mi dolor también, la percepción del lugar donde encajamos; mi bebé, mi marido y yo; de que en el orden natural de las cosas existe un lugar para nosotros y para nuestro hijo.

A veces, en clase, cuento la historia de Toby y señalo que en muchos lugares del planeta, las parejas tienen que traer al mundo siete u ocho bebés sólo para que lleguen a adolescentes dos o tres de ellos. Éste es el contrato y ésas son las cláusulas. Y cómo sufrimos cuando no lo leemos atentamente ni nos exigimos pensar en todas sus consecuencias.

NINGÚN CUERPO SALE DE AQUÍ CON VIDA

Me pidieron que fuera a visitar a una familia de la localidad cuya madre, de ochenta y dos años, se estaba muriendo de un cáncer que padecía desde hacía cinco años. Ella y su marido habían sido un matrimonio muy feliz durante más de cincuenta años, esa clase de matrimonio que muchos de nosotros no nos imaginamos dentro de cincuenta años, una relación de sólido compañerismo y profunda confianza e intimidad en la que milagrosamente no se había generado menosprecio.

Tenían tres hijos adultos, dos hijas y un hijo; una de las hijas estaba en la casa el día que fui a visitarlos.

HIJA: Es terrible... no sé qué vamos a hacer.

MARIDO/PADRE: ¿Qué ha hecho para tener que sufrir tanto?

HIJA: No podemos comprender por qué tiene que ocurrir esto.

MARIDO/PADRE: Hemos sido tan felices todos estos años. ¡Esto no es justo!

He simplificado bastante los comentarios, aunque no demasiado. Te haces la idea ¿verdad? Es posible que todo esto te resulte conocido: «¿Por qué a nosotros? ¿Por qué esto? ¿Por qué ahora?» ¿Verdad que sí? Éste es el verdadero rompecabezas.

Estas personas eran adultos de excelente educación, profesionales cultos y prósperos, personas seguras de que saben lo que es la vida. «¿Por qué a mí? ¿Por qué esto? ¿Por qué ahora?» Me quedé perpleja. ¿Y por qué no?

Esto no significa restar importancia a su sufrimiento, que es todo lo real que puede ser, pero no es la única reacción posible a la situación. Y si bien solemos escuchar estas preguntas cuando alguien se está muriendo en la habitación de al lado, estas ideas no tienen demasiado sentido. Ahora lo verás.

HÉCTOR DESCUBRE LA VERDAD

Yo iba a visitar a uno de los primeros clientes de God's Love We Deliver, un puertorriqueño guapo y muy inteligente que se llamaba Héctor. Debía de ser a principios de la primavera de 1987. Yo estaba en los últimos meses de embarazo de mi hija, que nacería en el mes de abril de ese mismo año.

Héctor era un hombre encantador, conocía muchas historias entretenidas y era un placer estar en su compañía, de tal manera que yo procuraba pasar un rato con él siempre que podía. Para decir que era guapo, me baso en las fotografías que me enseñaba y que habían sido tomadas antes de que el sarcoma de Kaposi (cáncer de piel relacionado con el sida) se apoderara de la superficie de su cuerpo. Héctor se había transformado en una «persona púrpura», como decía él, y estaba tan preñado de su muerte como yo lo estaba de mi bebé. Ninguno de los dos podíamos eludir nuestras respectivas condiciones físicas.

—¿Sabes, Ganga? —me dijo alegremente una tarde—. ¡Tú podrías morirte antes que yo!

Su vivaz observación fastidió al diablo que llevo dentro y desató algunos pensamientos que discurrieron de la siguiente manera: 1. Eso no lo veo muy posible. 2. Pobre chico, va a morir dentro de muy poco. 3. No ha sido muy amable al decir eso; debe de estar asustado. 4. Pero la ventaja está a mi favor.

Entonces, de repente se me encendió la bombilla en la cabeza y le solté:

—¿Sabes una cosa, Héctor? ¡Tienes razón!

Y ambos soltamos una carcajada porque él se había dado cuenta de mi protesta silenciosa, de mi intento piadoso de pasar por alto su observación, de mi actitud de negación de la vulnerabilidad de mi estado y de repliegue ante la posibilidad de muerte en algún momento para ambos.

Su observación se refería a la posibilidad, no a la probabilidad. Mi amigo comprendía mucho mejor que yo las condiciones del contrato. Sabía que la posibilidad de vernos obligados a marcharnos es del cien por cien, sea cual sea el estado de salud de uno. La cuestión no es de qué, sino cuándo. Con respecto al cuándo, es tan posible que ocurra hoy como cualquier otro día y esto era igualmente cierto en ambos casos.

En el caso de que todavía te engañes pensando que estás protegido por las posibilidades en contra de morir hoy, fíjate en que las posibilidades en contra de ganar un gordo en la lotería son bastante fuertes también. Pero hay gente que sí gana dinero. Si te garantizaran que vas a ganar algún día comprarías un número todos los días sin hacer caso de las posibilidades en contra, ¿no es cierto? Porque nunca se sabe. Por cierto, ¿compras números de lotería? Simple curiosidad.

El eslogan de la lotería en Nueva York es «hay que participar para ganar». Pero podemos relajarnos, que ya estamos en ello. Tal vez tarde mucho tiempo en llegar, pero es un acierto seguro, ¿comprendes?

Si todavía no lo captas, hay una historia pasmosa que, aunque de una manera horrible, da en el clavo.

Una familia de cuatro miembros viajaba en automóvil por el transitado tramo de la autopista cerca del puente de George Washington al norte de Nueva Jersey. Iban en una camioneta de fabricación europea que se anunciaba como la mejor elección para viajar con seguridad, puesto que el coche está diseñado para proteger a sus ocupantes en caso de colisión. Sin embargo no está protegido contra la caída de pelotas de bolos. He aquí lo que sucedió:

Unos adolescentes que merodeaban por unos locales vacíos habían encontrado una pelota de bolos. No hay muchas maneras de jugar con una pelota de bolos fuera de la bolera. Se la puede hacer girar o jugar a cogerla o lanzarla desde el paso elevado de una frecuentada autopista para comprobar si rebota. Y esto último fue lo que hicieron.

La bola rebotó sí, en el guardabarro de un camión que se dirigía al norte, de allí cayó en el carril en dirección al sur, rebotó y atravesó el parabrisas del coche superprotegido de aquella familia y fue a chocar contra la cabeza de un bebé de ocho meses. Chocó y golpeó, sin compasión.

Los padres llevaban a la pequeña bien protegida, correctamente instalada y sujeta en su silla especial para coche. Creo que las probabilidades de morir a causa de una pelota de bolos eran remotísimas, y sobre todo un bebé. Pero así sucedió, a pesar de las probabilidades en contra. Son muy pocas las probabilidades de que ocurran estas cosas, ciertamente. Pero la posibilidad de que este bebé muriera era del cien por cien, en cualquier momento y en cualquier lugar. ¿Me sigues?

¿Cuáles son las posibilidades?

Tan pronto los recordatorios están ya en su sitio, siempre oigo lo siguiente:

—Los echaré tanto de menos..., a todos mis amigos, a todos.

—El año pasado perdí a muchos familiares —dijo un joven lleno de pena.

—Bueno, y espera —repuse—. También perderás al resto o ellos te perderán a ti. ¿Existe otra posibilidad? ¿Y qué preferirías? Aunque en esto no tienes voz ni voto.

Muerte de toda la familia

Hace poco estaba hojeando la revista *People*, que compro cada semana ya que no veo la televisión y necesito la revista para enterarme de lo que sucede, y además es interesante. Encontré un artículo que ocupaba unas cuantas páginas con muchas fotos sobre la familia Weaver de Upper St. Clair (Pensilvania).

Todos ellos iban en aquel avión de USAir a Pittsburg que se estrelló un día de cielo despejado, sin ninguna razón aparente, el otoño pasado. Resulta muy duro de soportar, mucho. Tres niños encantadores de dieciséis, once y siete años y sus padres, buenas personas, a decir de todo el mundo en su pequeña ciudad, unas personas afortunadas y felices. Se fueron todos juntos una noche clara del mes de octubre. ¿No es odioso? Casi no pude mirar aquellas fotografías, aquellos rostros alegres, llenos de vida. Una gente encantadora. Me rompía el corazón.

Sin embargo, el hecho tiene otra cara: nadie va a echar de menos a nadie. Cada miembro de la familia se iba a evitar el dolor de la pérdida de los otros cuatro, lo cual es importante. La experiencia dolorosa de los Weaver habría podido durar décadas si hubieran fallecido de uno en uno. Pero al irse todos juntos, al menos escaparon a ese sufrimiento.

¿Comprendes? De nuevo nos referimos a posibilidades, no a probabilidades. El riesgo de que un avión se estrelle con toda la familia a bordo es algo en lo que la mayoría nunca piensa. Sin embargo, sabemos que la familia real británica piensa en ello, porque debe quedar al menos un heredero superviviente que continúe su labor.

Así pues, toman en cuenta el hecho de que si existe la posibilidad de que el avión se estrelle, la planificación la ha de reflejar, por reducidas que sean las probabilidades. Y si se van a pasar una semana a Australia, no suben todos al mismo avión. Se protegen; alguien toma otro avión o se queda en casa.

Rara vez actuamos como si lo posible aunque improbable fuera posible de todos modos. Y preferimos no leer la letra pequeña del contrato: en cualquier momento, en cualquier lugar. Todos a la vez o de uno en uno.

Claro está que a nosotros nos sucederá en la cama, durante el sueño y a los ochenta y ocho años. Ésa es nuestra idea del orden natural de las cosas, ¿verdad?, a pesar de que la información que nos llega a través del televisor o de los periódicos nos dice que no es así.

Es evidente que duele terriblemente la muerte de un ser querido. Buscaremos las razones de este dolor en el capítulo siguiente y veremos si logramos encontrar el modo de sobrellevarlo descubriendo qué nos hace sentir tan desorientados y tan perdidos.

Considero que el rasgo de nuestra aflicción

que se identifica más fácilmente tiene que ver con la experiencia de *echar de menos a la persona*.

Y ésta es la parte buena porque juntos podremos trabajar en explorar la distinción entre echar de menos a alguien que se va de la ciudad o abandona nuestras vidas de uno u otro modo y echar de menos dolorosamente, con desesperación, como lo hacemos cuando alguien fallece. Vamos a llamar tristeza a la primera emoción y aflicción o luto a la segunda.

Es la aflicción o luto lo que constituye el verdadero problema, ¿no es cierto? La tristeza es el sentimiento que habitualmente surge cuando ocurre cualquier cambio en nuestras vidas. Pero la aflicción destruye, aniquila.

En el siguiente capítulo vamos a sentar las bases para sobrellevar la aflicción del luto de una manera que es relativamente nueva en nuestra cultura. Pero que funciona. Si estás atravesando un doloroso período de aflicción que te consume y agota, sigue leyendo.

* * *

En primer lugar, tómate un momento para anotar las respuestas a estas breves preguntas:

Fecha de hoy:

¿Has comprendido el hecho de que todas las relaciones importantes y valiosas

para ti van a ser interrumpidas, al menos temporalmente, por el evento llamado muerte?

Si no es así, ¿deseas considerar este concepto, al menos mientras dure esta charla?

Esto te ayudará a recordar:

Ningún cuerpo sale de aquí con vida.

Capítulo dos

La premisa de la aniquilación: temor y aflicción

Una tarde, durante los primeros meses de las Charlas, apareció James. Era un actor cuarentón, atractivo y lleno de energía, vigoroso, seguro y muy directo. Se sentó y fue derecho al grano.

—Escuchad —me dijo—, he leído a Hegel, a Kant, a Schopenhauer y a Sartre. He leído a los principales filósofos occidentales y también a los menores. Y puedo decirte que es absolutamente imposible que continúe algo cuando el cuerpo muere; los argumentos son claros, todos los grandes pensadores están de acuerdo, lo que dices es una pura mierda.

Durante unos veinte minutos, de su boca brotaron variaciones sobre el mismo tema. Se mostró elocuente, brillante, convincente, orgulloso. Rápidamente me iba a dejar fuera de combate.

Mientras hablaba, yo estaba pensando allí sentada: «Dios mío, ¿y qué le voy a decir a este hombre?» No veía el modo de rebatirle con su lógica, y en su cabeza no había lugar para mí. ¿Qué podía hacer?

Entonces sucedió. James emitió un prolongado suspiro, agarró los brazos del sillón, se inclinó, se quedó así un momento y luego, en medio del silencio que su pausa había creado, y con los dedos clavados en los brazos tapizados del sillón, exclamó:

—Me asusta terriblemente la jodida muerte.

En la sala no se oía ni una mosca, yo tenía los ojos llenos de lágrimas y sufría por él. Nadie dijo nada. Lancé un profundo suspiro.

—Bien, James —le dije—, si crees que estás asustado, no has visto nada todavía. Aún eres fuerte, pero espera a que tu cuerpo empiece a debilitarse. Crees que eres tu cuerpo. Por esta razón te asusta tanto la jodida muerte. Si no ves las cosas de otro modo vas a sufrir como un loco cuando lo que tú crees que eres se tope con los escollos.

»Tú decides, James. Pero no hagas perder el tiempo a los demás. ¡Si lo único que quieres es venir aquí a discutir, ya puedes irte!

Nunca me había mostrado tan grosera. Pero James continuó viniendo. Durante los dos años siguientes leyó y pensó, se preocupó, discutió y asistió a las clases. Realizó un estudio individual sobre la mortalidad y cambió su mente. Y aunque no lo hiciera de una manera suave (era un tío francamente melodramático), no se fue con miedo.

El temor es el problema más importante para la mayoría de nosotros. Y junto con el miedo, la aflicción. Casi todas las personas de la comunidad del sida han enterrado a amigos junto a los cuales pensaban envejecer, y después han enterrado la noción de vejez. En lugar de pensar en la vejez hacen testamento. El ambiente está cargado de aflicción, y ésta se manifiesta bajo muchos disfraces: cinismo, escepticismo, angustia, cansancio, depresión, tedio, rechazo, desesperación.

El miedo y la aflicción son los ladrones de la alegría, y de cualquier esperanza de alegría. Ambos residen en la simple pero falsa creencia de que el ser humano sólo es un cuerpo, una mera cosa, y que todo el ser humano desaparece con el cuerpo cuando éste muere. En este trágico malentendido reside todo el sufrimiento, toda la aflicción y todo el miedo, que hacen que sea tan difícil vivir una vida, sea cual sea su duración, en libertad y en alegría.

Pensemos en lo siguiente

Hacia mediados del siglo XV, toda persona culta sabía que el mundo era plano. Todos los mapas de aquel tiempo reflejaban esta creencia. Se enseñaba en las universidades y las bibliotecas estaban llenas de libros basados en esta premisa y los viajes se planificaban (o no) de acuerdo con ello.

Imaginémonos las librerías de esa época: estanterías tras estanterías llenas de libros que exploraran los riesgos físicos y psíquicos de caerse por el borde.

Imaginémonos a los terapeutas recomendando solemnemente años de carísimos tratamientos contra el miedo (a caerse por el borde) y contra la angustia (por el inminente paso por el borde de un velero en que va un ser querido).

Imaginemos cómo la mayoría de las personas elegirían quedarse muy cerca de sus casas en lugar de correr el riesgo de despeñarse. Y cuánto se lo pensaría una joven antes de contraer matrimonio con alguien cuya profesión lo llevara a arriesgarse a navegar por aquellos lugares tan peligrosos.

Y no es que los seres humanos que tenían estas creencias fueran menos inteligentes. Las mejores mentes de la época creían que el mundo era plano. Y no había nada ilógico ni inapropiado en las estrategias que desarrollaban para arreglárselas con lo que era su absoluta realidad. Ya veis hacia dónde voy. Lo que hace ridículo todo esto es que la premisa implícita era errónea, completamente errónea.

La premisa de la aniquilación

Nuestra premisa implícita acerca de la muerte aquí, en el mundo occidental, es igualmente errónea. Si nunca te has puesto a pensar en la muerte, es posible que ni siquiera sepas lo mucho que crees en esta idea de la aniquilación.

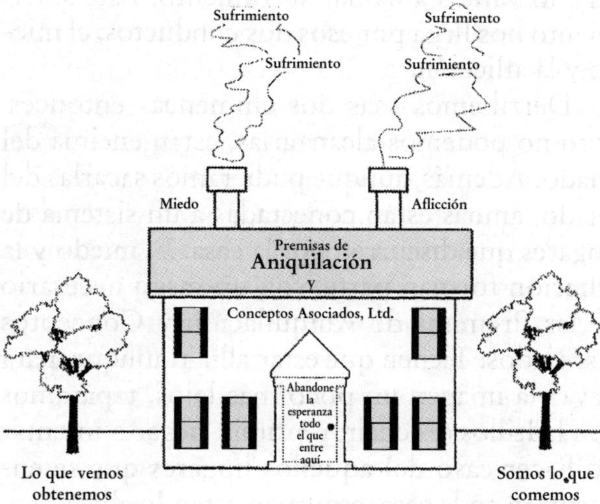

Me limito a este cuerpo

Pero imagínate lo asustado que te sentirías si el médico te dijera que sólo te quedan seis meses de vida. E imagínate lo destrozado que estarías por la aflicción si uno de tus seres más queridos hubiera estado en aquel avión que sobrevolaba Lockerbie.

Ésta es una manera física de representar la

conexión entre la Premisa de la Aniquilación y el miedo y la aflicción. Creo que así es muy fácil entender lo que tenemos que hacer para desembarazarnos de la estructura completa.

En esta metáfora visual vemos que hay dos chimeneas sobre el tejado; al humo que sale de ellas (que nos entra en los ojos, que nos hace llorar), lo vamos a llamar sufrimiento. Este sufrimiento nos llega por esos dos conductos, el miedo y la aflicción.

Derribemos esas dos chimeneas entonces. Pero no podemos alcanzarlas, están encima del tejado. Además, aunque pudiéramos sacarlas del tejado, ambas están conectadas a un sistema de hogares que discurren por la casa. El miedo y la aflicción forman parte, son un rasgo necesario de las Premisas de Aniquilación y Conceptos Asociados. Tienen que estar allí. Y aunque, para llevar la imagen un poco más lejos, tapáramos con ladrillos (es decir, reprimir, negar o intentar no hacer caso de) aquellos hogares que se encuentran en la casa, seguirían estando allí.

No, tendremos que demoler toda la casa. Y éste es un trabajo muy caro (no muy diferente del psicoanálisis). No hay garantías de que resulte, tampoco, porque las chimeneas se originan en los cimientos.

Lo que sí está claro es que podríamos hacer todo el trabajo excavando los cimientos sobre los que descansa la problemática estructura. Veamos los cimientos. Llevan el rótulo ME LIMITO A

ESTE CUERPO. Si logramos sacar, o excavar, esta creencia común, somos libres porque es sobre esta concreta idea equivocada donde reposa la Premisa de la Aniquilación y es ésta la responsable de todo el miedo, de toda la aflicción y de todo el sufrimiento que nos causa.

Que el cuerpo comienza a desintegrarse cuando su habitante lo abandona es obvio e inevitable. La arraigada suposición, por lo general no puesta en duda, de que el ser humano se limita al cuerpo está reforzada por la inmediata oleada de aflicción que inunda nuestra pequeña barca cuando una persona querida ha muerto. Esto nace de echar de menos a la persona, es decir, de no tener acceso a su presencia física, a su voz, a su abrazo, a su cariño, a su querido rostro, no volverla a ver nunca más.

Esta experiencia es tan extraordinariamente dolorosa que no hay manera, que yo sepa, de alejarse lo suficiente de ella para analizarla y desmantelarla. No pensamos con claridad cuando el dolor nos atenaza, eso es natural. Por esta razón es tan importante comprender el asunto de la mortalidad *antes* de que tengamos que enfrentarnos con ella, no después.

El miedo y la aflicción son las «reacciones» naturales ante la perspectiva de la muerte. Y más aún, si un ser humano querido fuera realmente aniquilado, borrado como el polvo, por la muerte, ¿qué aflicción sería suficiente? ¿Qué miedo?

PERO ESTO NO SUCEDE.
SOBREVIVIMOS.
Y PODEMOS PROBARLO.

Ya hemos establecido que NINGÚN CUERPO SALE DE AQUÍ CON VIDA. Para probar que vamos a sobrevivir a la muerte tendría que demostrar que no estamos limitados a nuestro cuerpo. Y para hacerlo, voy a necesitar tu cooperación. Dámela en la forma de la frase siguiente:

Estoy abierto a la posibilidad de que no me limito a mi cuerpo y que podría seguir por aquí, de alguna forma o modo, cuando mi cuerpo muera.

Si haces un lugar a esta posibilidad, yo te prometo a mi vez hablarte con lógica. No te pido que aceptes nada por fe. Lo único que has de hacer es mantener activa la mente, es decir, abierta, y seguir adelante.

Hasta aquí tenemos lo siguiente:

1. *Ningún cuerpo sale vivo de aquí.*

2. *Estoy abierto a la posibilidad de que no me limito a mi cuerpo y que podría seguir por aquí, de alguna forma o modo, cuando mi cuerpo muera.*

Para ver en qué punto te encuentras hoy (te

lo preguntaré otra vez al final del libro), anota por favor la respuesta a la siguiente pregunta:

Fecha:

¿Crees que vas a morir con tu cuerpo?

Y ahora, en el siguiente capítulo, consideraremos la pregunta: «¿Cuál es la prueba?»

Capítulo tres

¿Cuál es la prueba?

Has accedido a dejar abierta la posibilidad de que no estás limitado al cuerpo y yo he dicho que no te pediré que aceptes nada por fe.

Esto significa que el peso de la prueba descansa sobre mis hombros, como debe ser. Vamos a empezar por la pregunta: ¿cuál es la prueba? Existen al menos dos clases de prueba y, dentro de cada una, dos maneras de demostrar algo, directa o indirectamente. Veámoslo de una en una.

Prueba científica

Por lo general, cuando se quiere probar algo, la mente toma automáticamente un camino científico. Creemos que se puede probar que una cosa existe si, por ejemplo, nosotros y los demás podemos verla, tocarla, pesarla, oírla, olerla o tomarle el sabor. Si un científico obtiene un resultado en un laboratorio, sus colegas esperan poderlo repetir. Si logran hacerlo, entonces el resultado ha sido probado y se puede aceptar. A esto se le llama *prueba directa*.

Está claro que las pruebas científicas directas funcionan bien cuando lo que estamos considerando es algo concreto a lo que podemos tener acceso. Pero supongamos que lo que deseamos demostrar no se puede examinar *directamente* de ninguna manera física. ¿Existe otro modo en el terreno de la ciencia para demostrar que algo es cierto? ¿Cómo podemos demostrar que algo existe si no se puede medir ni pesar?

Prueba indirecta

Podemos deducir la existencia de algo midiendo sus efectos. Ciertas ramas de la ciencia, la astronomía, por ejemplo, tienen a veces la opción de *deducir* la realidad de un fenómeno. Un agujero negro, por ejemplo, se puede identificar *indirectamente* mediante la observación de sus efectos gravitatorios sobre las estructuras próximas en las profundidades del espacio. Pero para tener la seguridad de que su conclusión de que existe un agujero negro es correcta, los astrónomos tendrán que *eliminar* toda otra explicación posible de los efectos que ellos observan a través de sus pasmosos radiotelescopios.

Hay que señalar que el único modo de probar una hipótesis sería ver si se la puede utilizar con seguridad para *predecir* cómo se va a comportar algo. Toma nota de estas dos ideas: volveremos a ellas en el siguiente capítulo cuando exploremos la importancia de los efectos posteriores a la muerte que han experimentado personas que han vivido para contarlo. Consideremos ahora el método no científico para probar cosas. Aquí nos encontraremos todos en un terreno que nos es muy familiar.

Prueba legal

Nuestro sistema jurídico tiene una manera de probar las cosas muy diferente a la del sistema científico; se basa en pruebas *directas* aportadas por testigos presenciales, en el testimonio de primera mano de testigos fiables. Todos sabemos cómo funciona.

Se designa un grupo de doce personas, el jurado. Éste es un grupo de personas muy diversas que suelen tener una única cosa en común: la disposición a no tener ninguna opinión previa sobre el asunto que se va a tratar. Todas escucharán con imparcialidad y atención lo que declare cada testigo y, a su vez, los testigos habrán jurado decir la verdad.

Si todos los testigos cuentan sustancialmente la misma historia y si nadie presenta una buena razón para no creerlos (esto se denomina «duda razonable»), entonces el sistema jurídico, que es la base estructural de nuestra sociedad, considera que el asunto ha sido probado.

Observemos que aunque ninguna persona del jurado estaba presente cuando ocurrió el suceso en litigio, podemos demostrar legalmente que ocurrió escuchando los relatos de los testigos directos, el testimonio de personas que sí estaban allí y que no mienten.

Prueba indirecta

Supongamos ahora que nadie vio lo que ocurrió. En este caso todo se complica mucho más, porque nuestro sistema está concebido para proteger a la persona inocente del falso juicio basado meramente en circunstancias que la hacen parecer culpable. Todo el peso de la prueba cae entonces en los acusadores, los cuales deberán probar, más allá de toda duda razonable, que nuestro presunto inocente es la única persona del planeta que podría haber cometido el delito y que no estaba en ningún otro lugar en ese momento, es decir que no tiene ninguna coartada.

Aquí entran entonces los testimonios de expertos: el especialista en huellas dactilares, que nos dice que ésas son en realidad las huellas únicas del acusado; el experto en ADN, que identifica el cabello o la sangre más allá de toda duda razonable. Observemos que aunque no haya testigos oculares que nos cuenten lo que vieron, podemos probar la culpabilidad de una persona si se presentan hechos *objetivamente verificables*.

Y para subrayar hasta qué punto nos tomamos en serio este proceso, estas personas pueden perder su libertad, cuando no su vida, si su culpabilidad ha sido probada de esta manera.

Lo que nos proponemos aquí es probar que el ser humano no se limita a lo meramente físico. Para lograrlo utilizaremos los métodos de la prueba legal.

Durante el desarrollo de esta exposición, te pido que consideres lo que se presenta desde tu asiento en el estrado del jurado. Recuerda que las personas cuyos relatos vas a escuchar han jurado decir la verdad. Y recuerda también que no tienes ninguna opinión previa sobre el asunto que queremos probar: que algo sobrevive al proceso de transición que denominamos muerte; tal vez no sepamos qué es.

Así pues, ahora tenemos lo siguiente:

1. *Ningún cuerpo sale de aquí con vida.*

2. *Estoy abierto a la posibilidad de que no me limito a mi cuerpo y que podría*

seguir por aquí, de alguna forma o modo, cuando muera mi cuerpo.

3. *Escucharé los relatos de primera mano de testigos fiables y después veré lo que pienso.*

Capítulo cuatro

Cómo entienden la muerte personas que la han experimentado

Una tarde, en clase, hablamos de la experiencia de la muerte. Pasé el vídeo de una entrevista a cuatro adultos y seis niños que habían tenido esta experiencia. El testimonio de los niños era impresionante. Con espontaneidad trataban de tranquilizar al pediatra que los entrevistaba.

—Verá, doctor Morse, es divertido estar ahí —explicó un niño.

—Yo me sentía, no sé, como liberada, ¿sabe? —dijo una niñita.

La madre de otra niña (de unos ocho años) contaba que ahora su hija tiene una misión. La pequeña, en todo lo demás igual que cualquier niña, desea hablar con niños muy enfermos para que no le tengan miedo a la muerte.

Los adultos formaban un grupo muy risueño.

—¡Yo estaba mucho más viva cuando estaba muerta! —exclamó una mujer.

—Este mundo es una escuela —comentaba otra—, y me sentiré muy feliz cuando me gradúe.

Raymond Moody, iniciador de los estudios sobre estas experiencias, ha resumido así su efecto en los miles de personas que ha entrevistado: «Desaparece por completo su temor a la muerte.»

Y es lógico, la razón por la cual se elimina ese miedo es que se destruye por completo la Premisa de la Aniquilación.

Recordemos que es esa Premisa de la Aniquilación la que da origen al miedo y a la pena. Es imposible meter miedo a la muerte a una persona que ya ha visto que aunque su cuerpo esté inactivo, ella sigue siendo ella misma: razonando, sintiendo, viendo y oyendo, asombrada, pero viva.

¿Qué necesitarías para eliminar por completo tu temor a la muerte? ¿Cuántos testimonios directos tendrías que escuchar para que la *idea* de la muerte empiece a transformarse, y cuántos más para que lo que *sabes* sobre la muerte cambie para siempre? ¿Cuántos?

Trece millones de nuestros amigos y vecinos, de nuestros compatriotas estadounidenses, han tenido esta experiencia (George Gallup hijo refiere muchos casos en *Adventures in Immortality*). Las técnicas de reanimación se han ido perfeccionando y se han convertido en algo corriente. Hasta en los hospitales de ciudades pequeñas tienen el equipo necesario para devolver la vida a un cuerpo muerto.

En cuanto grupo, las personas que han tenido esta experiencia sólo tienen en común el hecho de haber estado clínicamente muertas. Como en cualquier muestreo aleatorio de población, están bien representados todas las religiones, razas y etnias, clases sociales y niveles educacionales.

Y he aquí, en palabras de una enfermera de profesión, lo que saben todos aquellos que han pasado por una de estas experiencias:

> *En primer lugar, sé que la muerte no es dolorosa. Nunca temeré a la muerte. Sé que cuando te mueres no te extingues. Sé que soy más que mi cuerpo. Hay un alma, que soy yo. Y sé que yo, mi alma, continuará siempre. Sé que hay vida después de la muerte.*
>
> Life, *marzo de 1993*

¿Te fijas qué verbo ha elegido esta persona? Sé, no «pienso» ni «creo», sino sé. No es una opinión, es una convicción absoluta, basada en la experiencia personal de que es algo más que su cuerpo, es la convicción de que lo que ella llama su alma —lo que es en realidad—, siempre existirá.

Y dado que esta mujer ha destruido de manera irrevocable la Premisa de la Aniquilación, tiene ahora la absoluta certeza de que nunca temerá morir. Qué vida más maravillosa tiene ahora la libertad de llevar.

Escuchemos lo que dicen algunos de los trece millones de estadounidenses que han tenido esta experiencia que les transformó la vida, a la que podríamos llamar «experiencia de casi muerte». Recuerda que estás sentado en el estrado del jurado, y recuerda también que las personas que vas a escuchar no tienen ninguna razón para mentir. Empecemos.

Historia de Frank y Lily

Frank es un excelente economista formado en Oxford, catedrático de una de las más prestigiosas universidades de Estados Unidos, y también trabaja para el Banco Mundial y para algunos gobiernos del Extremo Oriente como experto en desarrollo económico. Lo conocí en un congreso en Hilton Head (Carolina del Sur), donde yo presentaba una versión muy condensada de mi curso de seis meses. (Me concedieron diez minutos completos.)

La mujer de Frank, Lily, estaba en la primera fila durante mi presentación. Me llamaron la atención su quietud y su expresión seria. Después hablamos largo y tendido. Entonces me enteré de que ella estuvo al lado de su marido cuando éste murió. Aunque ya habían transcurrido tres años, no me sorprendió que la conmoción se reflejara todavía en su actitud controlada, en sus ojos muy abiertos y la expresión vulnerable de su cara. Se movía y hablaba como si algo precioso en su interior fuera a quebrarse, o ya se hubiera quebrado, y ella no quisiera que sucediese de nuevo.

He aquí la historia desde el punto de vista de Frank. Luego volveremos a Lily, cuando hablemos nuevamente sobre la aflicción.

—Estaba jugando al frontón con un compañero. La temperatura era de unos treinta y dos o treinta y cinco grados y, tontamente, estuvimos jugando más de dos horas en medio de ese calor. Después de jugar me fui a duchar y entonces empecé a encontrarme fatal. Durante una hora más o menos me negué a reconocer lo que me estaba sucediendo, hasta que me fue prácticamente imposible negar la evidencia de que se trataba de algo grave.

»Al principio traté de convencerme de que sólo se debía al calor o la deshidratación. Pero ahí estaba yo, echado desnudo en un banco del vestuario, sin lograr convencer a nadie de que estaba bien.

»Finalmente alguien se impuso:

»—¿De verdad no quieres ir al hospital para que te asistan?

»—No necesito que me asistan.

»Pero alguien pudo más. Apareció Lily y apareció también una ambulancia. Me llevaron al hospital y allí me dijeron:

»—Esto es un ataque al corazón.

»Después me dieron un medicamento para deshacer el trombo.

»Al parecer mejoraron las cosas y me llevaron a la Unidad de Cuidados Intensivos. Lily y yo estábamos hablando tranquilamente cuando, de repente, me dejó de latir el corazón. Eso, simplemente nada.

»Comenzaron a sonar las alarmas porque me tenían conectado a un aparato. Por lo visto, vinieron corriendo e hicieron lo que tenían que hacer. Y yo permanecía ajeno a todo.

»Tuve un buen sinnúmero de sensaciones. Se emplean muchos términos para describir el acto de morir, "cruzar al otro lado, marcharse". Pero lo que yo experimenté fue una unión o, para ser más exactos, una reunión.

»No me importó estar perdiendo el cuerpo. No me importó estar perdiendo mi ego, este "yo". Fue una sensación maravillosa, casi de una serenidad divina. Una sensación de ser atraído hacia un lugar inmensamente apetecible. Una sensación como de despojarme de cargas, por muy feliz y a gusto que hubiera aceptado esas cargas; no me importaba: esa liberación me producía una sensación de alivio.

»Tuve la sensación de retornar a la más dichosa condición infantil imaginable, de estar en un lugar de total seguridad, rodeado de amor, sin ninguna preocupación ni miedo.

»No sentía miedo, lo cual me sorprendió un

poco porque era consciente de lo que estaba sucediendo, pero no hubo miedo. Fue algo natural, claro, todo lo natural que puede ser; así debí de sentirme cuando entré en este mundo.

»Uno de los beneficios de esta experiencia, en mi opinión, es que persiste esa ausencia de miedo. Ya no tengo miedo, y eso no sólo me ha liberado del temor a la muerte, sino que me ha abierto a la vida de una manera que me hace sentir muy agradecido.

No importa

Ahora Frank contempla la vida de una manera muy diferente desde que desaparecieron los miedos que a la mayor parte de nosotros nos mantiene caminando entre los bordes, evitando riesgos de todo tipo. ¿En qué se basaba el miedo de Frank? Se basaba en la Premisa de la Aniquilación. Observemos cómo repite que las cosas no le importaban, las cosas básicas que nos importan a la mayoría de nosotros: la pérdida del cuerpo y de los seres queridos, los amigos, la pérdida de la profesión, la pérdida de todas esas cargas que tan felizmente aceptamos. Alivio ante el abandono de esas cargas. Alivio, y no pena, ni siquiera una sensación ambigua. Alivio.

Al parecer en cuanto reconocemos que no somos materia, nada que sea materia puede importar. Por un instante, Frank se sintió libre. Y él lo agradece. Nunca más volverá a tener miedo.

El siguiente caso es el de una persona cuya experiencia de la muerte se produjo cuando era tan pequeño, que no había tenido tiempo de aprender a tenerle miedo.

Historia de Matthew

Matt vino a mi clase a petición mía, para contar a los alumnos su experiencia. Es profesor de enseñanza básica, aunque por pertenecer a una muy numerosa familia católica irlandesa, de ocho hijos, su deseo había sido organizar su vida lejos del alboroto infantil.

Su aventura con la muerte le ocurrió en el barrio violento donde transcurrió su primera infancia; tenía cinco años. Sus amiguitos estaban jugando a ese tipo de juego que horroriza a los padres, arrojándose piedras en un simulacro de guerra de esas que les encantan a los chicos. Una piedra de considerable tamaño le dio en el lado derecho de la cabeza produciéndole una hendidura. Ese lado del cráneo le quedó aplastado como una uva, dice Matt.

Instantáneamente se encontró fuera de su cuerpo, vio la sangre en el suelo junto a su cabeza, vio el rostro aterrorizado del chico que había lanzado la piedra, a sus padres corriendo hacia él, vio cómo levantaban su cuerpo y lo metían en la ambulancia.

Luego Matt se encontró, sin su cuerpo claro está, siguiendo a la ambulancia, aunque no tenía, como diría más tarde, ningún interés particular por el cuerpo que ésta llevaba dentro. Nos contó cómo había visto a los médicos esforzarse por devolverlo a un estado por el que él tenía muy poco interés.

Una vez que revivió, Matt explicó, con minuciosos detalles, las complicadas maniobras de los médicos para restaurar su cabeza y volver a poner en marcha su cuerpo. A sus padres y a los médicos les produjo un gran desconcierto que el niño supiera con tanta precisión todo lo que se le había hecho, incluso que supiera algo, puesto que por lo que sabían, el niño estaba inconsciente. Y ciertamente no estaba consciente en el sentido normal de la palabra.

Después de que Matt contara su historia, que incluía un encuentro muy agradable con un ser en el que él reconoció a Jesús, se avino a contestar a las preguntas del grupo. Una alumna, una mujer que padecía un cáncer muy extendido y que estaba aprendiendo a superar sus miedos, le preguntó si temía a la muerte.

Matt se quedó callado un momento y después, en tono ligeramente desconcertado repuso:

—Pues no, no me da ningún miedo morir. Nunca he sido más feliz ni más yo mismo que cuando estuve muerto.

Yo le pregunté el motivo de su titubeo y desconcierto por aquella pregunta.

—¿Sabes?, creo que debido a que tuve esta experiencia cuando era tan pequeño, no he aprendido a temer a la muerte. Por eso la pregunta me desconcertó un momento... No entendí la pregunta. Eso es algo absolutamente ajeno a mi experiencia. No me puedo imaginar siquiera lo que puede ser el miedo a la muerte.

Esta total ausencia de miedo a morir es el sello distintivo de aquellos que han tenido este tipo de experiencia de la muerte. Y es un distintivo tan profundo, aunque invisible, que de hecho marca al superviviente, lo hace radicalmente distinto al resto de nosotros. Nada puede ser más raro y, hasta ahora, más excepcional en el mundo llamado normal, que una persona que de verdad no le teme a la muerte.

Así que ya tenemos un *efecto*, la ausencia de miedo, del cual la experiencia de la muerte es la única *causa*. Y si pronosticamos que alguien que ha tenido una de estas experiencias nunca volverá a temer a la muerte, y no sólo durante unos meses, estaremos en lo cierto, en todos los casos. Es muy real lo que ocurre. Estas personas saben sin lugar a dudas que han sobrevivido. Y saben que todos sobreviviremos.

Las personas que han pasado por esta experiencia saben que estaban vivas y bien vivas aunque sus cuerpos no lo estuvieran. Ya nunca les volverá a preocupar la muerte. Podría relatar muchas, muchas historias similares. Si quieres más ejemplos, hay una lista de libros para leer al final de este capítulo. Lo más importante a observar aquí es que aquellos que han tenido una de estas experiencias no vuelven a sentir jamás miedo a la muerte.

¿Pero te da esto la confianza suficiente para enfrentar tu muerte sin miedo? ¿No? Veamos por qué no.

Testigo corroborante

La dificultad que solemos tener para creer que una experiencia de la muerte demuestra la supervivencia radica en que estas experiencias parecen ocurrir, igual que los sueños, en el interior de la cabeza de otra persona. Ojalá existiera un sólido puente entre el paisaje que ven estas personas (el túnel, el ser de luz y similares) y nuestro conocido y sólido mundo «real». Veamos si podemos tender uno. Volvamos al método de prueba legal para comprobarlo.

Hace poco me llamó una periodista de la revista *People* para verificar algunos hechos para un artículo que estaba escribiendo. Deseaba el nombre de alguien que pudiera corroborar mi relato de unos sucesos que tuvieron lugar hace veintidós años. Y tenía que ser una persona que hubiera estado allí.

Sin la corroboración de un testigo ocular no podría utilizar la información en su artículo porque no habría manera de probar que lo que yo decía era cierto. Sin la corroboración de otra persona, mi historia no se podría defender con éxito en un tribunal si se entablaba una demanda. Y, como es lógico, la revista *People* no tenía el menor interés en perder un juicio por libelo.

¿No es interesante? Lo único que necesitaba la periodista para protegerse era un testigo ocular, una persona que dijera: «Sí, yo estaba allí y también vi eso.» Bien, así es que lo único que necesita nuestro sistema jurídico para fallar a favor de la defensa o de la acusación es la palabra de un testigo ocular creíble.

¿Podríamos verificar una experiencia de la muerte de la misma manera? ¡Por supuesto! Pero para hacerlo vamos a necesitar el testimonio de una persona fiable que haya comprobado los detalles del relato de una persona recién vuelta de la muerte y que pueda decir: «Sí, yo también vi eso.»

Pero ¿qué vio también? ¿El túnel, el ser de luz, los parientes y amigos fallecidos hace tiempo? No, eso no; eso ni siquiera es posible. Pero ¿y si la persona que experimentó la muerte viera y oyera detalles del aquí y del ahora, oyera conversaciones, por ejemplo, que estaban teniendo lugar en otra parte del hospital, o viera objetos que no estaban en la habitación donde yacía su cuerpo inconsciente?

¿Y si niños pequeños describieran las complejas manipulaciones a las que fueron sometidos sus cuerpos en coma? ¿Y si alguien volviera de la experiencia de muerte con ese tipo de detalles, y esos detalles fueran verificados por alguien que se encontraba allí presente? ¿Tendríamos entonces la prueba de que no estamos limitados al cuerpo? Lee los relatos siguientes a ver qué te parecen.

El zapato en la cornisa

María es una mujer de mediana edad cuyo corazón dejó de latir cuando estaba en un hospital de Seattle. Sorprendida, se encontró, no su cuerpo, claro, pero sí ella, flotando alrededor del hospital mientras un equipo de médicos se afanaba con éxito en reanimarle el corazón.

Más tarde el hospital le envió a Kim Clark, asistenta social, para ayudarla a acostumbrarse a vivir con un corazón seriamente lesionado. Pero María no manifestó el menor interés en esa conversación. Necesitaba demostrarse a sí misma, y a quién pudiera, que no estaba loca, que de verdad se había separado de su cuerpo.

Le dijo a la asistenta social que había visto un zapato, deportivo por más señas, en la cornisa del edificio, bajo una ventana, tres plantas más arriba de la habitación en la que su cuerpo estaba encerrado cuando se le paró el corazón. Para comprobar si aquello era cierto, le pidió a Kim que buscara la ventana y viera si estaba allí el zapato deportivo, no uno cualquiera, sino uno viejo, con el dedo gordo marcado en la punta y un cordón doblado bajo el talón.

Kim la complació, subió los tres pisos, siguiendo las indicaciones, y pasó de largo dos habitaciones hasta llegar al lugar descrito. Abrió la ventana y allí estaba el zapato en la cornisa, (a saber cómo había llegado hasta allí), con la punta un poco desgastada y todo lo demás.

¿Qué te parece? La observación de María fue corroborada por la escéptica asistenta social. Su cuerpo estaba tendido de espaldas en la Unidad Coronaria, con el corazón (y los ojos también, claro está) inactivo cuando la María no limitada a su cuerpo vio el zapato en la cornisa bajo la ventana del hospital.

Además, en los alrededores del Hospital Harborview no había ningún otro edificio alto. Para ver el zapato en la cornisa habría sido necesario un telescopio situado en el edificio alto más cercano, que estaba a varios kilómetros de distancia.

Las implicaciones de esta corroboración son muy importantes en nuestro caso. Llamemos «Zapato en la cornisa» a éste y todos los fenómenos similares.

Un «Zapato en la cornisa» es una observación hecha en el ámbito físico, es decir del «mundo real» que:

a) *es imposible que haya sido visto u oído* físicamente *por la persona que lo cuenta y*

b) *ha sido verificado por una segunda persona fidedigna.*

Para realizar una comprobación fiable, ¿quién podría ser más conveniente que el médico que trabajó en la reanimación? El siguiente relato lo hace Melvin Morse, cuyo paciente de once años describió lo que sucedió en los treinta minutos que duró su paro cardíaco:

> *Describió con exactitud el proceso de reanimación porque en realidad la observó desde fuera del cuerpo. Un niño de once años no puede describir una sala de urgencias con tantos detales, por mucha televisión que vea.*
>
> *Fue capaz de describir la posición y los colores de los aparatos que había en la habitación, el sexo de los médicos que lo atendían y hasta lo que decían durante las frenéticas maniobras.*

¿Qué sacamos en claro de estos relatos? He presentado sólo dos, ambos por su simplicidad y porque creo que estos dos ejemplos de «Zapatos en la cornisa» sirven de más para establecer el hecho. El hecho es el siguiente: algo o, mejor dicho, alguien, deja el cuerpo y ve cosas sin utilizar los ojos del cuerpo, oye conversaciones sin utilizar los oídos del cuerpo y piensa y recuerda cosas sin utilizar el cerebro del cuerpo.

DUDA RAZONABLE

La duda razonable, dicen mis amigos abogados, es aquella para la que se puede dar una buena razón.

Es evidente que la opinión de que algo «simplemente es imposible» no constituye una duda razonable. Veámoslo.

Hace poco escuché la entrevista que la CNN le hacía a Sherwin Nuland, el cirujano que escribió *How We Die (Cómo morimos: Reflexiones sobre el último capítulo de la vida)*. El entrevistador le preguntó si existía alguna posibilidad de que el ser humano tuviera algún componente que NO fuera corporal y si éste podía sobrevivir a la muerte.

—Absolutamente no —repuso el doctor Nuland—. ¡Es imposible! —Después añadió—: Tengo que pensar así. Es la única manera de mantener mis ideas en orden y que el mundo no se me desmorone.

Entonces dibujó una pequeña cajita en el aire con ambas manos. Enmarcó en el aire un cuadrado de unos pocos centímetros por lado en cuyo interior se proponía mantener en orden su mundo.

Hasta donde se me alcanza, esto NO se llama duda razonable, esa duda para la cual hay un buen motivo.

Si bien algunos científicos insisten en que estas experiencias durante una muerte clínica tienen que ser perturbaciones bioquímicas o neurofisiológicas en el cerebro, o bien se deben a la falta de oxígeno en el cerebro, está claro que tales ideas no pueden explicar un «Zapato en la cornisa».

¿Qué alteración química en el cerebro, o qué clase de circunstancias, pueden proporcionar a una persona información sobre lo que está sucediendo en otra parte de la ciudad? Cuando el cuerpo es incapaz de funcionar, aunque sea temporalmente, y la persona no obstante tiene unas experiencias que comprueban unos testigos fiables, debemos llegar a la conclusión de que hay algo, o alguien, que no está encerrado en, o limitado, al cuerpo. Aunque eso (el superviviente, el alma, la esencia, el espíritu o como quieras llamarlo) vive en el cuerpo, puede continuar sin el cuerpo. Y lo hace.

El hecho de que no haya ninguna otra explicación para estos fenómenos de «Zapato en la cornisa» es esencial, desde luego. A menudo la explicación que ofrecen los científicos, médicos y otras personas para rebatir la posibilidad de que exista algo independiente de nuestro cuerpo es la idea de que la persona todavía no está muerta, es decir, irreversiblemente muerta.

Parece lógico, ¿verdad? Parece importante. Pero mirémoslo con más atención. Lo único que necesitamos demostrar para sacarnos para siempre de la cabeza la Premisa de la Aniquilación es que el ser humano no se limita al cuerpo. Por «limitado al cuerpo» entendemos lo siguiente:

- *capaz de funcionar* solamente *dentro de los límites de los sentidos físicos.*
- *capaz de ver* solamente *con los ojos físicos y* solamente *aquello que está al alcance de los ojos físicos.*
- *capaz de oír* solamente *con los oídos físicos y* solamente *aquello que está dentro del radio de los oídos físicos.*

Ahora bien, el motivo de que se reuniera un equipo de médicos a reanimar a estas personas era que se las daba por muertas, es decir, no ocurría nada en el aparato físico, como cuando ya no hay respiración, el corazón no late, no existe presión sanguínea, no se pueden leer periódicos, ni ver películas ni televisón. Justamente ése era el problema, ¿recuerdas?

La capacidad de repetir conversaciones que se han desarrollado en otra zona del hospital o de ver y recordar fenómenos no ocurridos en las proximidades del cuerpo muerto simplemente *no se pueden explicar* con una jerga pseudocientífica. Y esto no puede ser desestimado, descartado ni negado por una colección de mentes bien formadas pero estrechas, cuya principal preocupación es «tener un mundo ordenado», sobre todo cuando para hacerlo tienen que infringir sus propias reglas de lógica y razonamiento.

Las formas de los objetos

Y sólo para precisar, un último punto. Elizabeth Kübler-Ross, la médica suiza pionera que hace veinticinco años iniciara los estudios serios sobre el campo de la muerte y el morir, y que ha tenido innumerables experiencias que la han convencido de que la supervivencia del ser humano a la muerte es un hecho, hace la siguiente exposición en uno de sus libros de reciente publicación. Y creo que es el ejemplo definitivo de «Zapato en la cornisa».

La doctora Kübler-Ross cuenta que ha interrogado a varias personas totalmente ciegas (sin la más mínima percepción de la luz) que han tenido una experiencia de muerte clínica, comprobando que eran capaces de describir con los más mínimos detalles su reanimación, detalles como las rayas de una corbata, el color de una camiseta o de una chaqueta, quién entraba en la habitación y en qué momento.

En circunstancias normales estas personas jamás habrían podido ver esos detalles, ya que el observador ciego era incapaz de ver nada, ni siquiera lo claro u oscuro, y mucho menos los dibujos de una corbata.

CAMBIAR TUS CREENCIAS

¿Podemos conseguirlo?

El hecho de llegar a la conclusión de que el ser humano no está sujeto a la muerte como antes creíamos, conclusión que cambia por completo la manera de ver el mundo, la manera de vivir la vida, de contar con la muerte, y el hecho de que es difícil cambiar una creencia tan arraigada en nuestro cerebro (y en la cultura occidental), no significa que no podamos hacerlo. Lo cierto es que podemos, y debemos.

He aquí una definición de humildad que escuché hace un tiempo:

> *La humildad no consiste en rebajarse, eso es simplemente rebajarse. Humildad es saber que en el momento siguiente se puede aprender algo que podría cambiar por completo la manera de ver el mundo.*

«Podría cambiar por completo la manera de ver el mundo», esto me gusta. ¿Qué podría ser más fascinante? Sobre todo si lo que este cambio de visión comporta es una manera de superar de una vez por todas los dos mayores obstáculos para llevar una vida feliz: el miedo y la aflicción.

Lo que vemos aquí es un cambio radical, es decir, un cambio en las raíces mismas de nuestro sistema de creencias. Pero una vez que hayamos logrado este cambio, todo se arma de un modo nuevo, un modo mucho más agradable, ya lo verás.

Después de todo es redondo

Volvemos al cambio de mundo plano a mundo redondo de que hablábamos antes. Ciertamente fue un cambio enorme, en cuanto al modo como las personas entendían su universo y vivían sus vidas, como el cambio que buscamos aquí.

Ya sabes que cuando Colón volvió sano y salvo con sus pequeños barquitos, nadie le sugirió que se hiciera a la mar una y otra vez para asegurarse de que sus resultados eran reales. No. Su regreso, sano y salvo, con algunas pruebas físicas de que había estado en un lugar nuevo, unos cuantos «Zapatos en la cornisa», si prefieres, fue suficiente.

Después de todo no existía ningún borde que hiciera peligrosa la navegación. Colón lo demostró. Y como en aquellos lugares se podía hacer dinero, los reyes de España subvencionaron la flota de navíos de Colón, no tres modestas bañeras, para que pudiera navegar más lejos y traer más cosas.

Un poco de humildad

Lo que quiero decir es lo siguiente: no hubo ninguna vacilación para creer lo que su vuelta probaba o, visto de otro modo, existía la suficiente humildad, suficiente conciencia de que no podemos saber toda la historia acerca de todo; lo suficiente para permitir un total replanteamiento y reconceptualización de la naturaleza del mundo físico.

Como es lógico, cambió para siempre el trazado de los mapas.

En Alemania, alrededor de esa época, un cartógrafo llamado Martin Behaim trazó el primer mapa del mundo redondo recién descubierto, el primer globo terráqueo. El éxito de Colón provocó un cambio en el comercio, literalmente abrió un «nuevo mundo» a la exploración.

Digamos también que el descubrimiento alteró el modo de evaluar los peligros marinos y los peligros que imaginaban las personas que los amaban. Este nuevo descubrimiento debió de eliminar los temores irracionales y la aflicción que los acompaña. El conocimiento tiene que hacer eso. Si le hacemos un sitio, lo hace.

Cómo edificar nuestra certeza

A los participantes de Charlas Iniciales se les entrega una lista de lecturas la primera noche. Y yo les doy una animada charla en la que les digo más o menos:

> *Alguien me preguntó una vez si yo estaba absolutamente segura de que sobreviviría a mi muerte, es decir, a la muerte de mi cuerpo. Yo le contesté, esto fue hace unos seis años, que estaba segura al cien por cien y, más aún, que nada inferior a eso me serviría cuando llegara el inevitable momento. Si yo tuviera una brecha en mi convicción, aunque sólo fuera del cero coma uno por ciento, por allí podría colarse el miedo y moriría aterrorizada, como mueren tantas personas*
>
> *Morir aterrorizada es una experiencia que de ningún modo deseo tener. Y os sugiero que vosotros tampoco. No es un cuadro agradable. Es horroroso. Podéis evitarla y de veras os conviene hacerlo. Pero para aumentar el grado de convicción que vais a necesitar y conseguir el don de no tener miedo que confiere el ciento por ciento de certeza, y que tienen todos aquellos que han experimentado la muerte, tendréis que trabajar un poco.*
>
> *Meditad sobre las directrices que hemos establecido, haced preguntas difíciles, expresad vuestras dudas en términos concretos y ensanchad vuestras mentes. Vaciaros todo cuanto sea posible de los*

prejuicios con que os criasteis, y que probablemente todavía os rodean.

Os será útil recordar que tenéis, en vuestro papel de jurado, la obligación (para con vosotros mismos) de escuchar y leer con una mente abierta y sin prejuicios.

Ésa es la tarea. Hacedla y la victoria será vuestra. Veréis que el material que os expondremos es coherente y lógico. Los argumentos son sólidos.

¿Empezáis a convenceros de que la supervivencia es real? Si necesitáis afianzar la certeza (y es probable que sí), la mejor manera es leer cuantos más testimonios de primera mano podáis de personas que han experimentado la muerte.

Cuando leáis, imaginad que tenéis delante a la persona que está contando su historia, que es un ser humano que ha llevado una vida normal (sea lo que sea lo que esto signifique), exactamente igual que vosotros. Escuchad su relato, prestando especial atención a aquellos detalles de «Zapatos en la cornisa» que tan importantes son para nuestro caso.

Después ved qué pensáis de ello. Presentamos aquí algunas sugerencias de películas que están a la venta o que se pueden alquilar. Son muy simpáticas y presentan los mismos argumentos que hemos desarrollado juntos.

Lecturas y películas recomendadas

Raymond Moody, *Life after Life*. (Versión en castellano: *Vida después de la vida*, Edaf, 1984.)

Melvin Morse, *Closer to the Light*. (Versión en castellano: *Más cerca de la luz*, Edaf, 1991.)

Dannion Brinkley, *Saved by the Light*. (Versión en castellano: *Salvado por la luz*, Edaf, 1995.)

Resurrección, protagonizada por Ellen Burstyn.

Ghost, protagonizada por Patrick Swayze, Demi Moore.

Truly, Madly, Deeply, protagonizada por Alan Rickman.

CAPÍTULO CINCO

EL SUPERVIVIENTE CONTINÚA SU VIAJE

Hemos probado ya que cierta esencia o aspecto del ser humano actúa más allá de los límites del cuerpo físico, al menos en aquellos casos en los que éste no iba encaminado hacia una desintegración permanente. Para afianzar la convicción de que esto no ocurre solamente en los casos de «casi muerte» sino también cuando la muerte del cuerpo es definitiva, necesitamos poder seguirle la pista al superviviente, sea quien sea, durante los días, meses y años siguientes al fallecimiento del cuerpo.

Ahora bien, al decir «seguir la pista», lógicamente no quiero decir que exista un rastro intacto que podamos seguir del mismo modo que podríamos rastrear las huellas de unas pisadas en la nieve recién caída. Pero en este seguimiento del superviviente sí hay ciertos paralelismos con el mundo natural. Pensemos en los complejos avances que ha hecho la biología. Si un científico desea seguir la migración de las ballenas azules, por ejemplo, a una de las ballenas le colocará un transmisor para así detectar las señales que dicho transmisor emita. La ballena puede mantenerse oculta durante meses, pero mientras vaya recibiendo la señal el científico puede asegurar que la ballena se encuentra en algún lugar.

En otras palabras, no se pone en duda que la ballena continúa existiendo. Es más, aunque el transmisor dejara de emitir, eso no significaría que la ballena hubiera muerto.

Lo que sucede cuando una persona abandona el cuerpo para siempre, o muere como decimos habitualmente, es similar a lo que sucede cuando la ballena se sumerge en las profundidades y desaparece de nuestra vista. La ballena está en su elemento y no podemos seguirla. Lo que nos lo impide son *nuestras limitaciones físicas*, que son diferentes a las de la ballena. Sin embargo sabemos que todavía sigue viva gracias a la débil señal que captamos de vez en cuando.

Claro está que en lo que al superviviente del cuerpo muerto se refiere, no podemos seguir su pista directamente, porque ya no tiene cuerpo, ya no está en *nuestro* elemento. Recordemos, sin embargo, que lo que buscamos son débiles señales de aquello que *no se limita al cuerpo físico*, es decir, de aquello que tiene una existencia independiente del cuerpo.

La antigua creencia de que la persona es algo físico nos impide ver lo que es obvio. Supongamos que te internas en el bosque con unos prismáticos para seguir las actividades de un pequeño y brillante cardenal. El pájaro desaparece detrás de un inmenso árbol. Mantienes los prismáticos dirigidos hacia el árbol porque sabes que el pajarito reaparecerá, simplemente se ha apartado temporalmente de tu campo visual. El hecho de no verlo en ese momento no te hace suponer que ha dejado de existir. Algo grande y sólido, el árbol en este caso, te bloquea la visión.

Bien, pues lo que nos bloquea la visión de la persona real cuando tenemos delante un cuerpo muerto en el lecho, es que creemos que la persona era esa cosa detrás de la cual acaba de desaparecer. Es fácil ver que, lo que hace un momento había en el interior de eso ya no está. El cuerpo muerto es *una cosa, no alguien.*

Es como si el árbol se hubiera tragado al pájaro. Así pues, continuamos con la mirada fija en el árbol, es el último lugar donde lo vimos. La situación es un poco embarazosa, pero no importa. Esa confusión es muy comprensible porque hasta ese momento nos hemos relacionado con la persona principalmente a través de instrumentos físicos, corporales. Como es lógico, la asociación entre la persona y el cadáver la tenemos muy incrustada en la mente. No es muy diferente de la creencia entre ciertos pueblos llamados primitivos de que una fotografía, la mera representación física de la persona, puede capturar su esencia y su espíritu.

Ahora bien, lo único que deseamos encontrar en nuestra búsqueda de pruebas de que la persona sobrevive a la muerte de su cuerpo es alguna evidencia de su existencia sin su cuerpo. Queremos saber si alguien ha sobrevivido a la experiencia de muerte total de su cuerpo, no sólo a la de muerte clínica temporal.

—Ah, pero es fácil, Ganga —me dijo mi amiga Diane—. Están todas esas personas videntes intermediarios, médiums. Se ha escrito mucho sobre todo esto.

Yo me eché a reír. Existe una ingente cantidad de material sobre el tema y si esas pruebas bastan para convencerte, no necesitas este libro.

El hecho es que a pesar de lo creíble que pueda resultar un vidente o un médium, la mayoría no nos los tomamos muy en serio. Ésta es la verdad. El asunto del testigo *fiable* sigue siendo importante. Casi todos consideramos que una persona no es fiable si no ha pasado por las mejores universidades, se ha graduado en las mejores facultades de medicina y se ha mantenido muy dentro de los límites de lo que podríamos llamar la sabiduría vigente.

Yo no tengo una opinión formada respecto a la fiabilidad de unos u otros. Sólo sé que esto es así porque he analizado mis propias actitudes. Y espero con ansia el día en que alguien pueda decir: «Estoy seguro de que existe la vida después de la muerte. Me lo ha dicho mi médico.»

Por esta razón procuro presentar trabajos publicados por profesionales de la medicina. Como todos sabemos, los médicos se someten a un riguroso proceso de formación sólidamente afianzado en la lógica del método científico. Esta formación se fundamenta además en el supuesto de que el ser humano se limita al cuerpo y deja de existir cuando este cuerpo muere. Dentro de ese rígido entramado intelectual, y hasta para la mayor parte de médicos y estudiantes de medicina de criterio amplio y mente curiosa, la posibilidad de vida después de la muerte no se puede considerar ya que, como hemos dicho antes, no se puede probar «científicamente». Esa idea se opone a la visión del mundo sobre la que se apoyan los estudios médicos.

Después de todo este largo preámbulo, te recomiendo leer *Muchas vidas, muchos maestros*, de Brian Weiss, psiquiatra formado en las universidades de Columbia y Yale. Weiss no sólo presenta argumentos muy sólidos, más allá de toda duda razonable, con los que demuestra que sobrevivimos, sino que además el libro es de lectura agradable y amena.

Podemos imaginarnos la renuencia de un hombre como Weiss a presentar las pruebas, y son pruebas de que las personas no morimos. El riesgo, mejor dicho la certeza, de perder el respeto de sus colegas no es nimio para unos profesionales que han trabajado tanto para conseguirlo. El propio Weiss diría: «Tardé cuatro años en reunir el valor para correr el riesgo profesional de presentar esta información tan heterodoxa.»

¿Qué le sucedió al doctor Weiss que fuera tan apremiante que lo obligara a escribir el libro, arriesgando todo aquello por lo se había esforzado tanto? Lo narra con todo detalle en *Muchas vidas, muchos maestros.* La esencia de lo que cuenta es lo siguiente:

El doctor Weiss tenía una paciente llamada Catherine que acudió a él debido a unos síntomas de profunda ansiedad francamente desagradables. A pesar de seguir los mejores métodos de la psicoterapia actual, Catherine no mejoraba. Weiss decidió recurrir a la hipnoterapia, pensando que esos síntomas se debían probablemente a algún período de su vida, la primera infancia, quizá, que no podía recordar en estado normal de vigilia.

Durante el primer trance hipnótico Catherine recordó dos acontecimientos, uno ocurrido cuando tenía tres años y otro cuando tenía seis, que al parecer tenían relación con sus actuales síntomas. Sin embargo, durante la siguiente sesión, le dijo al desconcertado doctor Weiss que sus síntomas no habían mejorado en absoluto.

Weiss volvió a ponerla en trance hipnótico y le dio una orden clara y sencilla: «Vuelva al momento en el que se iniciaron los síntomas.» Lo que sucedió entonces lo sorprendió enormemente, porque la paciente comenzó a dar detalles, detalles muy precisos y abundantes, de una vida en la que, casi cuatrocientos años antes, se había ahogado tras ser arrebatada junto con su hija pequeña por una ola gigantesca que había arrasado todo el poblado.

No sólo el doctor Weiss no creía en la reencarnación, Catherine tampoco. Pero en la sesión siguiente ella le dijo, muy feliz, que el miedo de toda su vida a morir ahogada y las repetidas pesadillas, en las que soñaba que se ahogaba, habían desaparecido. De hecho desaparecieron para siempre.

Este episodio, el primero de las muchas incursiones que Brian Weiss y Catherine realizaron a vidas anteriores, lanzó al joven médico a explorar la literatura médica sobre la reencarnación y encontró, entre otros estudios, el trabajo bien documentado del doctor Ian Stevenson, catedrático de psiquiatría de la Universidad de Virginia, en el que relataba más de doscientos casos de niños que tenían recuerdos de vidas anteriores, muchos de los cuales hablaban idiomas que nunca en sus vidas presentes habían oído.

Weiss se mantuvo escéptico pero siguió trabajando con Catherine, sorprendido de que sus síntomas continuaran remitiendo. Escuchaba lo que ella contaba con la esperanza, pese a la arraigada predisposición en contra de su profesión, de que le ofreciera alguna prueba incontrovertible de que lo que veía y oía cuando estaba sometida a hipnosis era objetivamente cierto y verificable.

¡Y entonces sucedió! Al final de una sesión, durante la cual Catherine había narrado una muerte por enfermedad, ocurrida hacía muchísimo tiempo, empezó a hablar como si estuviera en un estado incorpóreo, impersonal, como entre dos encarnaciones. En ese estado le dijo:

> *Aquí están su padre, y su hijo, un niño pequeño. Su padre dice que lo conocerá porque se llama Avrom y que a su hija le pusieron el nombre por él. Dice también que su muerte se debió a su corazón. Su hijo también murió a causa de su corazón, porque lo tenía al revés, como el de un pollo.*

¿Qué había en estas palabras que convenció totalmente al doctor Weiss de la verdad de lo que decía Catherine? Fue lo siguiente:

1. *La paciente no tenía ningún conocimiento previo de su vida.*

2. *Su padre, Alvin, hombre fuerte de sesenta y un años, había fallecido hacía unos años de un ataque fulminante al corazón. El nombre hebreo de Alvin, que no aparecía en ningún documento público, era Avrom. Y la hija de Brian*

Weiss, que nació meses después de la muerte de su abuelo, se llamaba Amy en recuerdo suyo.

3. *La muerte de su primer hijo, a los veintitrés días, había tenido lugar hacía once años. El bebé nació con una deformación congénita del corazón que, en efecto, estaba al revés. Las venas pulmonares con la sangre oxigenada entraban en su corazón por el otro lado. De ninguna manera habría podido vivir el pequeño.*

Para Weiss éste fue el «Zapato en la cornisa», la prueba de que era innegable que con Catherine estaban explorando vidas reales del pasado. Era la prueba de que, aunque ella había tenido muchas, muchas muertes, nunca había dejado de ser ella misma. No había sido nunca aniquilada. Sólo habían muerto sus cuerpos.

«¿Y qué —continúa el médico—, qué podemos decir de mi padre y mi hijo? En cierto sentido seguían vivos, nunca habían muerto. Me estaban hablando años después de su entierro y lo probaban transmitiendo una información concreta, una información muy secreta.» ¿Qué piensas de todo esto?

Lecturas recomendadas

Brian Weiss, *Many Lives, Many Masters.* (Versión en castellano: *Muchas vidas, muchos maestros,* Ediciones B, 1995.)

Joel Whitton, *Life Between Life*.

CAPÍTULO SEIS

EL SUPERVIVIENTE AQUÍ Y AHORA

Hemos seguido la pista a aquello que sobrevive a la muerte en los momentos inmediatamente posteriores a la muerte física y hemos vislumbrado al superviviente entrando y saliendo de vidas anteriores e incluso pasando por largas pausas entre las vidas.

Pero ¿dónde está ese superviviente ahora?

¿QUIÉN ESTÁ LEYENDO ESTAS PALABRAS?

Nos hallamos en una parte esencial de nuestro trabajo conjunto, así que no pases por alto estas páginas, por favor.

Aquí es donde enlazamos a Aquel que sobrevivirá a tu muerte física con la persona que eres en este preciso momento, que está leyendo estas palabras. Aquí las semillas de la información y de las ideas plantadas en la buena tierra de la experiencia diaria van a echar raíces y dar el fruto que esperamos, es decir, la certeza de que no nos extinguimos después de la muerte. Aquí es donde se edifica esa verdadera convicción, la que nos dará paz y seguridad a la hora de la muerte.

De nuevo estamos ante el cuadro de las Premisas de la Aniquilación y Conceptos Asociados. Recuerda que los cimientos sobre los cuales se apoya esta premisa es el concepto de que estamos LIMITADOS a estos cuerpos físicos.

Lo que ahora vamos a hacer es explicar unas cuantas maneras de vislumbrar a Aquel que no está limitado a estos cuerpos aquí y ahora.

Y al decir ahora simplemente me refiero a hoy. Echemos un vistazo a un período de veinticuatro horas y veamos cuáles son nuestras posibilidades en un solo día.

DESPIERTO O DORMIDO

Los dos estamos despiertos en este momento, yo estoy escribiendo y tú leyendo. A esto se le llama Estado de Vigilia. Más tarde tendremos sueño y nos iremos a dormir. En cuanto nos quedamos dormidos, sólo existen dos opciones: soñar o dormir sin soñar. Vamos a expresar estas tres posibilidades del siguiente modo:

Tenemos sólo tres situaciones importantes, o estados si lo prefieres, durante un período de veinticuatro horas:

Estado de vigilia

Estado de sueños

Estado de sueño profundo

Así como la persona que experimenta una muerte clínica puede observar lo que le sucede a su cuerpo cuando está inconsciente y frío, así todos podemos observar lo que sucede cuando el cuerpo está funcionando, cuando nos encontramos «vivos y bien». Esto lo hacemos sin darnos cuenta de que lo estamos haciendo y lo hacemos todo el tiempo.

Aquel que observa, ése al que llamamos superviviente de una experiencia de «casi muerte», es el mismo Aquel que está siempre alerta y vigilante en el interior de nuestra piel. Lo vamos a llamar Testigo porque encaja bien con la idea anterior de una prueba legal.

El Testigo es Aquel que lo ve y lo registra o graba todo. Conozcamos ahora al Testigo de los tres estados, comenzando por el Testigo del estado de vigilia. Permíteme que te cuente una historia.

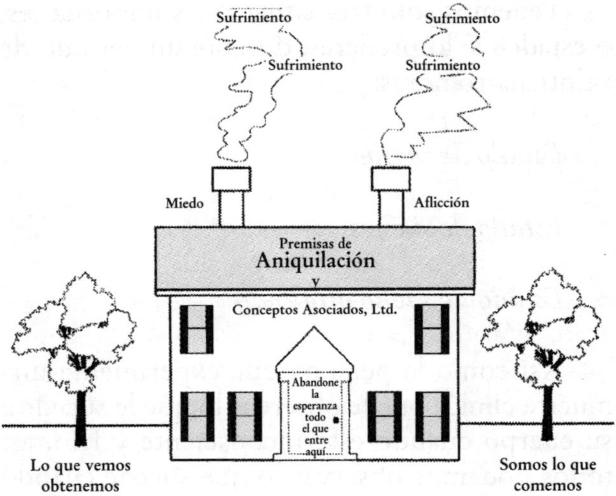

Me limito a este cuerpo

Ésa soy yo

Hace algunos años tenía una amiga, una mujer muy rica que ya había cumplido los noventa. Una tarde me mostró una foto antigua muy desgastada de cuando era pequeña.

—Ésa soy yo —me dijo con orgullo, señalando una figurita vestida lujosamente y sentada en el asiento delantero de un elegante carruaje—. Mis padres me dejaban subir con el cochero, era divertido.

No existía el más mínimo parecido físico entre la niña de la fotografía y la jovial anciana que permanecía sentada a mi lado en el sofá de su acogedora biblioteca. Y, sin embargo, la señora West no tenía ningún problema para reconocerse en la fotografía, aunque yo no hubiera sido capaz de hacerlo.

Se reconocía en ese cuerpo tan diferente porque recordaba el momento. Lo había presenciado hacía casi noventa años, lo había retenido en los ojos de su mente, lo había grabado y lo evocó para contármelo aquel día soleado, creando un puente mágico entre su época y la mía.

¿Quién o qué fue lo que captó el momento hacía tanto tiempo y lo representó aquella tarde? Fue sin duda el Testigo del estado de vigilia. Puedes conocer a ese Testigo en este mismo momento. Es Aquel que está leyendo estas palabras en esta página. Y ahora cierra los ojos.

Cuando cerraste los ojos las imágenes desaparecieron, pero fíjate que seguías estando totalmente presente, consciente de los sonidos de la habitación y quizá preguntándote si tienen algún sentido estas ideas. Eso que está consciente y observa tus pensamientos es el Testigo del estado de vigilia.

Ese Aquél no es, en absoluto, lo mismo que la mente. Es el Testigo de La Mente (en estado de vigilia). Es el Aquel que, cuando tienes un pensamiento mezquino o desagradable (o uno agradable y amoroso) te lo señala, normalmente junto con una pequeña amonestación o elogio.

El Aquel que observa nuestras emociones es

también el Testigo del estado de vigilia. Si no te queda claro lo que quiero decir imagínate lo siguiente (yo me imagino que eres mujer):

Esta noche llamas a tu mejor amiga para contarle un encuentro desagradable que tuviste esta mañana camino del trabajo.

—Me dio tanta rabia que casi no podía hablar —le dices—. Me estropeó todo el día. ¡Me sentí tan molesta...!

El Aquel que recuerda claramente las intensas emociones de esta mañana es el Testigo del estado de vigilia; no es la que se sintió fastidiada y desgraciada (por cierto, ¿dónde está *ella* en este momento?). Es el Aquel que observó el encuentro y puede contarlo sin volver a sentirse alterado. Es el Aquel que, con ecuánimes poderes de observación, estaba mirando desde cierta distancia emocional de la acción. Ése es el Testigo del estado de vigilia.

El Testigo del estado de vigilia se detecta con más facilidad cuando se rememoran sucesos de la infancia.

He aquí un ejercicio: recuerda cualquier episodio de tu infancia, y cuanto más antiguo mejor. Te cuento el mío:

Estoy intentando construir un castillo de naipes en el suelo del apartamento de mi tía Mary en Queens. El castillo sube algo tambaleante, se mantiene en equilibrio inestable unos instantes y luego se derrumba con el aire de mi respiración. Soy muy pequeña, no más de dos años, me dice tía Mary. Como es lógico, mi cuerpo era mucho más pequeño que el que ahora tengo, y tenía la cara tan cerca del suelo que aquel castillo tan precario se derrumbaba debido a mi respiración. Y se cayó una y otra vez antes de que yo dedujera cuál era el problema.

Recuerdo que mi campo visual se limitaba al edificio de naipes y a algunos cuadros del suelo de parquet. Todo era grande, en especial el rostro de tía Mary. La escala de proporciones era muy diferente y mi recuerdo es visual, todo estaba en primer plano a los ojos de esa niña.

Bien, ahora te toca a ti. Si quieres, elige algo que recuerdes con todo detalle, una celebración, por ejemplo, un cumpleaños, unas vacaciones o un viaje, algo de lo que puedas extraer todo el sabor.

Ahora bien, observa que el recuerdo tiene dos componentes claramente diferentes. Llamémoslos Imagen y Sonido.

La Imagen, como una película casera antigua, se grabó en el único momento factible, es decir, cuando el acontecimiento tuvo lugar. Y el Aquel que la grabó era el Aquel que estaba allí:

el Testigo del estado de vigilia, observando los acontecimientos a través de los ojos ingenuos de aquel niño o niña, es decir tú.

Y luego está el Sonido. Digamos que vas a mostrar estas viejas películas caseras a tus actuales amigos. Comentas la acción y explicas las escenas. A veces resulta gracioso porque es divertido observar las diferencias entre lo que eras entonces y lo que eres ahora.

Tus comentarios, con la voz de hoy, reflejan tu perspectiva de adulto: el punto de vista que has edificado a partir de una montaña de pequeñas experiencias como las de la película. Así pues, el narrador, que tiene opiniones, el comentarista, narra la historia desde la muy diferente perspectiva de la persona que eres ahora. Ahora, fíjate en esto.

Para la acción. ¿Eres la misma persona cuyo cuerpecito encantador de niño estaba bailando en la pantalla? «Pues claro que sí —es la respuesta—. ¿Es que no lo veis?»

Pues no, no lo vemos, y la razón de que *no podamos* verlo es que tu cuerpo es completamente diferente. También ha cambiado la perspectiva desde la que cuentas la historia, ¿no es cierto?

Sin embargo, algo sigue igual. Lo que sigue siendo igual es el Aquel al que llamamos el Testigo del estado de vigilia. El Aquel que observaba, en la infancia, lo sigue haciendo ahora. El Aquel que tiene ideas y opiniones acerca de lo que sucedió es la mente: el Aquel al que le ocurren acontecimientos y cambios físicos es el cuerpo. Pero el Aquel que observa las aventuras del cuerpo y que escucha las opiniones, las ideas y los sentimientos de la mente es el Testigo del estado de vigilia y *es quien eres ahora*.

Éste es un momento muy esencial y sutil. No lo dejes escapar. Levántate y ve a mirarte en un espejo. ¿Ves ese rostro? Es muy diferente del que tenías cuando eras pequeño, ¿verdad? Y, sin embargo, eres exactamente quien siempre has sido. El Aquel que mira por tus ojos es el Aquel que miraba por esos ojos cuando tu cuerpo era muy joven. El cuerpo ha experimentado profundos cambios, pero el Aquel que rodaba, y continúa rodando, las escenas que componen su película, el ojo de la cámara, es el mismo, el mismo, el mismo.

Por eso a veces nos sorprendemos pensando qué raro es estar en este cuerpo adulto, en este cuerpo viejo, cuando en realidad somos los mismos que éramos entonces, cuando éramos niños. «¡Vaya, no puedo creer que ése sea yo!», solemos decir cuando nos vemos reflejados en el cristal de un escaparate o nos vemos en una sincera fotografía.

Pues claro, es que no somos eso; eso sólo es el cuerpo, nuestro vehículo, nuestra casa. Y esa ligera sensación de incredulidad cuando vemos este cuerpo es lógica, porque nos dice que sabemos que somos algo estable y constante siempre y a pesar de todos los cambios del cuerpo.

Recordemos que estamos siguiendo las huellas de aquello que NO ESTÁ LIMITADO por el cuerpo. ¿Lo ves ya? La vida resulta ser un deporte espectáculo.

EN LA REUNIÓN

El pasado mes de junio asistí a la 35.ª reunión de compañeros del instituto (¡qué horror!) y fue una excelente ocasión para experimentar qué sigue siendo lo mismo y qué cambia. Todos tenemos la misma edad, la clase de 1959. En la reunión todos teníamos cincuenta y tres años, edad muy interesante.

Observando el grupo, que cada vez es más pequeño cuando nos reunimos, vi que algunos ya son abuelos y realmente lo parecen. Tuve que mirar mucho las caras para ver si lograba imaginarme quién se ocultaba dentro, y entonces asomaba algún destello del compañero de instituto y reconocía que la persona seguía siendo la misma aunque ahora estaba interpretando el papel de orgulloso abuelo o abuela, y muy bien por cierto. Y unos cuantos seguimos siendo niños, por alguna razón, a pesar de tener hijos. Inmaduros, eso es lo que somos, y probablemente lo seguiremos siendo. Yo no he cambiado mucho mi manera de vestir durante todos estos años, sigo llevando pantalones anchos de algodón, zapatillas deportivas, suéters con cuello de cisne y tejanos. Yo lo llamo «envejecer con estilo». No pretendo engañarme a mí misma ni a nadie, y tampoco es mi intención parecer más joven. Simplemente pienso «si no se rompe no lo arregles». Comodidad, eso es lo que necesito.

En todo caso, aparece el chico más atractivo de la clase, el llamado Izzy. Sigue siendo el mismo chico, tan encantador y seguro de sí mismo como siempre. Le ha cambiado el cuerpo, claro, se le ha ensanchado la cintura y ya no tiene tanto pelo en la cabeza, pelo que ahora es de un color negro no natural, pero claro, el mío es un falso rubio.

Lo otro que ha cambiado es que ahora coquetea conmigo, la ex reina del instituto, vale decir una de las chicas menos populares de la clase. Me veo nuevamente nerviosa y ligeramente turbada, aunque ahora soy una persona muy segura de mí misma y hace muchos años que superé totalmente la timidez. Y en todo caso no se trata de un coqueteo serio, porque Izzy está casado y yo no estoy disponible.

Pero para los dos, la fascinación está en la tensión que se produce entre las personas que somos ahora y los fantasmas resucitados de quienes éramos entonces. Este tipo de reuniones resultan un juego fascinante debido a esta extraña danza fluctuante entre presente y pasado, entre forma y fondo.

Respecto a nuestro objetivo, lo que nos interesa señalar aquí es que cuanto más cambia (el cuerpo), más sigue siendo el mismo (el Testigo del estado de vigilia). La misma chica que hace treinta y cinco años se sentía intimidada por ese chico tan popular se siente y no se siente intimidada por él ahora, las dos cosas a la vez. Para desenfocar otro poco los márgenes el Aquel que observó y grabó este divertido momento de la reunión fue el Testigo del estado de vigilia. ¿Te das cuenta?

Este Testigo registra todos los acontecimientos mundanos de nuestra vida, hasta los más insignificantes, de nuestro desarrollo emocional, físico e intelectual. Cuando las cosas «siguen su curso normal», que significa que los cambios en nuestros sentimientos, cuerpos o ideas se van produciendo gradualmente, no nos damos cuenta de su existencia. Pero cuando la modalidad se «acelera», ese Testigo es mucho más fácil de detectar.

Con ocasión de un gran cambio

Hace tiempo que Shelly desea quedarse embarazada, desde que la conozco, hará unos tres años. Se está acercando a los cuarenta y empieza a creer que no va a poder tener el hijo que ella y su marido ansían. Le recuerdo que mi hija nació cuando yo había cumplido los cuarenta y cinco, pero eso no la consuela. Quiere quedar embarazada ahora, no dentro de ocho años.

Cuando la vi hace seis meses, tenía en la cara una expresión de «tengo un secreto»: unos ojos grandes y redondos y una sutil sonrisita. Esperé a que me diera la noticia, a que ella eligiera el momento y las palabras. Tardó unos treinta segundos y yo puse una expresión de máxima sorpresa:

—¡Oh, cuánto me alegro, Shelly!

Y era cierto que me alegraba.

La semana pasada me encontré con ella en la calle; vivimos en el mismo barrio, nos separan unos cuantos edificios. ¡Sí que tenía abultado el cuerpo! No gordo, ha sido bailarina y ha mantenido una figura fina y esbelta, pero el embarazo le abulta mucho. El bebé va a ser grande, nacerá el mes próximo.

—¿Cómo te va, Shelly?

—Estupendamente, Ganga, ya empezamos a hacernos a la idea de que vamos a tener un bebé. Pero ¿sabes? No siento ninguna diferencia, quiero decir nada en absoluto. No puedo dormir boca abajo, claro, y es fantástico sentir que el niño se mueve; otra persona dentro de mi cuerpo, es una sensación extraña. Pero, Ganga, creía que me iba a sentir distinta y no, no, en absoluto. Sigo siendo Shelly, la misma. En mis sueños no estoy embarazada, ¿no es raro eso?

Debido a que su cuerpo había cambiado tanto y tan rápido, estaba tan distinto, si bien temporalmente, al que ella conocía, Shelly había entrado en contacto con el Testigo del estado de vigilia. Había tomado conciencia del Aquel que no es el cuerpo sino el observador de las transformaciones del cuerpo. «Sigo siendo Shelly», era su manera de expresarlo. Pero nosotros lo traducimos del modo siguiente: «He comprendido que soy el Testigo del estado de vigilia.»

Y observa que en sus sueños no estaba embarazada; vamos a volver a eso dentro de un momento.

Fue el enorme cambio en su cuerpo lo que le permitió a Shelly darse cuenta del Testigo, la Aquella que ella siempre había sido. (P. D.: Hoy supe que tuvo a su bebé; es un niño, y muy grande.)

El Testigo del estado de vigilia es una presencia tan constante en nuestra vida que es difícil estar siempre consciente de él, como el ruido del tráfico si vivimos junto a una calle principal o esa música de fondo en la oficina.

Pero es muy importante aprender a captarlo y a identificarse con él, porque este Testigo inmutable es el que pasa por la transición que llamamos muerte.

He aquí algunos trucos (técnicas) que te servirán para experimentar tu yo como Testigo del estado de vigilia. Todas son fáciles y muy interesantes.

Él, ella o yo

Normalmente estamos muy atrapados en el continuo drama que constituye nuestra vida cotidiana, sobre todo en estos tiempos en los que la historia personal se toma tan terriblemente en serio. Tendemos a hablar ininterrumpidamente con nosotros mismos, en primera persona y en silencio, acerca del más fascinante de los personajes: Yo.

Este monólogo es el rumor de fondo de la mente. Puede centrarse en el pasado, en el presente o en el futuro. Pero el tema de este monólogo cotidiano siempre es Yo.

Pero si, a modo de ejercicio de la conciencia, sustituimos el yo por el pronombre en tercera persona correspondiente o por nuestro nombre, la cosa cambia. Veamos cómo.

Imagínate que tienes una buena butaca en un cómodo teatro. La obra es un éxito y hace tiempo que está en cartel; te interesa muchísimo porque se trata de un drama cotidiano basado en tu propia vida. Sentado o sentada en primera fila, contemplando al actor o la actriz que te interpreta en el escenario, verás que aunque la acción se parece mucho a lo que has experimentado durante el día, no tienes ninguna necesidad de reaccionar. Sólo estás mirando.

Si haces algún comentario sobre lo que ocurre en escena, vas a usar un pronombre en tercera persona para referirte al personaje principal, la estrella. Podrías decir, por ejemplo: «Uy, ella se arriesga mucho ahí» o «Él debería procurar no hacer eso. No le conviene».

De pronto la historia es asunto de otra persona, de alguien que, por definición, no es tan importante como «Yo». Lo ves con objetividad, sobre todo si lo comparamos con lo que sentiste cuando esos acontecimientos tuvieron lugar. Estás en medio del público, observando las aventuras de un subyugante personaje en el escenario.

Debido a esa objetividad, eres más consciente de lo que hacen y se proponen hacer los otros personajes de la obra. También eres capaz de comprender mejor a tu propio personaje. Ves más opciones que las que veías durante el día. Es decir, estás distanciado de la acción y tienes perspectivas. Te aumentan muchísimo las ventajas estratégicas y ganas.

Entabla buena amistad con el pronombre en tercera persona tan pronto puedas. Despréndete lo más rápidamente posible de ese Yo entontecedor. Comprobarás qué resultados más interesantes.

Nota: el espectador imparcial es el Testigo del estado de vigilia y ese Testigo eres tú.

Aun en el caso de que aceptaras mi palabra en esto sería insuficiente, porque para comprender lo que quiero decir, la experiencia debe ser directa. La manera más fácil es practicar esta técnica tan sencilla. Y practicar mucho.

Háblate llamándote por tu nombre, o usando el pronombre él o ella según corresponda. Es sencillo aunque no fácil. El Yo (yo soy, yo tengo, yo siento) está muy saturado de sí mismo y se utiliza mucho para ser protagonista. Los beneficios de la perseverancia en esta práctica son considerables. He aquí un ejemplo de sus resultados.

El relato de Marilyn. Marilyn ya ha asistido varias veces al curso Charlas Iniciales. Me dice que es la potencia de esta sencilla técnica, aplicada diligentemente a su vida cotidiana, lo que la hace volver.

> *Trabajo en una clínica de salud mental para enfermos no hospitalizados. Mi despacho es un reducido compartimiento en un corredor muy ruidoso. Se trata de una clínica estatal y mi trabajo, soy psicóloga de profesión, consiste en separar a aquellas personas con problemas urgentes, que representen un peligro para ellas mismas, de aquellas otras cuyos problemas no sean tan extremos.*
>
> *Todas las personas que veo durante el día padecen algún problema emocional profundo de una clase u otra, por lo que el estrés en mi vida laboral es francamente elevado.*
>
> *Y lo llevo conmigo el resto del día. Me enfurezco cuando alguien va muy pegado a mí en el metro, por ejemplo, lo*

que significa que siempre estoy furiosa, cuando voy y cuando vuelvo, y necesito toda la noche o el fin de semana para tranquilizarme.

Los primeros dos días en los que intenté llamarme a mí misma Marilyn en lugar de Yo, no observé demasiados cambios. Me sentí ligeramente mejor. Después empecé (aquí se ríe y cambia la marcha), después Marilyn empezó a no tomarse tan en serio los pequeños problemas. Ya no sentía deseos de dar codazos para apartar a la gente en el metro, y empezó a reírse de las situaciones extremas que se le presentaban durante el día. Mis... sus amigos querían saber si estaba tomando Prozac o algo parecido. ¡Me... se siente muchísimo mejor!

¿Qué da tanta potencia a este ejercicio tan sencillo? Los sentimientos que pasan por nosotros durante el día suelen ser muy apremiantes, es decir, nos los tomamos muy *en serio*. Nos dejamos llevar por estos estados de ánimo exagerados y transitorios: ¡qué rabia tengo!, ¡qué desgraciada soy!, ¡ay, qué alegría más grande!, estoy deprimida, estoy enamorado.

Sin embargo, si nos distanciamos un poco de toda esa turbulencia emocional observamos que son los propios sentimientos los que cambian y no cesan de cambiar, apareciendo y remitiendo como las nubes del cielo que vemos por la ventana.

¿Qué es lo que no cambia? No cambia el Aquel que observa estas nubes, así como no cambia por dónde pasan las nubes.

Lograr esa esencial distancia del clima emocional es lo que sucede cuando sustituimos ese siempre atractivo Yo por el pronombre en tercera persona o por nuestro nombre.

No se puede conocer la fuerza de esta práctica si no se prueba personalmente. Nos introduce de un salto en la experiencia del Yo como Testigo. Inténtalo. Haz la prueba más de una vez, durante unas semanas y verás fabulosos resultados.

Y ahora otro excelente ejercicio que puedes probar. También es muy interesante y divertido.

Sin cabeza

Se trata de otra manera de vislumbrar al Aquel que siempre está observando. Es mejor practicarlo en aquellos raros momentos en que la mente no está ocupada con ningún drama o argumento. Es una técnica para la soledad, para un paseo en la playa o en el bosque, a primera hora de la mañana, en momentos de tranquilidad.

Fíjate en el hecho de que no tenemos ninguna experiencia visual concreta de nuestro cuerpo más arriba de los hombros. Podemos meter la barbilla en el hueco de la clavícula y vernos el pecho y más abajo, podemos girar un poco la cabeza y vernos los hombros y los brazos, pero a menos que utilicemos un espejo, la cabeza y el cuello son invisibles. A menos que tengamos dolor de cabeza o la nariz congestionada, no podemos decir que la cabeza y el cuello están allí.

Durante algún paseo en solitario, imagínate que han desaparecido los límites físicos de tu cabeza. Haz flotar la conciencia todo lo lejos que logre llegar. A tus oídos llegarán sonidos distantes y el primer plano de tu campo visual se empañará un poco, pero se expandirá extraordinariamente en los bordes exteriores. (Por favor, no cruces la calle ni conduzcas en este estado.)

Se romperá la percepción habitual de lo que constituyen tus límites. Juega con la experiencia de que sólo eres tu conciencia, no su envoltorio físico. Imagínate que contienes todo aquello de lo que tienes conciencia. Todo forma parte de lo que eres. En realidad es así.

MEDITACIÓN

Quizás algún amigo bien intencionado te ha dicho que «deberías» meditar. Si te pareces un poco a mí, probablemente eso ha bastado para impedirte explorar la meditación. Normalmente imaginamos que lo que nos va a hacer un bien no debe de ser muy divertido y, además, será difícil de aprender y también aburrido.

Pues eso es un error, craso error, porque la meditación es fácil, es tan natural como respirar o dormir y puede ser más interesante y divertido que una película corriente. En realidad es otra manera de experimentar directamente que uno es el superviviente, el espectador, el Testigo del estado de vigilia.

Y existe otra buena razón para hacer amistad con la meditación, como queda manifiesto en el relato de Mary Ellen que sigue a continuación.

Sólo dos pesares. Mary Ellen fue una de las primeras participantes de Charlas Iniciales, y su recuerdo me es tan querido ahora como me era querida ella hace seis años. Tenía un rostro irlandés franco y amistoso, ondulados cabellos blancos y risa fácil. Además, tenía el cuerpo invadido por un cáncer. Seis meses antes de conocernos se había negado a continuar el tratamiento de quimioterapia, pero se medicaba de manera adecuada contra el dolor.

Sus médicos le dijeron que quizá le quedaban de tres a seis meses de vida y Ellen se sentía perfectamente a gusto con la idea. Había vivido plenamente sesenta y un años y, como decía, había completado lo que consideraba el trabajo de su vida: ocuparse de tres hijos estupendos hasta su emancipación.

Después, cuando un tumor le obstruyó el tracto digestivo, ingresó en el hospital, donde permaneció tres meses, durante los cuales la alimentaban por vía intravenosa porque no había modo de que pudiera digerir lo que tomaba por la boca.

La situación era interesante, según sus propias palabras. Y sí que lo era, porque tenía buen aspecto, no padecía ninguna molestia especial y estaba en una especie de suspenso agradable, a la espera de que el cáncer hiciera su jugada. Y no tenía ningún temor a la muerte.

En una de mis visitas le pregunté si tenía algún mensaje, alguna enseñanza para los otros alumnos de la clase que en ese período se reunían todas las semanas. Ah, sí, contestó, claro que lo tenía.

Mary Ellen sólo lamentaba dos cosas, después de haber vivido tan bien y de haber logrado todo lo que se había propuesto:

1. *que siempre que había pasado junto a una tienda Häagen-Dazs nunca había entrado a tomar el helado que le apetecía y*

2. *que nunca había ejercitado ninguna práctica de meditación.*

Debido a que nunca había aprendido a meditar, estaba atrapada en la cama del hospital con un televisor en blanco y negro como único alivio a la inexorable monotonía de los días, y sin un helado.

Es muy conveniente desarrollar una práctica de meditación, a modo de póliza de seguro contra la inmovilización, como la de Mary, sin poder salir de un cuerpo que tampoco puede salir de la habitación, y porque la meditación es otra manera, junto con las otras dos técnicas que ya hemos descrito, de experimentar directamente el Yo cotidiano y conocido como el Testigo del estado de vigilia.

Meditación fácil. Siéntate cómodamente. Yo prefiero el sofá de la sala de estar al mediodía, cuando Hedley está en el colegio. A primera hora de la mañana es el momento clásico para meditar porque resulta más fácil estar relajados, antes de que la mente comience a ocuparse de los asuntos del día. Y esas horas antes del alba son deliciosas, mágicas y sosegadas. Aunque no siempre es posible salir de la cama.

Creo que ser flexible acerca de cuándo medito da como resultado una meditación más frecuente que si me obligara siempre a levantarme a primera hora de la mañana. Elige el momento que a ti te venga bien.

Si estás cómoda con las piernas encogidas bajo el cuerpo, magnífico. Pero si te duelen y, por lo tanto, te distraen, apoya los pies en el suelo. Procura tener la espalda bien apoyada para que la posición no te obligue a hacer ningún esfuerzo ni tensión. Se trata de aparcar el cuerpo tan seguro como un coche junto al bordillo. De esta manera podrás, digamos, cerrarlo y alejarte de él tranquilamente.

A mí me resulta agradable y cómodo ponerme un almohadón o cojín grande y suave apoyado contra el vientre. Al parecer, tengo centrada allí mi vulnerabilidad física y, al cubrirla, puedo abandonarme.

Conviene desconectar el teléfono o meterlo bajo un cojín, descolgado. También te vas a desconectar tú, y no te conviene que te arranquen de allí mientras no estés dispuesto o dispuesta. Si tengo hambre, tomo algo ligero: una tostada, un yogur o compota de manzana, quizás una fruta. Tener el estómago vacío es mejor, estarás más despierto que después de una comida. No es el momento de una taza de café ni de un té irlandés, estimulan demasiado.

Procura que nada te apriete la cintura, para que el vientre quede completamente relajado y de este modo también todo el cuerpo. Cuando voy a meditar suelo ponerme unos pantalones de chándal y una camiseta, me enfundo un gorro de angora hasta las cejas y me cubro los hombros con un chal ligero. En efecto, introduzco el cuerpo en un cómodo capullito cálido y protegido de las corrientes de aire. Y cuando todo está en orden, entonces puedo empezar. Y lo hago.

Lo que buscamos es una experiencia directa del Aquel que observa nuestro estado de vigilia. Y es muy fácil. Vas a comprobar que si bien te sientes muy a gusto con el cuerpo cómodo y quieto y las emociones tranquilas, tu mente va a rondar por la habitación como un cachorrito o un niño de dos años. No te desanimes por esto. La conciencia de que la mente está activa como una abejita, es precisamente lo que buscamos. Esta conciencia ES la meditación.

Dicho esto, sin embargo, observarás que la mente activa es una compañera exigente y fastidiosa. Las diversas preocupaciones que te va a presentar la mente sin cesar son atractivas, muy seductoras en realidad. Muy pronto enganchará el furgón de cola al tren del pensamiento que discurra en ese momento.

Recordarás que hay que hacer la lista de la compra, una llamada telefónica urgente, una urgente necesidad de un ser querido, una urgencia en la cocina, los platos sucios, quizá, o un libro que hay que devolver a la biblioteca.

Lo que conviene hacer en este caso es simplemente seguir observando. Continuar divertido por lo que ocurre. Fíjate en el impulso por dar carga a cada pensamiento. Imagínate a un cachorro hiperactivo que persigue a los coches, ladrándoles con gran entusiasmo. Del mismo modo nosotros damos caza a nuestros pensamientos: nos precipitamos contra cada uno de ellos hasta que desaparecen de la vista, ¿verdad? ¿Qué podemos hacer al respecto?

Dado que nuestro objetivo es familiarizarnos con el Testigo del estado de vigilia, hemos hecho un buen inicio aparcando el cuerpo. Y he aquí por qué.

En el circo. El estado de vigilia es como un circo de tres pistas: en la pista central pasa el desfile de los pensamientos. En una de las pistas laterales se desarrolla el número de las emociones: allí los sentimientos practican su incesante y complicada danza, y en la otra pista lateral, el cuerpo resopla, procurando que se satisfagan sus inacabables necesidades.

Es difícil estar al tanto de todas esas actividades al mismo tiempo, igual que sucede en el circo. Tan pronto decides centrar la atención en las increíbles acrobacias que tienen lugar en la pista central, un grupo de perros amaestrados comienzan a hacer pasmosas acrobacias a lomo de caballos en una de las pistas laterales. Dirige allí la atención, luego la devuelves a la pista central y luego a la del otro lado. Decir que tienes la atención desperdigada sería un buen eufemismo.

Bien, pues lo que sucede cuando nos sentamos a meditar es que los focos de aquellas dos pistas laterales se apagan. En la realidad estas pistas laterales nunca están vacías: los tramoyistas siempre están retirando los soportes de la última actuación y disponiendo lo necesario para la siguiente. Pero como esas pistas están a oscuras y como lo que está ocurriendo allí no es interesante, es mucho más fácil centrar la atención en aquello que está ocurriendo en la pista principal.

En la pista principal actúa la mente. Si sólo observamos eso notaremos rápidamente nuestra tendencia a seguir los pensamientos. Lógicamente éstos son nuestras preocupaciones y se nos presentan en nuestro lenguaje, en nuestras expresiones y en nuestra voz. Deben de tener cierta importancia, ¿verdad? Debe de haber algo que podamos hacer al respecto, ¿cierto? Pues no, no. Nada en absoluto por ahora.

En el tiovivo. En el Central Park hay un precioso carrusel. Es perfecto. La música es estridente y animada, el tiempo que dura la cabalgada es bastante largo, los caballos, grandes y seguros y el precio, barato.

Los controles están en el centro; allí están la enorme palanca que lo pone en movimiento y lo detiene y el equipo de música; el hombre que lo hace funcionar todo también está allí haciendo su trabajo. Observa cómo lo pone en marcha, da un salto, camina alrededor recogiendo las entradas y vuelve a su puesto en otro ágil salto. Observa cómo hace sonar dos veces la gran campana, porque es él quien dice cuándo hemos de empezar, y después cómo baja la palanca que lo hace girar más despacio hasta que se detiene otra vez.

La gente animada que ha comprado los billetes, se encarama a los caballos y cabalga, ha ido allí a divertirse. Sin embargo, el operador del carrusel está trabajando (sí, aunque quizá también se divierta). Trabajar significa que él no gira y gira cuando lo hace el carrusel y no sube ni baja con los caballos. Da un salto para hacer su trabajo y luego da otro para volver a su puesto.

Ésta es la relación ideal entre el Testigo del estado de vigilia y la mente. El Testigo observa cómo la mente, con todos sus ingenuos conceptos, gira una y otra vez. El Testigo observa el estado de ánimo, los sentimientos, suben y bajan como los caballos, arriba y abajo, girando y girando. El operador del carrusel (es decir, el Testigo), da un brinco cuando hay un trabajo que hacer, lo hace con eficacia y luego con otro brinco vuelve a su puesto en el centro. Una persona experimentada ya en la meditación lo describía de esta manera: «Mi mente no piensa a menos que yo se lo ordene.» Imagina la libertad que ello comporta.

Recuerda que en esto buscamos experimentarnos en cuanto el Testigo. No nos interesa, para este propósito, cuál es la actividad propiamente, ni tampoco la pista central o el carrusel. Lo que nos interesa es observar que los pensamientos giran y giran y que los estados de ánimo suben y bajan, de esto es de lo que se trata.

Volvamos al operador del carrusel. Quizás es nuevo en esta labor y de vez en cuando se olvida de que está trabajando. Se encarama a un caballo y durante unos instantes sube y baja y gira y gira y luego, con cierto embarazo, desmonta, recoge el resto de los billetes, vuelve al centro y se sienta. Y observa.

¿Qué lo hizo bajar del caballo? Recordarse a sí mismo *estoy trabajando*. Del mismo modo, cuando tenemos el cuerpo arrellanado en el sofá con la esperanza de gozar de un poco de paz y vemos que nuestra atención no cesa de girar, subir y bajar con la mente ocupada, podemos darnos un toque de atención diciéndonos *estoy observando*.

La mejor manera de hacerlo es tener funcionando todo el tiempo ese recordatorio. Y la manera más fácil de hacer esto es concentrándonos en algo que funciona ininterrumpidamente: la respiración.

Bien, ya estás sentado en el sofá inspirando y espirando. Cada vez que inspiras, en el aire que inspiras oyes un susurro que dice «Estoy», y al espirar el susurro dice «observando». ¿Quieres que sea aún más sencillo? El susurro dice «soy», y después «eso», que quiere decir, «eso que estoy observando».

Ya nos encontramos donde queremos. *Soy eso que observa. Soy el observador. Soy el Testigo de todos estos pensamientos. Soy el Testigo del estado de vigilia*.

Con este constante fondo de «Soy eso», comienza a ser mucho más fácil observar qué tren de pensamientos está pasando por la estación. Tengo una sugerencia más. Pruébala si deseas aumentar las posibilidades de no engancharte a *ningún* tren de pensamientos y continuar en el estado inmóvil y relajado del Testigo.

Dado que el tren de pensamientos está formado por palabras, nos enganchamos a él mediante un proceso de asociación de palabras nuestras con las frases o párrafos que van pasando. Digamos que estás repitiendo en silencio «soy» con la inspiración y «eso» con la espiración. Bueno, resulta que con «eso» te viene la idea «ese libro ya debería haberlo devuelto» y con el siguiente «soy» aparece el pensamiento «malo para este aburrido ejercicio». Las palabras «soy» y «eso» son tan comunes que es muy fácil que nos hagan olvidar la vigilancia y formar otra frase agradable o corriente y descarrilarnos.

Pero ése no es el problema. Es tan valioso observar que nos alejamos del centro como observar que continuamos centrados. Recordemos que lo que nos interesa es el acto de observar y no el contenido de la escena. El problema es que a veces ni siquiera nos damos cuenta de que nos distraemos. Una pequeña retahíla de palabras se parece a otra, son manzanas del manzano. Y así continuamos por otro carril.

Hay una manera de evitar este escollo: decir «soy eso» en un idioma totalmente distinto al propio (voy a sugerir uno), porque así quedamos libres del problema; vamos a notarlo cuando perdamos concentración: no nos seducirá saltar a ningún tren de pensamiento debido a las similitudes entre las palabras.

En sánscrito, idioma antiquísimo y sagrado, «soy eso» se dice *ham* (pronunciando más o menos «jam») en la inspiración y *sa* en la espiración. *Ham sa*. Diciéndolo así es difícil que nos desvíe alguna asociación con palabras comunes. Lo que hacemos con esto es trasladarnos al andén de los trenes locales. El tren de los pensamientos puede pasar por la vía de los trenes expresos, por así decirlo. Y nosotros nos sentamos cómodamente y tranquilos, respirando y observando, observando pasar el tren de palabras-palabras-palabras-palabras que se limita a pasar.

Por cierto, la meditación puede proporcionarte mucha paz y un sólido sentido de la «corrección» básica de nuestra naturaleza. Esto es lo que dicen también las personas que han pasado por una experiencia de muerte clínica; dicen que son conscientes de que son amadas tal y como son. Al parecer no es el Testigo el que piensa que nos iría bien un pequeño ajuste o una reparación general. El Testigo sabe que nuestra vida es una fiesta «ven tal y como eres». Y que estamos bien, correctos, en este momento.

El testigo de los estados de sueño y de sueño profundo

¿Y qué sucede en la gran parte de vida que nos pasamos durmiendo? ¿Qué hace el Testigo del estado de vigilia cuando estamos durmiendo? ¿Duerme también? Vayamos a su encuentro.

El vigilante nocturno

Supongamos que contratas a un vigilante nocturno para que cuide de tu casa de campo. Y supongamos que alguien te dice que ha oído decir que lo único que hacen esos vigilantes es dormir, y que el tuyo también. Entonces llamas al vigilante y le pides que te demuestre que no ha estado durmiendo.

—Muy sencillo —dice él—. Pasada la media noche vi a unos chicos romper el cristal de la ventana del porche. Los eché. Y a las cinco y cuarto oí pasar el camión de los bomberos. Despertó a todo el vecindario. Y entre los chicos y el coche de los bomberos hubo un largo rato en que no pasó nada.

Este informe es análogo al que recibimos todos, aunque apenas nos damos cuenta, segundos después de despertar por la mañana. En pocas palabras, es más o menos así: *Soñé, o no soñé.* Si tuviéramos el hábito de prestar atención al informe, podría ser más amplio, por ejemplo: *Tuve un sueño muy interesante, o pavoroso, excitante, extraño, a saber lo que quiere decir, debería escribirlo.*

O bien discurre así: *Qué manera de dormir, y hasta tan tarde. No tuve ningún sueño, nada. Vaya si necesitaba dormir.*

O de esta otra manera, más habitual: *He dormido como un tronco y justo cuando estaba en medio de un sueño fantástico sonó el despertador.*

Estos informes los presenta nuestro vigilante nocturno. El vigilante no podía haber estado durmiendo porque no habría podido aportar ningún detalle de lo que sucedió mientras dormíamos, ni si soñamos ni, y esto es lo más fascinante, si no soñamos.

No soñar significa «no pasó nada», pero esta información de que no pasó nada sólo puede dárnosla alguien que estaba despierto para *cuidar de* que no pasara nada.

Este alguien que permanece despierto y nos informa por la mañana es lo que llamamos el Testigo de los estados de sueños y de sueño profundo, y ese Testigo, despierto y alerta sin interrupción durante toda la noche, *es cada uno de nosotros*.

La pantalla está en blanco

Esta imagen es más clara todavía y hace aún más fácil detectar al Aquel que observa durante toda la noche.

La sala que utilizamos para Charlas Iniciales tiene una gran pantalla de televisión con un aparato de vídeo. De vez en cuando pongo un vídeo para amenizar las clases y para ilustrar alguno de los conceptos del curso.

Cuando hablamos del Testigo de los estados de sueños y de sueño profundo, hago notar que la pantalla del televisor está en blanco. El aparato está apagado. Luego me remito a la clase anterior, cuando vimos un vídeo. «Todos veis que ahora la pantalla está oscura, que en ella no aparece nada, ¿verdad? Bien. Pero tenéis que estar despiertos para saber eso, ¿no es cierto? Si estuvierais dormidos no podríais decirme qué sucede en la pantalla, ¿cierto?»

Así pues, para saber que ha habido un período durante la noche en que no hemos soñado, quienquiera que nos lo haga saber tiene que haber estado despierto. E igualmente para saber que soñamos, recordemos o no las actividades de esos sueños, tuvimos que estar observando; estar despiertos.

Mañana por la mañana, tan pronto despiertes, fíjate que recibes esta información: *Soñé; No soñé*. El que te proporciona este boletín de noticias cotidiano eres tú en tu función de tu vigilante nocturno, despierto y trabajando. Ése es el Testigo de los estados de sueños y de sueño profundo. Ya habrás llegado a la conclusión de que se trata del mismo Testigo del estado de vigilia. Y tienes razón.

Tres perlas perfectas en un hilo de seda. He aquí un diagrama para ayudarte a representar al Testigo siempre alerta que está presente y trabajando durante los tres estados. Imagínatelo como un collar con tres perlas perfectas. El hilo que pasa sin interrupción a través de las tres perlas es la conciencia, la observadora de los tres estados. Y esa conciencia, ese observador, el Testigo, *eres tú.*

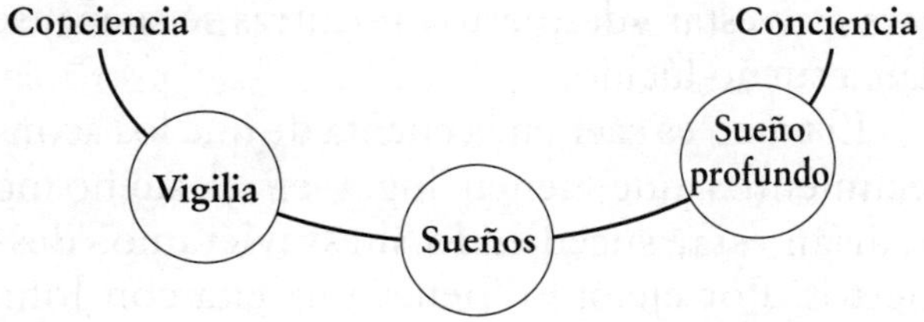

MÁS AVENTURAS EN LA CAMA

El informe de nuestro vigilante nocturno prueba la existencia del Testigo de los estados de sueños y de sueño profundo, pero sólo después de los hechos, es decir, a primera hora de la mañana cuando ya estamos en el estado de vigilia.

¿Existe algún modo de experimentar directamente al Testigo de los estados de sueño, de experimentarlo mientras estamos durmiendo, para poder familiarizarnos con él como con el Testigo del estado de vigilia? Sí.

Se puede probar con un ejercicio; como todo lo demás que vale la pena, requiere un poco de práctica. Pero como vas a dormir y soñar todas las noches, tendrás muchas ocasiones de probarlo. Y una vez que le cojas el truco, tendrás un nuevo y fascinante universo para explorar.

El sueño lúcido. El objetivo es comprender, en medio de un sueño, que estamos soñando; advertir, mientras observamos un sueño, que efectivamente estamos soñando. Existe un nombre para este estar «despierto» mientras se sueña, se llama sueño lúcido.

El truco es caer en la cuenta de que los acontecimientos que tienen lugar en el sueño no podrían estar sucediendo si estuviéramos despiertos. Por ejemplo, tienes una cita con John Kennedy hijo, o con Marilyn Monroe; vuelas, eres el presidente (eso sería una pesadilla) y te preguntas, *¿estoy soñando?*

Precisamente el hecho de hacernos esa pregunta nos advierte que en realidad estamos soñando, porque en estado de vigilia nunca nos preguntamos si estamos o no soñando. Suponemos, por lo tanto, que si algo nos hace preguntarnos si eso no será un sueño, es que es un sueño.

Para excelentes sugerencias sobre cómo despertar de un sueño y sobre cómo explorar y disfrutar el estado de sueños, te recomiendo el libro bellamente ilustrado de Malcolm Goldwin, *The Lucid Dreamer (El soñador lúcido).* Practica el despertar en medio de un sueño y, mientras tanto, he aquí un ejemplo de ese proceso.

El sueño lúcido de Hedley. Un sábado por la mañana que dormimos hasta tarde, Hedley entró en mi habitación a contarme una nueva experiencia. He aquí más o menos lo que me contó:

> *Estaba durmiendo en casa de tía Elsa, en el cuarto que tengo allí y* Cookie *(nuestra vivaz perrita), se hizo pipí en la al-*

fombra. (Cuando hace esto en casa no es problema, pero no nos gusta que lo haga en casa de tía Elsa. Si Cookie *se queda allí, pasa la noche en la cocina con sus periódicos, el agua y la comida.)*

Yo me sentí fatal por lo sucedido y desperté. Entonces vi que todavía estaba en casa de tía Elsa y no en la mía, y por eso me di cuenta de que seguía soñando. Entonces me desperté de verdad y estaba en mi cama. Pero Cookie *se había hecho pipí en la alfombra. ¿Te ocuparás de eso, por favor, mamá?*

Fíjate que fue la comprobación de la realidad que hizo Hedley («Todavía estaba en casa de tía Elsa y no en la mía») lo que la hizo comprender que estaba soñando. Cuando el Testigo del estado de sueños toma conciencia de sí mismo, se descubre la diferencia entre el protagonista del sueño y el que lo está observando. Muy fácil, y muy simpático. Y esto precisamente es lo que sucede cuando ponemos en su lugar al Testigo del estado de vigilia. Nos alejamos de lo que está sucediendo justo lo suficiente para observarlo.

Un sueño lúcido ocasional revelará lo que nos interesa para nuestro estudio de la muerte y la supervivencia: que el Testigo de nuestros sueños es idéntico al Testigo de nuestro estado de vigilia y de nuestro estado de sueño profundo durante toda la vida. Y ese Testigo, el superviviente, el que navega a través de la muerte y emerge al otro lado, es uno mismo, cada uno de nosotros.

¿Lo has comprendido?

Libros y películas recomendados

Malcolm Goldwin, *The Lucid Dreamer*.
Lewis Carroll, *Alicia en el País de las Maravillas, Alicia a través del espejo.*

Groundhog Day, protagonizada por Bill Murray.
My Life, protagonizada por Michael Keaton.

CAPÍTULO SIETE

¿QUÉ ES LO QUE MUERE? ¿CÓMO MUERE? ¿LA MUERTE IMPLICA DOLOR?

Si al llegar a este punto del libro todavía no tienes cierta convicción, una convicción substancial, de que no nos limitamos al cuerpo y que no morimos cuando éste muere, entonces permíteme que te sugiera que leas lo que sigue «como si» la tuvieras. No te impacientes, ni te des por vencido. Lo conseguirás si lo deseas. Persevera.

Yo necesité once años de inmensa aflicción por la muerte de mi madre más otros diecinueve de pensar y leer sobre la muerte, para reunir estos retazos de información y formar un cuadro coherente.

Uno de mis primeros alumnos, Donald, que es muy inteligente, exclamó: «Ah, ahora lo comprendo», después de asistir a clases durante todo un año.

Nuestro trabajo consiste en quitarnos un error profundamente arraigado (la Premisa de la Aniquilación), y eso podría llevarnos algún tiempo.

Mientras tanto, sigamos adelante.

¿Qué muere?

Sólo el cuerpo muere. A la mayoría nos invade una preocupación principal cuando imaginamos ese momento de separación del cuerpo: ¿será doloroso? Y si lo es, ¿el dolor será más fuerte del que pueda soportar?

Vamos a hablar ahora del dolor relacionado con la muerte. La muerte sólo puede llegar al cuerpo de tres modos posibles, que son los siguientes:

1. *De forma repentina.*

2. *De forma gradual, por asfixia durante un (breve) período de tiempo.*

3. *Lentamente, a lo largo de muchos días, semanas o meses.*

Echemos un vistazo general a cada una de estas posibilidades, una por una.

Muerte repentina

La muerte repentina es indolora por su propia naturaleza puesto que la capacidad del cuerpo de registrar el dolor se elimina inmediatamente. Cualquier persona que se haya desmayado o perdido el conocimiento sabe que no ha sentido dolor. Nadie debería temer este tipo de muerte, si la consideramos desde la perspectiva del dolor. ¿Habrá dolor? No, no puede haberlo.

El dolor de la muerte a consecuencia de heridas graves, como las que se producen en un accidente de coche, una puñalada o un disparo, muerte que puede tardar unos minutos en sobrevenir, siempre es aliviado enormemente por la liberación automática de analgésicos naturales (endorfinas) en la sangre. En su libro *Cómo morimos*, Sherwin Nuland hace un excelente análisis de este fenómeno con ejemplos procedentes de la experiencia personal y de la práctica médica.

El capítulo en el que analiza esto se titula «Asesinato y serenidad». Como aclara con numerosos ejemplos, existe una evidente serenidad en las personas que han sido heridas repentina y profundamente. Esta serenidad nos dice que sea cual sea la experiencia de la persona en esos momentos (conmoción, horror, incredulidad, disociación) no es la terrible agonía que todos tememos. Es imposible estar sereno y sentir dolores terribles al mismo tiempo, a menos que estemos anestesiados por los propios mecanismos del cuerpo. Y en este tipo de muerte siempre lo estamos.

Un breve relato

Tuve la experiencia de este analgésico natural cuando vivía en casa y cursaba el último año en el instituto. Había tenido una de esas terribles peleas con mi hermana que caracterizaron nuestras relaciones durante los años de infancia. Te ahorraré los detalles, pero lo que sucedió fue que cuando los gritos alcanzaron un nivel muy elevado, nuestra madre salió de su habitación y, con una sola frase, decidió la disputa a favor de Elsa. ¿Había elección posible entre practicar con el piano o ver la televisión? Y claro está, ganó el piano.

Yo irrumpí como una exhalación en mi cuarto, furiosa ante aquella injusticia. Para demostrar lo que pensaba, cerré la puerta de mi habitación con toda la fuerza que me fue posible, cosa típica de adolescente. La fuerza del portazo me hizo girar y quedé de cara a la puerta, en la posición perfecta, cuando se desprendió el espejo casi de cuerpo entero adosado a la puerta y me cayó en la rodilla izquierda como una gillotina.

Recuerdo con toda nitidez aquel instante. Bajé la vista y vi lo que me recordó uno de aquellos excelentes dibujos del *National Geo-*

graphic, ya sabes, esos que muestran las capas de la corteza terrestre claramente diferenciadas. Recuerdo que vi la piel, el músculo, sí, eso debe de ser el hueso, y al mismo tiempo vi cómo se formaba un gran charco de sangre en el suelo. Me oí gritar, me vi cogerme la pierna con ambas manos, como si pensara que ésta se iba a desprender, y sí que lo creía; así sujetándola, con la otra salté hacia la cama y me senté.

Ahora bien, no sentí ninguna clase de dolor, y estamos hablando de una herida muy profunda. No fue sino pasadas unas horas, cuando me desperté en la sala de recuperación después de pasar por el quirófano, cuando sentí un fuerte dolor.

Me duró varias semanas, los analgésicos no lo eliminaban. El dolor tardó semanas en aliviarse.

Lo que me libró del dolor durante las primeras horas fue la anestesia natural que interviene y actúa cuando nos hacemos una herida así. Piensa lo siguiente: la finalidad del dolor es hacernos saber que hay algo que necesita atención y cuidado inmediatos, que algo va mal.

Pero si la herida es importante y la reparación es imposible, en otras palabras, si vamos a morir por su causa, entonces el dolor es inútil, ¿no es cierto? Sería como añadir más agravio a la lesión. ¿Qué se ganaría con ello? Qué genio el que diseñó estos cuerpos, ¿verdad?

Muerte gradual

La muerte gradual, la que tarda entre unos minutos a unas horas en producirse, debida a la insuficiencia de oxígeno en la sangre, es la segunda de las tres posibilidades. En este caso, y por lo que se refiere al dolor, también pueden tranquilizarnos algunas experiencias que a la mayoría de nosotros nos son familiares.

Personas a las que se ha conseguido reanimar después de estar a punto de ahogarse, cuentan que mientras el agua les inundaba los pulmones tenían una sensación de paz y no de dolor. Un alumno de Charlas Iniciales que estuvo a punto de ahogarse cuando era niño comenta que se sintió tan feliz, que cuando los salvavidas lo reanimaron, intentó lanzarse de nuevo a la piscina.

No son mayoría las personas que han estado a punto de ahogarse. Pero la experiencia, casi universal, de amodorrarse en una habitación mal ventilada (las aulas de la escuela elemental en invierno, ¿recuerdas?) nos dice que la somnolencia, esa especie de adormecimiento, se produce cuando el cerebro no recibe el oxígeno suficiente para funcionar.

En tu vida encontrarás numerosos ejemplos de lo que se siente cuando no se recibe el suficiente oxígeno. Se pierde concentración, no se puede prestar atención, es difícil permanecer despierto. A menos que exista una razón que nos obligue a permanecer despiertos (conducir, por ejemplo), rendirse al sueño resulta delicioso. Fíjate que cuando vas conduciendo y no puedes detenerte para descansar, automáticamente abres la ventanilla para que entre aire fresco.

Si visitas a un amigo moribundo, tal vez veas que recibe oxígeno a través de unos tubos nasales o una mascarilla. Estará débil y adormecido, sin duda, pero eso no causa dolor.

Sin embargo el miedo a la muerte, que abruma a tantas personas en sus últimos momentos, puede convertir a una persona adormecida y débil en alguien agitado y presa del pánico. Éste es un dolor muy real, pero es mental, no físico. Se fundamenta en la Premisa de la Aniquilación, la cual, como recordarás, es incorrecta. En realidad, el dolor lo causa este miedo atroz, justamente el que queremos eliminar de nosotros y de todos aquellos que van a morir.

La muerte después de una enfermedad prolongada

Así pues, el tema del dolor físico sólo se plantea cuando la muerte sobreviene gradualmente a consecuencia de una enfermedad crónica, y respecto a esto tenemos buenas noticias. En la actualidad existe una especialidad de la medicina denominada control del dolor, que forma a los médicos en un conocimiento profundo del problema del dolor y en el respeto por él.

Control del dolor

La técnica de control del dolor, especialmente el conocimiento de que ciertas combinaciones de medicamentos pueden eliminarlo por completo, dejando al paciente cómodo y despierto, ha recorrido un largo camino en las pasadas décadas. Lo que no ha cambiado tanto es la filosofía del control del dolor.

En el núcleo del problema de insuficiente control del dolor se encuentra el desequilibrio en las relaciones médico-paciente. Y esto no sólo es culpa de los médicos. A la mayoría de nosotros todavía nos gusta ser la parte pasiva en lo que se refiere al cuidado de nuestra salud. Imaginamos que el médico tiene todas las respuestas y hará la elección por nosotros.

Este planteamiento nos estalla en la nariz cuando la enfermedad produce dolores agudos o crónicos y nos atiende un médico inclinado a dar bajas dosis de medicamento. El médico no siente el dolor del paciente, existe un límite a la comprensión que su situación le puede dar. Y no todo el mundo tolera el dolor del mismo modo ni lo siente de la misma manera. Es tarea del paciente comunicar con claridad y exactitud lo que le pasa y lo que quiere que se haga.

Y ahora la mala noticia: la forma más común de abuso de medicamentos en los últimos estadios de una enfermedad dolorosa es la baja dosis (no la sobredosis) de medicamentos para el dolor. Estudios recientes han demostrado que muchos estadounidenses tienen una vena puritana que se pone de manifiesto al no tomar los analgésicos con la frecuencia recetada por el médico o no explicando con exactitud la intensidad del dolor. ¿Qué demonios nos hace sentir vergüenza de reconocer que sentimos un dolor? ¿O quién nos hace creer que no nos merecemos un alivio total, si ese alivio es posible?

Si te reconoces en estas dos últimas frases, te aconsejo que lo resuelvas. El dolor baja la moral, el ánimo, nos pone de malhumor e incluso impide al cuerpo hacer a tiempo las reparaciones que sabe hacer. Para el cuerpo el dolor es una fuente de estrés, por lo tanto reúne sus fuerzas para combatir el estrés, no para sanar los tejidos dañados mediante el descanso. No puede descansar cuando hay un dolor intenso.

Además, vernos sufrir es ciertamente terrible para las personas que nos aman. Si el dolor forma parte de una enfermedad crónica terminal, que es de lo que estamos hablando, ¿para qué sufrir si lo podemos evitar?

Comprendo que puedas tener una opinión diferente, pero de todos modos tengo que expresar mi opinión en contra del dolor físico. Cuando hablamos de personas «muy sufridas» (¿te suena muy anticuada esta expresión?) nos referimos a personas que han soportado algo bastante desagradable durante mucho tiempo, pero no nos referimos a soportar ese tipo de dolor que nos hace sudar, jadear y retorcernos. ¿Qué sentido tendría esto?

Solamente en el parto existe una razón para reducir al mínimo el uso de medicamentos, y eso porque incumbe al bienestar de otro ser humano. Y puesto que el dolor (no lo llames «malestar» en mi presencia) de las contracciones es intermitente, no continuado, y puesto que todo el proceso debería durar menos de un día, podría haber un argumento a favor de soportarlo, aunque no logro imaginar cuál sería ese argumento, y, mi segundo hijo vino al mundo con cesárea. De otra manera, ni hablar.

Ya lo sé, ya lo sé, la cesárea también tiene sus riesgos. Y hay mujeres para las que dar a luz no es gran problema. Pero yo no soy una de ellas. Por lo que respecta a mi estrecho cuerpecito, no hubo nada natural en el parto, nada en absoluto.

Nunca he conocido a ninguna persona que se ponga más simpática y encantadora y más capaz de dar y recibir amor mientras sufre dolor físico. ¿Y tú? Así pues, si alguna vez no has querido aceptar la medicación suficiente o has tenido miedo de pedirla, es decir, si la persona culpable del mal control del dolor has sido tú y no el médico, es hora de que acabes con eso.

Y por cierto, esto también vale para el dolor emocional. No es mayor victoria moral aguantar sin chistar un dolor psíquico que un dolor físico. La depresión, la ansiedad y todas las emociones asociadas se pueden aliviar, si no desaparecer por completo, con los medicamentos adecuados. Las personas más propensas, por herencia (los escandinavos, por ejemplo), a la depresión que otras, comunes y corrientes (como yo), deberían tomar buena nota de esto.

Una de las cosas más perniciosas del dolor mental o emocional es que mientras que el dolor físico, cuando es muy fuerte, nos obliga a buscar algún tipo de alivio, el dolor emocional suele llevarnos en la dirección opuesta, ¿te has fijado?

El dolor físico aporta la energía para buscar una salida, y rápido. ¿Quién se queda con una patata caliente en la mano preguntándose qué revelará de su carácter si la suelta? ¿O si se merece el alivio que va a sentir cuando la suelte? Nadie. Pero estas consideraciones inoportunas en ocasiones nos impiden buscar alivio médico para un sufrimiento emocional. A mí me lo impidieron durante años y años. Qué triste y absurdo es sufrir innecesariamente. No, ya no lo hago ni volveré a hacerlo.

Sin embargo, cuando el problema es el médico y no nuestro estúpido orgullo, podemos hacer muchas cosas como consumidores de los servicios de salud, podemos protegernos contra el dolor innecesario.

Pregúntale a tu médico cuál es su filosofía respecto al control del dolor. Hay médicos que todavía creen que puede haber problemas de adicción si se recetan opiáceos. Si la persona se encuentra en los seis últimos meses de una enfermedad dolorosa, no hay que preocuparse de la adicción. Y si el médico no secunda por completo el deseo del paciente de sufrir el menor dolor posible, pues habrá que buscar otro.

Cómo lo consiguió John

John Roth era un joven tranquilo y muy tímido de Oklahoma que padecía sida. Hacía tres años que asistía a las Charlas y nunca hablaba demasiado, mejor dicho, nunca hablaba de las muchas cosas que le estaban pasando, ni siquiera que poco a poco se estaba quedando ciego.

John se hizo querer por todo el grupo por su enorme coraje, no hay otra palabra para calificarlo, y su absoluta falta de autocompasión y tendencia a dramatizar. John tenía agallas y corazón. Pero no tenía tolerancia al dolor físico. Durante aquellos años, tuvo que someterse a varias intervenciones bastante dolorosas y nosotros siempre lo animábamos a que insistiera en que le recetaran una medicación adecuada contra el dolor. Y aprendió a hacerlo bastante bien. He aquí su sistema.

Antes de la intervención, le comunicaba al médico que deseaba que lo medicaran contra el dolor *previamente*. Si el médico quería empezar su trabajo antes de que la medicación surtiera efecto, John se negaba a seguir. Protestaba, bromeaba, amenazaba con gritar (siempre con una sonrisa en el rostro). Pero nadie imaginaba siquiera que lo dijera en broma.

Hace dos veranos, fue a Santa Fe de vacaciones y tuvo que ser ingresado en el hospital el primer día debido a una fiebre muy alta. Localizaron la infección causante de la fiebre en el catéter Hickman, una cánula intravenosa que se introduce en el tórax y se deja allí para poder administrar los medicamentos de modo que la enfermera no tenga que buscar la vena cada vez.

El Hickman es muy común entre las personas que conviven con el sida durante años y deben medicarse a diario. Ésta era la situación de John. Una vez colocado el catéter Hickman no crea ningún problema excepto cuando provoca una infección. Pero su extracción puede ser dolorosa y eso era lo que tenían que hacerle a John. Hablé con él por teléfono dos días después y éste fue su relato, lleno de humor y buen ánimo:

> *Bueno, les pedí que esperaran hasta que me hiciera efecto la anestesia local, pero no me hicieron caso. Me dolió muchísimo y no paré de gritar. Me dijeron que era cuestión de cinco minutos pero cinco minutos es un infierno larguísimo si te están haciendo daño. A ellos no les dolía, pero a mí sí.*
>
> *A la mañana siguiente, cuando vinieron a pasar visita, les solté cuatro frescas.*

Que más les valía no volver a intentar otra proeza como ésa, que seguro que no se lo habrían hecho así a un hijo suyo. Les di un buen repaso y no creo que les queden ganas de ser tan insensibles con nadie más.

John aprendió a lograr que nadie desoyera sus deseos, en todo caso, al menos no más de una vez. Pero de lo que se trata aquí es que a estos compromisos se llegue siempre antes de los hechos, cuando se puede hablar con el médico con tranquilidad y determinación, en otras palabras, cuando no se está sufriendo. El médico es nuestro servidor y se pueden hacer las cosas como el paciente las desea. El paciente es el jefe.

Cuando se trata de la propia muerte (y de la vida también, por supuesto), la decisión es nuestra. Así, si te planteas el problema de si va a doler, recuerda que *no tiene* por qué. La clave de la transición indolora reside en la relación que se establece con el médico. Es un asunto urgente, que hay que resolver sin tardanza.

Lecturas recomendadas

Susan S. Lang y Richard B. Patt, *You Don't Have to Suffer,* Oxford University Press, 1994.

Es el mejor y más completo de todos los libros que he leído sobre este tema. Los autores, un médico y un escritor científico, presentan en un extraordinario capítulo titulado «Cómo convertirse en un consumidor de salud activo», las siguientes secciones:

Qué esperar de los médicos.

Qué buscar en un médico.

Lista para elegir un médico especialista en control del dolor.

Cuando el médico no se toma el sufrimiento en serio.

Aceptar solamente un alivio satisfactorio.

Los autores se han tomado el trabajo de describir todo aquello que ayuda a aliviar el dolor, no sólo los medicamentos, sino también la acupuntura, la hipnosis y diversas terapias físicas, y también la meditación, el trabajo corporal llamado *biofeedback* y la intervención quirúrgica. Lo más importante, a mi entender, es que se toman el dolor en serio y ofrecen una amplia gama de información en un lenguaje accesible. Aunque se centran en el dolor que producen las enfermedades cancerosas en particular y en los síntomas poco agradables que producen los tratamientos, la información es útil para las demás enfermedades. Te aconsejo que leas el libro.

Sobre el cuerpo

Y ahora... hablemos del cuerpo. ¿Habéis observado el trabajo que cuesta mantenerlo? Mientras es algo tierno y joven, eso no nos importa; lo cuidamos y arreglamos para que tenga buen aspecto. Se pueden pasar ratos muy agradables con él, sobre todo mientras es joven, fuerte y saludable, eso sin duda.

Sin embargo, lo cierto es que todo lo que el cuerpo produce ha de desecharse enseguida. Sí, hay una excepción: el cuerpo de la mujer puede producir un bebé. Y ¿qué es lo primero que se hace con un bebé después de haberlo lavado y secado? Ponerle un pañal. Si buscáis información sobre el interior del cuerpo, un amigo mío sugería lo siguiente: métete el dedo en cualquiera de los orificios del cuerpo, sácalo y huélelo. ¿Te das cuenta?

Lo único que el cuerpo expulsa con regularidad es tan repugnante que lo hacemos desaparecer enseguida. No existe mercado para esto, a menos que se sea una vaca o un caballo. El cuerpo es una fábrica de mierda, ésta es la realidad. No podemos regalarla y mucho menos venderla. Magnífico.

Con qué seriedad nos tomamos esta maravilla de eficacia, este prodigio que puede convertir la cena más sublime en una hedionda inmundicia en cuestión de unas horas. ¿Has visto a la gente que hace ejercicios en el gimnasio? Es francamente divertido: esfuerzo, trabajo, seriedad, sudores y gruñidos. Yo también lo hago.

Aquí estamos todos lustrando algo que literalmente no tiene futuro y que será un peligro para la salud pública cuando su propietario lo abandone. Si hasta tenemos que pagar a especialistas en desechos peligrosos para que se encarguen de él. Y eso es así por muy joven, hermoso, espléndido o elegante que fuera el cuerpo antes de la partida de su habitante. Esto no significa que no tenga ningún valor, o que no deba cuidarse. Pero he aquí cómo podemos confundirnos.

El cuerpo es la casa

Hace veintitrés años yo vivía en un apartamento precioso. Los altos techos, los suelos de madera y las molduras impecables eran soberbios. Pero lo mejor de todo era la luz y las vistas: el sol entraba en las seis habitaciones, el río Hudson, con todos sus maravillosos cambios, se veía desde todas las ventanas y no había otros edificios lo bastante próximos para que corriéramos las cortinas.

Mi vecino en dirección sur era el viejo Trinity Parish Intercession Chapel Cemetery, con sus majestuosos árboles y sus hermosas puertas de hierro forjado. Lo cierto es que me gustaba mucho vivir allí.

Y todo el que venía a mi casa también se sentía muy a gusto, era un lugar muy agradable. A mí me gustaba tener invitados: almuerzo todos los domingos, visitas de los vecinos, siempre había comida lista para ser servida. Me di cuenta de que cuando conocía a alguien en otro lugar, rápidamente lo invitaba a mi casa. Creía que si no veían mi apartamento, no se harían a la idea de quién era yo.

Y yo, claro está, tampoco la tenía. ¡Pensaba que yo era mi apartamento! Un apartamento de alquiler, además. ¿Te imaginas lo que sufrí cuando llegó la hora de mudarme?

Arriba, en el laboratorio de prácticas

A los veintitantos años tuve ocasión de ver algunos primeros planos del cuerpo desde una perspectiva bastante especial. He aquí lo que sucedió:

Dejé la universidad por primera vez alrededor de un año antes que la expresión «abandonar los estudios» entrara en el idioma. Como es lógico, aquella decisión preocupó a mis padres, aunque yo más bien diría que se pusieron hechos una furia.

Hice lo que hace mi perrita cuando se orina en la alfombra: se esconde debajo de la cama. Me oculté en una ciudad del Medio Oeste a más de mil kilómetros de mi casa. Las llamadas a larga distancia no eran tan comunes como hoy en día y yo sabía que sólo iba a poder hacer una al mes dado el coste de la conferencia. Por otra parte, tampoco podía permitirme el lujo de ponerme un teléfono.

Después de trabajar un tiempo como auxiliar de enfermera, conseguí un puesto de técnica de laboratorio en el departamento de anatomía de la facultad de medicina de una universidad. No, no estaba cualificada para ése ni para otro trabajo y me contrataron como aprendiz. Lo cierto es que a duras penas podía con ello.

Lo primero que me llamó la atención, era el mes de septiembre de 1961, fue un olor penetrante, desconocido, aunque no del todo desagradable, que impregnaba los dos pisos superiores del edificio donde yo trabajaba.

—¿Qué es ese olor? —le pregunté a mi jefa.

—Es el laboratorio de prácticas, no tiene importancia, la semana que viene ni lo notarás —repuso la jefa.

Como no quise demostrar que no tenía ni idea de lo que era un laboratorio de prácticas, me dirigí hacia allí cuando tuve un momento libre para comer. Ya debes de imaginarte lo que vi: alumnos de primero de medicina inclinados sobre cadáveres, dos estudiantes por cadáver. Grandes fueron la sorpresa y el miedo que sentí ante la vista de cuarenta cadáveres envueltos en bolsas de plástico grises y grasientas, con las cremalleras en el centro que iban de la cabeza a los pies.

En la universidad mi especialidad era la literatura y jamás había abierto ni una rana. No estaba preparada para ver cómo cuarenta cuerpos humanos, metidos en bolsas, eran trinchados por esos chicos de expresión seria, eran todos chicos en ese tiempo.

Pero pudo más la curiosidad; poco a poco me fui adentrando en la sala y vi que, fuera lo que fuera lo que había en aquellas bolsas, ya no se trataba de seres humanos. Lo que antes había sido carne ahora era una materia grisácea, arrugada y aceitosa. No había sangre, ni olor, ni suciedad, ningún líquido que me pareciera conocido, no había nada en aquellos restos que recordaran a una persona particular. No había nada que produjera horror o aversión, de eso me di cuenta al instante. La sensación de que aquello era tétrico o desagradable desapareció inmediatamente. No tuve ningún problema, aquellas casas estaban vacías.

Después me enteré de que los cadáveres para la sala de disección se preservan en formol durante un año (no sé si todavía lo hacen así) antes de traerlos a los alumnos. En las venas y en las arterias se inyecta una substancia plástica roja y azul para que los estudiantes puedan seguir su itinerario con más facilidad.

Todos aquellos que donan sus restos para que los utilicen en la enseñanza hacen un importante regalo. Es imposible que un estudiante de medicina pueda adquirir el mismo conocimiento profundo estudiando un diagrama, ¿no es cierto? Una vez que nos hemos ido de esta cosa llamada cuerpo ya no sirve para nada más. Como decía antes, hasta tenemos que pagar para que se deshagan de él. Ésta es la cuestión.

Creo que no se pueden confundir esos restos grasientos con algo tan sutil y refinado como un ser humano. Yo no hacía ningún esfuerzo consciente, al menos en aquellos años, por entender la relación entre el cuerpo y su ocupante, pero en aquella escuela de medicina, me sucedieron ciertas experiencias extrañas y aprendí mucho.

Arriba, en el terrado

Llegó la primavera y mi amigo David y yo solíamos subir al terrado de vez en cuando, yo a fumar un cigarrillo (era 1962, ¿qué sabíamos entonces?) y él, que era un serio y ambicioso estudiante del curso preparatorio de medicina, con las obsesiones de su carrera. Era un muchacho de buen corazón, pero ambicioso. Después ha hecho cosas estupendas.

El terrado estaba encima de la sala de disección y los olores que emanaban de allí eran algo más intensos con el clima cálido. Los estudiantes de medicina habían hecho picadillo, por así decirlo, de sus cadáveres, aunque todavía quedaban las partes más grandes dentro de aquellas bolsas: huesos, por ejemplo, cráneos incluidos. ¿Qué se hace con aquello?

Perdóname, pero cuando lo pienso siempre me acuerdo de lo que queda del pavo una semana después del día de Acción de Gracias. (¿Me sigues todavía?) Queda la carcasa, ¿verdad?, la carne ya ha desaparecido. La madre hará una sopa, si es una madre-sopera. Si no, la tirará. Así pues, ¿qué hacían con aquellos restos humanos? No sirven para hacer sopa.

En uno de los extremos del terrado había un pequeño cobertizo, recubierto por cartón alquitranado, del que entraba y salía un tipo llamado James. «James el ayudante» me dijo David. «¿Qué es el ayudante?» pregunté yo. «Bueno, hace los trabajos que nadie quiere hacer en el departamento de anatomía y también en el de patología.» Tuve la impresión de que no quería explicarlo. Me acerqué al cobertizo para comprobarlo por mí misma.

James el ayudante era un tipo muy ordenado. En el cobertizo había un incinerador, en un rincón huesos de piernas y brazos, en otro rincón torsos, y cabezas en la pared del fondo. James iba echando aquellos pedazos al fuego. ¡Vaya!

De su bolsillo trasero sobresalía una botella de algo confortante, quiero decir una bebida alcohólica. James estaba sudando, trabajaba con gesto seguro y concentrado, se detenía para enjugarse la frente con la manga de la chaqueta, y seguía su labor.

¡Vaya, vaya! Volví donde estaba David, que me sonrió y se encogió de hombros. Él era un científico, para él todo aquello no constituía un problema.

«Pero ¿qué hago yo aquí? —recuerdo que pensé—. Esto es demasiado... ¿por qué tengo que ver estas cosas? Tengo veintiún años, soy escritora. ¿Por qué una chica de veintiún años que quiere ser escritora tiene que pensar en la muerte?»

Claro está, yo no sabía que mi madre moriría tres años después. Pero mientras escribo estas palabras en una agradable y soleada mañana de domingo, con mi preciosa hija durmiendo tranquila en su habitación, recuerdo a la primera persona a la que di de comer en God's Love We Deliver, una tarde del mes de febrero de 1986. Era un chico de veintiséis años, aunque estaba tan encorvado, débil y macilento, como un anciano de noventa. Se llamaba Ben, y me dijo en tono conmovedor: «¿Por qué un hombre de veintiséis años tiene que pensar en la muerte?»

La pregunta me rompió el corazón, sobre todo porque procedía de un chico cuyo padre le había dicho que sólo podía volver a su hogar en Carolina del Norte si lo hacía convertido en jefe.

Sin embargo, la respuesta a la serena pregunta de Ben es «¿Y por qué no?».

La visión de todos aquellos trozos de cuerpos en el incinerador del cobertizo hace ya tantos años fue una experiencia más que añadir a la convicción de lo que se iba formando en mi mente: sea lo que sea la persona, estoy convencida de que no es una serie de partes del cuerpo como ojos, pulmones y piernas. No somos lo mismo que un pollo, en absoluto.

ABAJO, EN EL DEPÓSITO DE CADÁVERES

¿Y después? Mi jefa me envió entonces al departamento de patología a aprender el oficio de técnica en histología. En otras palabras, me envió al laboratorio de autopsias. El laboratorio era el lugar donde se procesaban las muestras obtenidas en las autopsias para después ser examinadas y analizadas al microscopio. Se trata de un proceso muy ingenioso, cuyos detalles te ahorraré por ahora.

Baste decir que yo trabajaba justo enfrente de la sala de autopsias, con todos sus pasmosos panoramas, sonidos, sí, sonidos y olores... un mundo de Alicia en el País de las Maravillas en el que todas las cosas eran cada vez más y más curiosas.

El cuerpo al que se le iba a practicar la autopsia se llevaba desde los frigoríficos del sótano, en un montacargas entre ataúd y montaplatos, que discurría por una antigua y chirriante polea accionada a mano con unas cuerdas viejas y deshilachadas. La plataforma la formaban unas tablas aseguradas con clavos, lo suficientemente amplias para que cupiera el cadáver.

¿Cómo nos enterábamos de que subía «un

despacho»? El montacargas empezaba a emitir gemidos cuando James el ayudante tiraba de las cuerdas. *Güi... oh, güi... oh, güi... oh*, lloraba mientras la cuerda y la polea entonaban su lamento por lo que fuera, o hubiera sido, que llevaban las tablas. Era un efecto sonoro casi demasiado perfecto, como una película de terror para niños que estuvieran poniendo en la sala de al lado.

Cinco o diez minutos más tarde llegaban los olores. Cuando se aproximaba la hora de comer resultaban especialmente desagradables. Nadie se quedaba jamás a comer en el laboratorio, claro está. Pero era difícil soportarlo cuando volvías de la cafetería. Era un olor a cuarto de baño, pero muy intensificado y con un punto de sangre fresca que era extremadamente desconcertante.

Por fortuna el sistema de ventilación era eficaz y nada permanecía en el aire por mucho tiempo. Sin embargo, esto sucedía tres o cuatro veces algunos días y nosotros no sabíamos a ciencia cierta cuándo hasta que el montacargas empezaba a gemir.

Al principio, mis compañeros se reían de mí. Yo era muy remilgada y ellos eran un grupo muy alegre. Se reían muchísimo, a veces los unos de los otros y sobre todo de mí, mientras yo me esforzaba por dominar las náuseas. Finalmente el mismo impulso que me llevó al laboratorio «puerco», me llevó también a la sala de autopsias. La curiosidad me impulsó a ir a ver lo que había estado oliendo: allí vi cuatro mesas de acero reluciente, cada una de ellas inclinada unos cinco grados desde la cabeza a los pies, todas con una pila honda, con un desaguadero enorme y una larga manguera en el extremo inferior. Había unas ranuras alrededor de todas las mesas para canalizar los líquidos corporales (sangre, etc.) hasta la pila. En el extremo de la pila de cada mesa colgaba una báscula esmaltada en blanco. «Muy bien concebido», recuerdo que pensé en ese momento.

Los suelos y las paredes estaban embaldosados de tal manera que todo podía limpiarse con la manguera, había desagües en el suelo, relucientes pilas de acero inoxidable adosadas a una pared, y mesas donde se preparaban las muestras que luego se introducían en botellas con líquidos de conservación para enviarlos a analizar. La temperatura de la sala era fría, claro, y en ella reinaba una pulcritud espectral. Había demasiado desinfectante en el aire y era difícil respirar con normalidad. Esto sucedía entre una autopsia y otra, claro, porque cuando se estaba practicando una yo procuraba no respirar en absoluto.

En el corredor que separaba nuestro laboratorio de la sala de autopsias James el ayudante pasaba un tiempo entre trabajo y trabajo, dormitando en una destartalada silla de madera que afianzaba contra una esquina de la pared. Este pasillito oscuro formaba una curva al pasar entre las dos salas. Las paredes estaban llenas de polvorientos estantes de madera; en los de la derecha había unas anticuadas y enormes vasijas de cerámica gris vitrificada, y en los de la izquierda unos potes de vidrio herméticos con un líquido oscuro dentro.

Y en el líquido oscuro apretadas casi sin dejar espacio, había «cosas», cosas no identificables, que parecían algo así como pies de cerdo en un tarro de conserva como los que a veces se ven en las tiendas de comestibles.

¿Qué tenían que ver cualquiera de esas cosas con el espíritu vigoroso y sagrado de una persona? Lo que allí había era una porquería en salmuera. Despojos. En eso acaba el precioso cadáver.

Capítulo ocho

Volver al miedo y a la aflicción

MIEDO

El miedo primero, el miedo es lo peor

> *Imagínate que vas caminando por un sendero de la selva a la hora del crepúsculo y oyes el rugido de un león. Te quedas helado, se te forma un nudo en el estómago y notas cómo te sube el miedo por la garganta. Ahora imagínate que vas paseando por el zoo a la misma hora de la tarde y escuchas el mismo rugido. Esta vez no sientes miedo.*

Éste es el primer párrafo de un artículo de Sandra Blakeslee publicado en la sección científica del *New York Times* el 6 de diciembre de 1994. Pásate por la biblioteca si quieres leerlo. Es la pieza de nuestro rompecabezas que esta reciente investigación ha colocado en su lugar.

El miedo está radicado permanentemente en nuestro cerebro. Los circuitos o redes de neuronas del cerebro que nos capacitan para asustarnos y huir, son los mismos que tenía el ser humano cuando todos tenían que huir de leones rugientes en cualquier momento.

Estos circuitos, que son partes de la máquina y no programas, por así decirlo, han permitido sobrevivir durante eones a nuestra vulnerable pero inteligente especie.

Este mecanismo biológico se ha «preservado muy bien durante toda la evolución» y gracias a él nuestros antepasados no fueron alimento de los felinos.

Las cosas han cambiado, sin embargo, y ahora sabemos que si oímos el rugido de un león, es muy poco probable que represente un verdadero peligro. Ya no sentimos *miedo*. No salimos corriendo del zoo presos de terror. Esto se debe a que algo que *sabemos*, que no hay leones sueltos por las ciudades o pueblos, ha modificado nuestra reacción a un nivel muy profundo. Ya no sentimos miedo.

Existen mecanismos en el cerebro para inhibir las reacciones inapropiadas. Así, nuestra reacción instintiva, el miedo, se adaptó para reflejar la verdad del asunto. El mensaje de que los leones son peligrosos se ha modificado (en la región frontal del cerebro) con la idea del zoo y por esta razón ya no nos produce temor.

Albergo la gran esperanza de que si logro

convencerte de que la muerte no es destrucción, si quedas plenamente convencido, como les ha sucedido a aquellos que han tenido una experiencia de muerte clínica, entonces desaparecerá el terror que podrías sentir, si no, cuando te enfrentes a tu propia muerte. He rogado para que así sea, para que el conocimiento pueda transformar la experiencia, para que podamos APRENDER a no tener miedo.

La valentía, lo que sea que nos hace seguir adelante a pesar del miedo, es como cualquier otra cualidad: algunos la tenemos y otros nunca la sentirán.

Sin embargo todos podemos informarnos, ¿no es cierto? Y con la información correcta, no vamos a *necesitar* valor, sencillamente no tendremos miedo.

CÓMO FUNCIONA

Supongamos que entiendes, quiero decir SABES, que el inevitable abandono del cuerpo va a ser una experiencia de transición profundamente dichosa y agradable. Supongamos que sabes que sobrevivirás. Piensa en qué se convertiría entonces tu miedo a morir. Desaparecería, ¿no es cierto? Permíteme que te ponga un ejemplo de cómo sería eso.

Una pequeña prueba

Una tarde del mes de julio de 1987, entré en la óptica de la planta baja de mi edificio de apartamentos en Broadway, en la calle 83 de Nueva York, a preguntar si estaban listas las gafas que había encargado mi amigo Costa. No había ningún otro cliente en la tienda, situación poco habitual que yo agradecí muchísimo.

La dependienta, una joven india de elevada estatura, se encontraba detrás de la caja registradora, justo al lado de la puerta. Le pregunté si las gafas ya estaban listas y ella se alejó unos pasos de la caja para ir a mirar el nombre de Costa. En ese momento apareció en la puerta un joven de aspecto macilento, que no parecía el cliente habitual de una tienda tan cara como aquélla.

Vestía una camiseta sucia tipo chaleco, unas zapatillas manchadas, llevaba el cabello largo, enredado y también sucio y la mano derecha enfundada hasta la muñeca en una bolsa de plástico amarillo de aspecto siniestro. Mala señal.

Me hizo dos preguntas, confundiéndome con la dependienta.

—¿Cuánto cuestan todas estas gafas? ¿Tú las vendes?

Entonces se quitó la bolsa de plástico amarillo y apareció una pistola enorme. No una de aquellas especiales sábado noche, no, ésta era la clase de arma, si mi experiencia en películas de detectives no me engaña, que destroza partes grandes del cuerpo sin dejar nada aprovechable.

Bueno, yo no podía hacer nada, en realidad. El joven me cortaba el paso hacia la puerta. Así es que allí nos quedamos, la dependienta, el hombre con la pistola y yo. Aquélla iba a ser la última tarde de mi vida.

Allí me quedé, vacía, inmóvil. El tiempo se había detenido. La dependienta lanzó un grito, un sonoro grito casi cómico, teatral, con la boca muy abierta, los brazos sobre la cabeza y los dedos separados.

Luego echó a correr, muy, muy despacio, me pareció, hacia la trastienda, por el estrecho corredor de detrás del mostrador. Yo la miré correr fascinada, indiferente y como esperando que del centro de su espalda, que parecía un blanco fácil, comenzara a manar la sangre.

Sólo pensaba en una cosa, que flotaba en la superficie de mi mente como una burbuja de aire en un estanque tranquilo: *Ah*, el pensamiento emergía mansamente, con tristeza, *ah, mi bebé.*

Hedley tenía tres meses y estaba arriba, en nuestra habitación color lavanda, durmiendo en su cunita. Yo tenía los pechos llenos de leche para alimentarla. *Ah, mi bebé.*

Cuando la joven desapareció como un conejo en su madriguera de la trastienda, giré la cabeza hacia donde se encontraba el pistolero. Se había marchado. Aquel grito debió de asustarlo tanto como la pistola la había asustado a ella. Lo cierto es que fue un grito potente que le hizo escapar. Era evidente que se habían repelido el uno al otro, como las pilas magnéticas de distinto polo. Y ambos se habían ido.

Me dirigí a la trastienda y bajé al sótano, donde la dependienta y sus dos colegas se habían escondido, ella estaba llorando, y las otras permanecían inmóviles y pálidas, con razón temerosas. Lo cierto es que no esperaban verme a mí.

Les dije que se había ido, les sugerí que telefonearan a la policía y luego yo subí tranquilamente a mi apartamento a ver a mi bebé que dormía. ¿Cómo iría a mirar ella a una madre que acaba de morir?

Lo digo así porque ciertamente es lo más parecido a lo que me ocurrió. Pero en ese momento no compartí en absoluto la oleada de miedo que experimentó la dependienta, lo que probablemente salvó nuestras vidas, y le doy gracias a Dios por ello. No hubo descarga de adrenalina, no se me aceleró el pulso, no me llené de un sudor frío, solamente tuve aquel único y triste pensamiento, *Ah, mi bebé*.

Ahora bien, podrías pensar que caí en un estado de conmoción o negación, o en un estado psicológico inducido por el trauma que me apartó de la situación compasivamente. Pero no es así.

No experimenté ninguna reacción después, nada que me afectara durante días y semanas pensando. «Dios mío, estuve a punto de morir», no. Yo ya había leído y pensado mucho acerca de la muerte y poseía muy buena información, la información que ahora comparto contigo; no le tengo ningún miedo a la muerte. Y tú tampoco tienes por qué temerla.

El miedo es excitante

¿El miedo es siempre el enemigo? A veces jugamos deliberadamente con el miedo por la emoción que comporta, por la momentánea excitación que proporciona. He aquí algunos ejemplos: subimos a la montaña rusa y gritamos mientras hace su recorrido; nos lanzamos de aviones y tiramos de la anilla del paracaídas justo en el último momento, practicamos puenting, rafting en aguas turbulentas, escalamos.

Podrás poner muchos otros ejemplos, estoy segura, de ocasiones en que coqueteamos con el miedo, tomamos la vida, por así decirlo, en nuestras manos. ¿Y cuál es la suposición que subyace a todas estas opciones? Pues que sobreviviremos.

Si no pensáramos que íbamos a sobrevivir, no nos lanzaríamos de un avión. No escalaríamos la pared rocosa de una montaña, no nos subiríamos a una montaña rusa ni atravesaríamos los rápidos furiosos en un kayak de cáñamo o en una balsa de goma, ¿verdad?

¿Y cuál es la recompensa cuando danzamos voluntariamente con el miedo? Sentir que se vive una vida intensa, ¿no es cierto? Son las nuevas gafas a través de las cuales nuestra realidad ordinaria no parece la misma. Saboreamos este cambio, esta expansión del panorama, este momento de vivir fuera del tiempo. Es una emoción, siempre y cuando sepamos que hay retorno.

Ahora bien, el miedo a la propia muerte, dejar de respirar, de tragar, el miedo sobrecogedor que sentimos la mayoría cuando el médico dice, «Tienes un cáncer de los peores», o «Tienes sida» o «Te quedan tres meses», este miedo, también se puede experimentar como una emoción. Aunque sólo si sabemos —quiero decir sabemos *de verdad*—, que no estamos en peligro. Morir es estar a salvo, como lo es el dormir.

IMAGINA LO SIGUIENTE

Estás en el primer coche de la montaña rusa. Subes lentamente la pendiente más empinada. El aparato se detiene en la cima, desde donde miras hacia abajo y ves, con una risa nerviosa, la caída en vertical que estás a punto de recorrer. No lo puedes parar. Te agarras a la barra. Gritas. ¿Es un grito de terror o de alegría?

Sabes que la montaña rusa es segura al cien por cien, sabes que en tres minutos el tren traqueteará en la barraca y bajarás. Estás dispuesto a hacer el recorrido. La muerte es totalmente segura, sin riesgos. El miedo es sólo la emoción, la excitación que se filtra por el hecho del pavor.

Cómo superar el miedo a la muerte

Tendrás que sumegirte en las realidades que hemos analizado juntos. Has de comprender de verdad que eres diferente de tu cuerpo y que sobrevives a la muerte de tu cuerpo. No somos lo que comemos. Para llegar a comprender todo esto tan bien que ya no haya miedo a la muerte, serán necesarios cierto estudio y cierta práctica diaria.

Si hace poco te han diagnosticado una enfermedad peligrosa para tu cuerpo, es probable que estés muy motivado y que domines la materia con rapidez. Los asistentes a Charlas Iniciales suelen captarlo en unos minutos, o a lo más en seis semanas. Depende de la urgencia y de la disposición a dejar en suspenso la incredulidad, a leer y a pensar. Y ahora ocupémonos de la cuestión de la aflicción y del temor a la aflicción también.

Cómo eliminar la aflicción del duelo

En cuanto comprendas lo que realmente sucede cuando alguien fallece, no vas a experimentar aflicción. ¿Recuerdas el rugido del león, la diferencia entre oírlo en la selva o en el zoo? El mismo estímulo, el rugido de un león muy cerca, y dos reacciones muy diferentes. Muy bien, pues igual que el miedo, la aflicción también se desconecta cuando sabemos que el ser querido no se aniquila, no desaparece, no se extingue ni se destruye.

El problema es que esto hay que saberlo *antes,* no después de que la muerte ocurra. De otro modo, la conmoción por la pérdida física de una persona amada es enorme, especialmente cuando esta pérdida es repentina e inesperada.

Tan pronto se produce esta comoción, es imposible pensar con claridad. Las nuevas perspectivas no se pueden asimilar bien, es imposible desplegar valor, esa actitud inmutable que con tan desafortunado tesón intentan demostrar muchos hombres. Ese método perjudica nuestra capacidad de sentir, aunque nos permita funcionar bien los primeros días.

Cuando pensamos en la pérdida de las personas que amamos, es importante distinguir entre la aflicción del duelo, esa pena honda en la que caí yo hace treinta años cuando murió mi madre, y la tristeza, que puede ser una emoción dulce, profunda y enriquecedora cuando nos inunda el corazón.

Si nos preparamos lo suficiente, si llegamos a la plena convicción de que todos nuestros seres queridos van a sobrevivir, entonces será la tristeza, no la aflicción, la que formará el contexto de la experiencia de cada muerte.

Veamos en qué consiste esta diferencia:

Marcharse de la ciudad

Imagínate que un ser querido (un hijo, una hija, tu cónyuge, novio o novia, un hermano, una hermana o tu mejor amigo o amiga), ha obtenido un ascenso en su trabajo que le impone un traslado permanente a París o a Maui o a algún lugar lejano.

Durante semanas os habéis estado preparando para la separación, habéis recordado los mejores momentos que pasasteis juntos y habéis resuelto todos los asuntos pendientes que pudiera haber habido. Ahora el equipaje ya está en el coche y os dirigís al aeropuerto en paz y en silencio porque prácticamente ya os lo habéis dicho todo.

Una vez allí, cuando anuncian el vuelo os abrazáis en la puerta de embarque, lloráis. Sabéis que no os escribiréis, que tras uno o dos intentos de llamada telefónica cada uno comenzará una nueva vida, una vida que no va a incluir al otro.

En el coche, de vuelta a casa, sientes una opresión en el pecho, es un día diferente a los demás, más que nunca de todo el tiempo que estuvisteis juntos, te das cuenta de la profundidad de los sentimientos que te unen a aquella persona.

Es una persona muy especial, muy querida para ti, y habéis pasado muy buenos momentos juntos. Como un cristal tallado, cada faceta de su compleja personalidad resplandece ante los ojos de tu mente. Tienes el corazón inundado de una exquisita combinación de amor y nostalgia. La vas a echar de menos terriblemente.

Sin embargo, no vas a llegar a casa a llorar porque sabes que la persona amada está en un avión que se dirige a París o a Hawai.

No ha desaparecido, simplemente no la tienes al alcance de la mano en este momento. El humor sombrío que te embargará durante unos días o unas semanas será un estado temporal y pasajero que se llama melancolía o tristeza. No es la aflicción del duelo. Y hay formas muy interesantes de trabajar con él y de disfrutar de ese rico y muy lógico conjunto de sentimientos que llamamos habitualmente tristeza.

SÓLO UNA COSA MÁS

¿Dudas de que este dolorosísimo sentimiento de aflicción se basa *enteramente* en la Premisa de Aniquilación? Pues tienes razón, porque existe otro importante componente de la aflicción que quiero recordarte. Es ese desagradable asunto de que hablamos al comienzo, sobre las cláusulas en letra pequeña del contrato que rige el uso de estos cuerpos.

En especial cuando la muerte del ser querido se produce de una manera repentina, «prematura», escuchamos la dolorosa letanía: «¿Por qué a mí, por qué esto, por qué ahora?» Nos olvidamos de leer el contrato de ese ser querido, por eso nuestra angustia se traduce en: «¿por qué mi madre?, ¿por qué mi hijo?, ¿por qué mi marido, mi mejor amigo?, ¿cómo es posible que ocurra esto?».

En cierta ocasión le pregunté a una actriz de catorce años, cuya madre había fallecido hacía poco de un cáncer de colon, si su pena hubiera sido más llevadera de haberse enterado, antes de ese diagnóstico, de que su madre iba a morir algún día. Ella meditó unos segundos y contestó: «Sí, me habría afectado de un modo muy diferente.»

Volviendo a Lily

Volvamos a nuestros amigos Frank y Lily. Fue una situación muy interesante la de esta pareja, porque el día que Frank sufrió un ataque al corazón después de jugar al frontón y posteriormente una muerte aparente, él fue al cielo, por así decir, y ella al infierno. Lily estaba sentada junto a su amado y lo vio morir, en medio de una frase, repentinamente, justo cuando ambos creían que él ya había superado la crisis y estaban a salvo. Fue terrible.

Para Lily no supuso ningún consuelo que Frank dijera que se había sentido tan feliz cuando estaba «muerto» ni que, tras esta experiencia, perdiera totalmente el miedo a la muerte. Cuando yo la conocí tres años después, todavía seguía bajo el efecto de la horrorosa conmoción que sufriera aquel día.

Lily recibió dos fuertes golpes: primero el ataque al corazón de Frank después de la partida de frontón, seguido por el paréntesis durante el cual parecía que ya se había recuperado y estaba fuera de peligro y, el segundo, el grande, cuando ella ya había bajado la guardia, la muerte aparente, con los timbres de alarma y las carreras del personal de urgencias, que la sacaron de la habitación. Además, y para empeorar las cosas, aquel día era su cumpleaños.

Lily aún lleva en la médula de los huesos esa conmoción. No se trata de que no le crea a Frank cuando él le recuerda que no dejó de ser él mismo. La Premisa de la Aniquilación ya no tiene mucha influencia en Lily, al menos intelectualmente. Lo que ocurre es que esa muerte la cogió totalmente desprevenida, porque vivía en la seguridad, como hacemos la mayoría, de que ambos vivirían otros veinte años más, que la muerte los visitaría cuando sus nietos ya estuvieran grandes y a ellos ya no les quedara otra cosa que hacer que dormir juntos.

Vivir a prueba de conmociones

Es posible que a Frank y Lily les resulte así, y eso les deseo, por su felicidad. Pero no existe razón alguna para creer que tiene que ser así. ¿Cómo podemos entonces hacer a prueba de conmociones nuestras relaciones para que cuando llegue el momento de la separación, que llegará, no nos derrumbemos como un castillo de naipes?

Amortiguadores

Lee el contrato y memoriza los puntos importantes que están muy claros: en cualquier momento, en cualquier lugar, todos mis seres queridos y yo. La muerte *debe* llegar, no hay otra posibilidad. Y además, la muerte no existe.

La muerte no existe, ésta es la idea que surge siempre cuando caen las Premisas de la Aniquilación y Conceptos Asociados. Para llegar a esta conclusión, tienes que ser capaz de pensar en las pruebas con toda tranquilidad.

El rugido del león. Si tenemos presente que existen rutas neurológicas para transformar la aflicción en otra experiencia, la vamos a llamar tristeza, ¿qué puedes hacer si, a estas alturas de nuestro trabajo juntos, no logras creer totalmente que esa persona que consideras perdida está, a todos los efectos, viva y bien en otra ciudad?

¿Podemos dominarlo realmente? Claro que sí. Tenemos de nuestra parte las tendencias naturales de la mente, porque resulta que si le hablamos a la mente *como si* estuviéramos convencidos de que algo es así o asá, la mente nos va a seguir en nuestra convicción deseada.

En otras palabras, para adquirir y fortalecer el conocimiento de que el ser querido se ha trasladado a otra ciudad, que no ha sido destruido, tenemos que trabajar en entrenar a la mente a hacerlo. Esto no es difícil, lo verdaderamente difícil es el sufrimiento en que nos quedamos atrapados si no entrenamos a la mente. Esto es lo que hay que hacer.

Annie ya no vive aquí

Vas a dialogar con tu mente (acostumbrada a pensar de otra manera), *como si* supieras que es cierto el concepto de «traslado y no aniquilación» que hemos estado desarrollando juntos. Imagínate que acaba de morir tu amiga Annie. La conversación entre tú (el Testigo de tu vida) y tu mente será más o menos así:

Tu mente te da un golpe bajo diciendo:

—Ya no volverás a verla (hablarle, abrazarla, oírla, viajar con ella, etc.). Debes de sentirte muy mal. ¿Qué puede ser peor?

—Escucha, Annie se ha marchado de la ciudad. Hoy no voy a hablar con ella, seguro. Hoy no.

—Claro, porque ha muerto —insiste la mente— y lo sabes. No volverás a hablar con ella nunca más. No te engañes, *nunca más*, es decir, ni la semana que viene, ni el mes ni el año próximo.

—Oye, no puedo hablar con Annie hoy porque está fuera de la ciudad. Te desafío a que me demuestres la diferencia entre la Annie fuera de la ciudad y la Annie muerta que dices. Limita tus comentarios a mi experiencia de *hoy y sólo de hoy*, y demuéstrame la gran diferencia o cualquier diferencia que pueda existir entre Annie muerta y Annie fuera de la ciudad.

—¿Puedo volver a tocar este tema? —te preguntará tu mente.

Observa que es necesario alejarse un poco del «Yo» para poder escuchar con suficiente claridad los argumentos de la mente y responder. En esto *necesitas* a tu Testigo. Está bien utilizar el «Yo» cuando respondes a los ataques de la mente porque es el verdadero «Yo» el que habla, el Testigo de la mente en estado de vigilia.

Tu mente va a volver a tocar el tema, sin duda, pero no presentará ninguna diferencia real entre «muerta» y «fuera de la ciudad». Porque *en este momento* esa diferencia no existe.

Te contaré la experiencia que por primera vez me hizo ver que esto es así.

¿Cuál es la diferencia?

En 1977 decidí irme a la India a vivir en un *ashram*, que es un monasterio hindú, a sumergirme en la meditación y en la exploración de mi relación con Dios, fuera Dios lo que fuera.

Debo añadir que me encontraba también en un estado de mucho sufrimiento emocional, que arrastraba más o menos desde la infancia. Aún no estaba recuperada del todo de la muerte de mi madre hacía ya doce años. Acababa de salir de un fracaso matrimonial y estaba agotada de hacer de padre y de madre de un chico muy hermoso pero muy rebelde. En otras palabras, estaba desesperada. Digamos también que estaba muy motivada en mi búsqueda; era como si estuviera sentada encima de un enorme erizo.

Mi hijo se fue entusiasmado a vivir con su padre y su madrastra y yo me deshice de todas mis cosas, libros, muebles, piano, plantas, ropa, todo. Dejé un exquisito apartamento del cual creía que no me iría nunca, y me marché al otro lado del mundo.

Durante los primeros nueve meses de mi estancia en Ganeshpuri, no dejé de llorar a mi hijo. Sí, yo decidí dejarlo, y sí sabía que no tenía otra opción. Pero de todos modos lloraba todos los días y me dormía añorándolo. Fueran cuales fuesen los beneficios que obtendría después gracias a la vida de disciplina y santidad del *ashram*, aquel deseo de ver a Clement dominaba mi mente. Me afligía intensamente la pérdida de mi hijo.

Y entonces una noche tuve el siguiente sueño:

Clement, su padre y su madrastra iban entrando en el edificio de apartamentos donde vivían en Nueva York. Estaba lloviznando y su padre había extendido un impermeable sobre la cabeza de la familia para protegerlos. Al ver este gesto, y consciente de que estaba soñando, pensé «qué amable y cariñoso, los quiere de verdad». Justo después de este pensamiento surgió otro, más oscuro: «No se puede proteger a nadie, se está engañando.»

Los tres entraron en el ascensor y Clement, al observar que al techo del ascensor le faltaba uno de los paneles, como si alguien hubiera tenido que acceder a la maquinaria de encima, preguntó si podía subir hasta allí. «Claro», contestaron sus padres (qué flexibles son las normas en los sueños) y lo auparon.

Al llegar al décimo piso, su madrastra lo llamó:

«Clement, ¿tienes la llave? Hemos llegado.» El largo silencio fue interrumpido por un horroroso ruido, como si algo rodara desde la parte superior del ascensor, se precipitara por el pozo del lado y fuera a parar diez pisos más abajo con un ruido sordo.

Me quedé aterrorizada. Vi cómo los padres, negándose a creer lo que habían oído, lo volvían a llamar preguntándole por la llave. Luego comprendieron que era él quien había caído, sin dolor, dormido (de nuevo la caprichosa lógica de los sueños) y estaba muerto, y un dolor insoportable. Sufrí por ellos en ese momento, sobre todo por el padre, que amaba a ese niño y sólo deseaba mantenerlo a salvo.

Me desperté en ese horrible momento. Mi hijo había muerto, sentí el corazón desbocado y la descarga de adrenalina que me recorría todo el cuerpo bañado en sudor. El gran reloj del *ashram* marcó la hora: la una.

Durante otros segundos mi mente continuó inmersa en el horror del sueño. Después volví a la realidad del estado de vigilia y me inundó el alivio. Clement estaba vivo y bien en Nueva York, su muerte sólo había sido un sueño. ¿O no? Su presencia física estaba fuera de mi alcance, no podía abrazarlo, ver su dulce carita. En el *ashram* no había teléfono. No podía oír su voz a menos que viajara durante horas hasta Bombay para hacer la llamada telefónica. En la única foto que había visto esos meses, Clement estaba disfrazado de Drácula, el día de Halloween.

¿De qué me servía, añorándolo como lo añoraba, saber que estaba vivo? ¿Cuál era la gran diferencia entre saber en estado de vigilia que mi hijo estaba vivo y creer, en el sueño, que había muerto? Vivo/muerto, muerto/vivo, vivo/

muerto, muerto/vivo... estas dos realidades giraban y giraban, cada vez más rápido, en mi mente. Finalmente se convirtieron en una y la misma cosa. En ese momento el reloj señaló la una. Y Clement, claro está, tenía la llave.

¿Puede esta comprensión resistir la prueba de que alguien muy querido pase, en poco tiempo, de gozar de plena salud a estar enfermo y moribundo?

He aquí otra experiencia de hace pocos años; veamos si te parece que podría resultar positiva también para ti.

MICHAEL SE MARCHA DE LA CIUDAD

Michael era un hombre muy especial. Tenía una manera de ser agradable con todo el mundo, entusiasta, amistoso, atento, cuando estabas con él te convertía en la persona más interesante del mundo en esos momentos. Y vaya si era guapo; era guapísimo, alto, moreno, sabía vestirse con elegancia y clase. Parecía un modelo de Ralph Lauren aunque sin un asomo de arrogancia; era sencillamente natural y encantador. Todos lo querían.

Michael apareció en mi vida en el momento preciso. Yo había llegado al límite dirigiendo God's Love We Deliver e intentando ser una buena madre para Headly, que entonces tenía tres años. Estaba siempre agotada y me sentía terriblemente sola.

En aquella época ninguno de mis viejos amigos se encontraba en Nueva York. Estaba demasiado cansada y ocupada para hacer nuevos amigos y aunque en el trabajo me rodeaba una gente magnífica, yo vivía en esa burbuja que significa «ser la jefa». El tener que evitar la familiaridad con los empleados significaba que no tenía a nadie con quien bajar la guardia y ser yo misma, hasta que un hermoso día apareció Michael deseoso de prestar sus servicios de chef como voluntario.

Los jueves aparecía como una brisa a supervisar la cocina durante un turno de cuatro horas. Si yo estaba allí, y después de un tiempo siempre estaba, él me llevaba hasta la intimidad del cuarto frigorífico para darme un abrazo, animarme y, al propio tiempo, preservar mi dignidad en medio de las cubetas de cebolla picada y los pucheros de caldo de pollo fresco.

—¿Cómo estás, muñeca? Tienes un aspecto magnífico. —La verdad es que yo todos los jueves hacía considerables esfuerzos por tenerlo—. ¿Te has portado bien? —Ésa era nuestra broma, ¿qué opciones tenía yo si no portarme bien?— Tengo que irme a cocinar. Nos veremos después.

Y se iba.

No sé por qué esos abrazos semanales me importaban tanto, pero así era, me importaban muchísimo. Estaba loca por Michael y le agradecía tanto su aliento, aun cuando sabía que se comportaba así con todo el mundo.

Teníamos una cita permanente los viernes por la mañana a las 10.45. Michael aparecía frente a mi despacho con el potente BMW negro de abogado de su compañero y corríamos a gran velocidad por la autopista de West Side (por encima del límite de velocidad, yo al volante) hasta Harlem, para escuchar al ARC Gospel Choir. ¡Qué coro más maravilloso! Qué felices nos sentíamos siempre al oírlo.

Era delicioso, y todavía me lo sigue pareciendo. Siempre que puedo me escapo a la iglesia baptista Mt. Moriah para escucharlo.

Fue Michael quien insistió en que comenzara a hablar de mis ideas sobre la muerte con personas que sabían que morirían pronto. Yo no me consideraba preparada para enseñar. El miedo era el primer problema, ¿acaso no lo es siempre? Pero Michael me acompañó al Manhattan Center for Living, donde, aunque todos los clientes se estaban muriendo, nadie pronunciaba la palabra «muerte».

Allí predominaba el lenguaje falso de la Nueva Era. Todos estaban en el centro para «sanar» y también todos eran responsables de su propia «curación». De este modo si enfermabas y morías, y quién no, tenías que añadir el insulto de la humillación y el fracaso, al agravio de morir a los veinticinco o treinta años. *¡Puaj!*

Mi creencia, ya lo sabes, ha sido siempre que ningún cuerpo sale vivo de aquí y todos los demás también lo saben. Pero la negación era la anestesia predilecta en ese centro para la vida. Y esa anestesia siempre dejaba de hacer efecto en el peor momento, en la unidad de cuidados intensivos o en la sala de urgencias, cuando lo que estaba a punto de suceder ya no podía negarse.

La negación impedía a las personas comprender y superar el miedo e incluso reconocer entre ellas que sentían miedo. A qué triste, solitaria y frustrante muerte conduce este sinsentido.

Michael estaba en la junta del centro así es que consiguió que nos reservaran una sala y un tiempo; los martes a las 7 de la tarde me hacía sentar, me cogía de la mano y empezábamos. Charlas Iniciales nació en 1989 siendo Michael el partero y yo forcejeando torpemente para transmitir este enfoque serio de la muerte tan poco conocido a un grupo de hombres y mujeres jóvenes enfermos de sida que tenían mucho miedo.

Te cuento todos estos detalles para que sepas que Michael fue el principal, me tienta decir el único, actor que apoyaba mi espectáculo en aquella época. No es que fuera uno de los muchos amigos que me animaban, no, era el único, y hasta hoy lo echo mucho en falta.

Con el avance del sida, Michael perdió mucho peso y comenzó a quedarse en casa. Con el peso se fue también lo que le quedaba de fuerzas, y entró en lo que él llamaba, con cierto sarcasmo y disgusto, la «fase abuelita». No lo divertía esto. «Esta fase abuelita te chupa», me decía en sus llamadas telefónicas que me hacía semanalmente. Ésta era su única queja, no era un quejica plañidero, en absoluto.

—¿Cómo están las cosas por allí, muñeca?

A Michel le gustaba chismorrear y dado que conocía a todos los actores de mi drama diario en el trabajo, yo lo entretenía con los pequeños chismes de la semana anterior. A los pocos minutos se cansaba, no de mis historias, las que yo siempre hacía sabrosas, sino del esfuerzo de estar al teléfono.

—Te quiero, muñeca —me decía y colgaba.

El apartamento de Michael me venía de paso y yo me moría de ganas de visitarlo. Pero cuando le preguntaba «¿Puedo venir a verte?» (los neoyorquinos nunca se dejan caer de improviso), él siempre me contestaba: «Hoy no, muñeca», y cuando yo le decía: «¿Necesitas algo que yo pueda llevarte?», nunca picaba el anzuelo.

Aquello me resultaba tan frustrante que finalmente le dije:

—Pero si sólo soy yo, Michael, ¿o es que ya no quieres ver a nadie?

Entonces fue cuando me dijo:

—¿Quieres saber qué sucede cuando alguien viene aquí? Lloran y lloran, nos abrazamos y lloramos. Así estamos durante veinte minutos y después se marchan. Ellos se sienten mejor y yo me siento peor, mucho peor. Si me quieres, ¡por favor, no vengas! No vengas, por favor. Yo te llamaré por teléfono, pero no vengas. No quiero que me veas como estoy. Por favor, no vengas.

La última vez que lo vi ocurrió que era el día de san Valentín de 1992. No es que se pusiera sentimental y me concediera una audiencia, no, Michael no era de ésos. Lo que sucedió fue que yo estaba muy alterada porque había problemas en mi trabajo.

Como yo estaba tan agitada Michael, para echarme una mano, accedió a reunirse conmigo en un restaurante próximo a su casa. Esta reunión a la hora de comer demuestra su enorme generosidad, sabía lo perturbada que estaba y sabía también que nadie fuera de él podía devolverme la tranquilidad. Ser «el único amigo» entraña una gran responsabilidad.

Michael sólo tenía que recorrer tres manzanas, pero el recorrido fue para él interminable. Me sentí avergonzada por permitir que lo hiciera solo, con lo frágil y vulnerable que estaba. Después pensé que no habría querido que lo viera tan debilitado y desvalido, durante el trayecto: esa dignidad, ese orgullo.

Si te digo que lo primero que me dijo tras dejarse caer en la silla fue «Vamos, Ganga, ¿qué clase de mujer saca a un tío de la cama el día de san Valentín?», quizá comprendas por qué lo quería tanto.

Me hizo reír, ése era el consuelo que Michael proporcionaba. Solía decir «Menudo cuadro».

Ésa fue la última vez que vi a Michael en

persona, en lo que le quedaba de carne. Me telefoneó una o dos veces más; se fue apagando muy rápido. Pero siempre estaba el «hola, muñeca» y eso de que la fase de abuelita chupa y que si lo quería no fuera a verlo.

Una de sus hermanas me llamó por teléfono para decirme que el médico se sentía muy optimista con la nueva medicación que le suministraba para reducirle una misteriosa fiebre. Brian, el médico, creía que el nuevo medicamento le haría efecto cualquier día. Pero mientras tanto, Michael estaba ingresado en el hospital.

—No es por nada —le dije yo con la mayor suavidad que pude—, pero ¿cuándo vuelve a la ciudad tu madre?

—Dentro de dos semanas —contestó la hermana—. Vamos, ¿acaso intentas decirme que Michael podría estar muriéndose?

—¿Qué dice el médico? —le pregunté para eludir la contestación.

—Dice que el nuevo medicamento podría cambiar totalmente el cuadro. Que lo sabremos dentro de dos o tres días y que Michael es muy fuerte.

«Brian tampoco soporta la idea de perder a Michael», pensé. A la hermana le dije:

—¿Para qué correr riesgos? ¿Cómo se sentiría tu madre si no llegara a tiempo? Creo que deberías llamarla. A ella le gustaría verlo, ¿verdad?

Con mis palabras alarmé a la hermana y ella, a su vez, iba a alarmar aún más a la madre. Lo cierto es que no era asunto mío, pero era lo único que podía hacer para agradecerle a Michael el apoyo y el consuelo que me había brindado el día de san Valentín.

Se lo debía a él y se lo debía a la mujer que le había dado la vida e inevitablemente también la muerte. En unas circustancias similares, si mi hijo está en la cama de un hospital, espero que alguien se tome el arduo trabajo de avisarme, es el ruego de todas las madres.

No creía que Michael fuera a tardar mucho en morir, como creían su familia, su médico y su compañero. Aquel cuerpo elegante, larguirucho, estaba ya muy desgastado. Michael ya no se divertía y ciertamente había llegado el momento de marcharse. Sabiendo que seguiría siendo el mismo de siempre pero sin los problemas del cuerpo, yo rogaba para que la partida fuera dulce y sin sufrimiento.

Todo el mundo estaba muy angustiado, claro y no hay duda de que es mucho más terrible perder a un hijo, a un hermano y a la pareja que a un gran amigo, relativamente nuevo.

Sin embargo, aunque la última semana de vida de Michael no fue para mí una semana como las demás, observé que lo que me invadía era la tristeza, no la aflicción del duelo. Pensaba en él constantemente pero sin lágrimas. Lo habíamos pasado muy bien juntos.

Como sabía que estaba en el Beth Israel, fui allí el martes siguiente por la tarde, aunque sabía que no lo vería porque ése era su deseo. Pensaba quedarme un rato fuera de su habitación, una media hora y después marcharme.

En cuanto me detuve en el pasillo junto a la puerta de Michael, apareció su compañero y prácticamente se precipitó sobre mí. «¡No puedes entrar! ¡No puedes entrar!»

Sentí pena y, por primera vez me eché a llorar. A la frustración de no poder ver a mi amigo se unió la profunda humillación de ser tratada de aquel modo tan despectivo. También comprendí el tono perentorio de su compañero, no había sido su intención comportarse de modo tan desagradable.

La madre de Michael entraba y salía de la habitación con el rostro hierático, ya sin lágrimas. Yo apoyé la espalda contra la pared e hice un esfuerzo para quedarme quieta y no echar a correr. Apareció el médico de Michael, que lo quería tanto como yo, y me llevó a una pequeña salita consultorio, donde con toda generosidad y detalle me explicó lo que se estaba haciendo con Michael. Me quedé mirando a Brian fijamente mientras me aseguraba que «sus órganos están básicamente sanos, y si podemos mantener controlada esta pequeña infección del cerebro...». Cuando vio mi expresión, dijo:

—Crees que estoy sumido en la negación, ¿verdad?

¿Qué podía decirle yo? Ambos sabíamos lo que estaba sucediendo, pero Brian se había esforzado muchísimo, todos y cada uno de los días de los seis últimos meses de Michael, y no sólo por deber, sino por cariño. ¿Quién quiere perder a una persona como Michael?

Le agradecí que se tomara el tiempo para hablar conmigo porque no tenía ninguna obligación de hacerlo, y luego me marché.

Sin poder reprimir las lágrimas conduje hasta Friends in Deed, porque ese martes por la noche tenía sesión el grupo de apoyo, el grupo de Cy. Me senté al fondo de la sala y me eché a llorar.

Fueran lo que fuesen esas lágrimas fueron como una tormenta de verano, intensas, potentes y rápidas. Después me fui a casa y dormí bien, muy bien. Justo al amanecer tuve el sueño siguiente:

> *Michael pasaba a verme, de camino al marcharse de la ciudad. Llevaba puesta su chaqueta deportiva de Ralph Lauren y la gabardina de Hermès cogida con un pulgar. Estaba despreocupado, relajado y elegante. No hablamos de ningún tema importante; fue un encuentro sin prisas; en realidad, por primera vez disfrutamos del lujo de tener todo el tiempo del mundo. Nada de melodrama, sólo un profundo cariño sin palabras. Además, no había nada que decir; yo estaba consciente de que estaba soñando y sabía que él había muerto.*

Pero eso no era ningún problema; el problema había sido que yo no logré despedirme de él y por eso vino a verme como si fuera de camino al aeropuerto, para darme lo que yo había echado en falta, y me lo dio tan plenamente que me quedé muy satisfecha y en paz.

En el último momento, Michael trajo a su compañero a ese lugar brumoso en el que estábamos y colocó su mano en la mía.

«Ahora me lo cuidas tú», me dijo. Después el rostro de Michael se fue difuminando y el rostro de su amigo se fue haciendo cada vez más claro y definido. Salí del sueño muy tranquila en mi interior, muy satisfecha.

Todavía me encontraba inmersa en los dulces efectos del sueño cuando, media hora después, sonó el teléfono. Era el compañero de Michael, para comunicarme que éste había fallecido la noche anterior, alrededor de las once, el día de los inocentes, ésa era nuestra broma, porque en realidad Michael no había muerto, se había marchado de la ciudad.

Todavía veo su sonrisa y siento su alentador cariño. Pero jamás he hecho duelo por él. Por el momento está fuera de la ciudad pero algún día irá a recogerme al aeropuerto en algún coche fabuloso.

Antes, durante o después

Ahora bien, sin duda estarás pensando: «Sí, supongo que puede ser así para ti, pero a mí me parece más teórico que real. La aflicción es normal, ¿verdad? Cualquiera que pierde un hijo, por ejemplo, se hundirá en el dolor. No puede ser de otro modo.»

Por el contrario, este cambio en la comprensión cambia verdaderamente el modo como se experimenta la pérdida. Esto es lo que hemos comprobado durante los seis años que llevamos ofreciendo este método de control de la aflicción a personas que están pasando por ese profundo dolor emocional.

Como ya he dicho, es muy importante la diferencia entre aprender esta perspectiva antes, durante o después de la pérdida. Veamos ahora unos ejemplos de estas tres circunstancias, empezando por el de una mujer que perdió a su hijo antes de asistir al curso.

Peter y Joan

Joan era una mujer de unos sesenta y cinco años, de fuerte personalidad, que hace tres años se presentó en una reunión de Charlas ya comenzada, una de esas reuniones a las que sólo podían asistir aquellas personas que ya habían asistido a las clases introductorias de seis semanas. Iba muy bien vestida, de abuela mandona, estilo que iba muy bien a su fuerte personalidad. Su hijo Peter había muerto hacía tres meses y ella estaba muy conmocionada y en pleno duelo.

Le sugerimos, de hecho le insistimos, que primero debería asistir a Charlas Iniciales. Según nuestra experiencia es muy difícil y con frecuencia doloroso para alguien que está de luto introducirse en un grupo en el que el concepto de la muerte (que no es definitiva, que no es una tragedia ni el desastre que puede parecer) es tan diferente del que es habitual en nuestro mundo.

Joan se mostró inflexible. No pudo ni quiso esperar a recibir las clases introductorias. Ya había probado grupos de apoyo para la aflicción usuales, y empeoró en lugar de mejorar: todas esas personas autocompadeciéndose y quejándose, según explicó, la hicieron abandonar. Joan estaba firmemente determinada a encontrar otra manera de soportarlo; decidida a aliviar su enorme aflicción por el medio que fuera, no estaba dispuesta a hacer concesiones.

Prometió que no se molestaría si no encontraba conmiseración por nuestra parte. Todos en el grupo habían perdido a alguien recientemente, a alguien muy querido y había personas enfermas de cáncer o de sida. Y Joan dijo que haría lo posible por entender.

Así pues, le permitimos quedarse; durante

esa primera sesión estuvimos pendientes de ella la mayor parte del tiempo. Más o menos es así como se desarrollaron las cosas.

Transitoriedad

JOAN: Jamás imaginé que iba a perder a Peter. Sabíamos que era seropositivo, pero no creímos que tuviera sida todavía. Nunca imaginamos que moriría.

GRUPO: Todos vamos a morir. En toda relación va a morir uno u otro primero, esto no te ha sucedido sólo a ti con Peter. **Lee el contrato.**

JOAN: Pero yo creía que me iría yo antes que él. No puede ser que las madres tengan que enterrar a sus hijos. **¿Dónde se lee eso?**

GRUPO: Hay muchas madres en la historia que han enterrado a sus hijos e hijas. En casi todos los países subdesarrollados las madres han de dar a luz a cinco o seis hijos para ver crecer sólo a uno. **Imagínatelo.**

JOAN: Pero es que lo echo tanto de menos (las lágrimas rodaron por sus mejillas). **La separación era inevitable. Hasta que la muerte nos separe, eso vale para todos. Es el único resultado posible.**

GRUPO: Tú puedes experimentar la añoranza como la medida de tu amor hacia él. ¿Son muy profundos esos sentimientos? ¿Cuánto amor sientes? **La naturaleza del amor siempre incluye la añoranza.**

JOAN: (Más lágrimas.) ¡Siempre estuvimos tan unidos!

GRUPO: Poca gente conoce un amor así. Tú y Peter tuvisteis la gran suerte de gozar de vuestra mutua compañía y vivir en la misma ciudad. ¿Alguna vez hizo él un largo viaje al extranjero?

JOAN: Sí, un verano se fue al Amazonas, cosa que a mí me tuvo loca de inquietud.

GRUPO: ¿Y qué sucedió con tu cariño? ¿Desapareció cuando se fue de viaje?

JOAN: (Indignada.) ¡Claro que no! ¿Cómo se te ocurre pensar eso?

GRUPO: No pensamos eso, no. Justamente de eso se trata. El amor siempre permanece, aunque Peter no esté; el cariño es lo que forma la relación, no la simple proximidad física, ¿acaso tu amor ha cambiado desde que murió?

JOAN: Sí ha cambiado, ahora es más fuerte. Ahora pienso en él todo el tiempo. **Porque el amor no necesita proximidad.**

GRUPO: Ése es el quid de la cuestión. ¿Durante el día, cuánto piensas en Peter? ¿Muchísimo? Bien, ¿y si en lugar de haber muerto, tu hijo se hubiera ido a hacer una travesía por el Amazonas? ¿Cuál sería la diferencia? **El duelo se basa en la Premisa de la Aniquilación.**

JOAN: ¡Sería completamente diferente! ¡Al menos sabría que estaba vivo en algún sitio! **Que no ha sido aniquilado.**

GRUPO: Es que sí está vivo en algún sitio (aquí le presentamos las pruebas de supervivencia que hemos descrito en los capítulos cuatro, cinco y seis).

JOAN: ¡Si lo que decís es cierto, estoy buscándole los tres pies al gato!

Ante esa ocurrente salida el grupo estalló en risas, también ella se echó a reír, con las lágrimas de amor y añoranza todavía corriéndole por las mejillas.

Llevábamos casi una hora trabajando con Joan, y había pasado de estar sumergida en el dolor a descubrir, a pesar de su pena, un modo de reírse de sí misma y de su obsesión.

Sigamos un poco con Joan. Su aflicción por la muerte de Peter no era una insignificancia y no desapareció en una sola sesión. De hecho, todavía le quedan vestigios, pero ahora lo que más siente es tristeza y un hondo pesar por la muerte de su hijo.

Desde que nos conocimos, Joan ha continuado asistiendo a las Charlas Iniciales. Se sienta siempre en la primera fila, al lado de su amiga Gloria, que la acompañó en sus peores momentos. Gloria fue para ella un sólido apoyo.

Paulatinamente Joan ha comenzado a hablar de Peter sin las lágrimas que le afloraban a los ojos cada vez que lo hacía durante el primer año. Menciono este hecho para subrayar que en nuestro enfoque no hay nada que reprima el flujo natural de las lágrimas.

No se trata de reprimir ni de obligar a la mente a adoptar una postura artificial e insostenible. No se puede obligar a la mente a hacer algo, hay que conseguir su colaboración, atraerla, así es como nosotros lo hacemos.

Durante el primer año la aflicción de Joan era tan intensa que le fue imposible leer ninguno de los libros recomendados o pensar de una manera constructiva para comprender que Peter estaba vivo y fuera de la ciudad en ese momento, y que no podía ponerse al teléfono. Siempre repetía, una y otra vez: «¿Por qué no supe todo esto *antes* de que Peter muriera?»

Joan cree que este enfoque de la pérdida la habría protegido mucho de la terrible angustia y sufrimiento por Peter. En su caso no podemos estar seguros de esto, y por esta razón quiero hablarte de Connie.

Historia de Connie

En la primera reunión de Charlas Iniciales les pido a todos los asistentes que expliquen un poco qué los ha llevado a asistir al curso. Como ya te puedes imaginar, el motivo suele ser que uno de sus seres queridos va a morir pronto o acaba de morir. Con frecuencia vienen profesionales de la salud, enfermeras sobre todo, y cada vez más vienen personas que quieren prepararse para la hora de abandonar el cuerpo.

Los temas más comunes, al margen de las circunstancias externas, los constituyen el miedo y la aflicción, que en la primera noche de clase son siempre tan densos y visibles como una niebla.

Connie es una mujer de mediana edad de aspecto sensato, ordenada y despierta. Cuando le llegó el turno de hablar, dijo algo que nadie había dicho hasta ese momento.

—Tengo tres hijos adultos. Y ya sabéis cómo son los chicos. Tienen salud, gracias a Dios (muchas de las madres que están en esta sala han venido aquí porque sus hijos se están muriendo), pero no hace mucho empecé a pensar que cualquiera de ellos podría morir en cualquier momento. Eso es posible, ¿por qué no? Bueno pues, creo que me volvería loca y por eso estoy aquí. Porque no quiero volverme loca si alguno de ellos muriera.

Ésa es una mujer como me gusta. Había leído la letra pequeña. Había comprendido que al darles la vida a sus hijos también les había dado la muerte, tal como su madre se la había dado a ella. En cualquier momento. Una señora inteligente.

Así es que decidió enfrentarlo antes de que

sucediese y la pena le hiciera perder la razón. Valiente mujer. Sensata medida.

No dejé pasar la ocasión de insistir en la importancia del motivo de Connie. Ese mismo miedo de que perder a mi hijo me significaría perder la razón, me atenazó también cuando di a luz a mi hijo hace ya veinticuatro años. Jamás olvidaré el terrible momento en el que comprendí lo vulnerable que era, y lo vulnerable que era yo a través de él.

Debido al vínculo que me unía a ese bebé recién nacido, debido a ese intenso amor, desaparecieron los soportes donde apoyaba mi seguridad en la vida. Y aunque ese miedo pasó al inconsciente casi de inmediato, me doy cuenta de que me apagó un tanto la alegría por ese pequeño durante algún tiempo.

Connie asistió a todas las clases, y por su entusiasmo y las inteligentes preguntas que planteaba yo me daba cuenta de que estaba recibiendo lo que había venido a buscar.

Finalizado el curso estuve cuatro días fuera de la ciudad. Cuando volví a casa recibí la llamada telefónica de Cynthia O' Neal, de Friends In Deed, donde yo impartía clases.

—Ganga —me dijo—, ¿te acuerdas de Connie, la que asistió a las clases de tu último grupo?

—Desde luego, es la que se dio cuenta de que sus hijos podían morir. Es una mujer previsora. Inteligente. ¿Por qué lo preguntas?

—Porque eso es precisamente lo que acaba

de suceder —replicó Cy—. Dos días después de finalizar el curso, su hijo murió en un accidente de coche en el 103 de la autopista del West Side. En el coche iban cinco chicos, tres murieron instantáneamente, entre ellos el hijo de Connie. Llamaron aquí a comunicarnos lo ocurrido y para que tú la llamaras. Como no estabas, la telefoneé yo. ¡Ganga, es increíble, estaba llorando pero estaba bien! Me dijo que te dijera que estaba bien. Deberías llamarla. Nunca había visto nada igual en mi vida.

Llamé a Connie. Hacía cinco días que su hijo había fallecido. Y así fue nuestra conversación:

G: Connie, soy Ganga... ¿cómo lo llevas?
C: Estoy bien, Ganga. Lo echo muchísimo de menos, terriblemente. Pero sé que está bien y estoy segura de que lo veré cuando llegue mi hora. Eso no me preocupa. Lo único es que lo extraño tanto, tanto...

Oí las lágrimas en su voz y eso me tranquilizó. Aceptaba la realidad y no estaba postrada por la conmoción; su sentimiento de pena era absolutamene normal; iría menguando con el tiempo. No tenía que esperar a estar bien después; estaba bien en ese momento.

Semanas más tarde Connie asistió al siguiente cursillo que di y trajo con ella a su mejor amiga. Entonces le pregunté si durante la primera semana después de la muerte de su hijo sus convicciones habían sufrido algún altibajo.

Sí, había habido momentos en que sí, sobre todo durante los primeros días. Lo que la salvó de hundirse en la desesperación, dijo, fueron los recordatorios que le hacía su hija, que vive con ella. Por lo visto, cuando volvía a casa después de las clases, Connie le contaba a su hija lo que había aprendido. Comentaban las nuevas ideas durante toda la semana y leían juntas los libros recomendados. De esta manera había logrado superarlo y su hija también.

Connie sentía una urgencia muy poco común cuando comenzó el curso. Sabía muy bien que cabía la posibilidad de perder a uno de sus hijos y sabía también que si esto sucedía ella quedaría destrozada. Por esta razón se esforzó en asimilar toda la convicción que necesitaba. Fíjate que aunque su hijo murió sólo dos días *después* de que ella finalizara el curso preparatorio, el nuevo entramado que se había construido para contener su pérdida se sostuvo. Si comparamos su experiencia con la de Joan vemos fácilmente que un gramo de prevención vale por, no un kilo, sino por una tonelada de curación. Y es que para prevenir el poder debilitador de la aflicción del duelo, el conocimiento hay que adquirirlo antes y no después de que tengan lugar los hechos.

Lo intentaremos todo

Mona y Fred vinieron al cursillo cuando a su único hijo, de treinta y cinco años, le quedaban tan sólo seis meses de vida. El joven era abogado, aunque ya la enfermedad le impedía trabajar y ellos estaban, sobre todo Mona, desesperados por su enfermedad y su inminente muerte.

Mona y Fred eran una pareja muy reservada. Era fácil ver lo desagradable que les resultaba la perspectiva de airear su pena ante desconocidos, yo y sus compañeros de clase. Sin embargo, Friends in Deed es uno de los pocos lugares en Nueva York en los que no serían los únicos que estaban pasando por esa pesadilla. Además, el calor de ese compañerismo en el dolor es un gran consuelo.

Cuando los conocí, estaban pasando por lo que se llama duelo anticipado. Daba la impresión de que el hermoso rostro de Mona nunca más volvería a sonreír, y Fred tenía el aspecto de cansada resignación de alguien al que se le ha pedido que cargue con algo que pesa demasiado.

Francamente entiendo por qué a veces hasta los amigos más íntimos evitan y abandonan a personas que se encuentran en este lamentable estado. El recordatorio de nuestras inevitables pérdidas, el miedo a ser inoportunos, a decir algo que empeore la situación, y la sensación de culpabilidad por sentirnos contentos de que eso le ocurra a otra persona y no a nosotros, en fin, todo contribuye a aislar a las personas precisamente cuando más necesitan el consuelo de sus amigos.

Así pues, con su aflicción y vulnerabilidad, y en la primera fila, me imaginé que Mona y Fred serían las personas más difíciles de convencer. Me preocupaba mucho que interpretaran mal mi terriblemente sensata manera de enfocar las cosas y que la consideraran una falta de comprensión hacia su situación.

Afortunadamente no fue así; creo que alguien los había advertido.

En todo caso, en esa primera sesión me vi obligada a tratar sin piedad a Mona. Expresó aquello de que «no puede ser que las madres entierren a sus hijos», añadiendo que ella no debería tener que pasar por algo así.

—Un momento, un momento, Mona. Pongamos las cosas en su sitio. ¿Contabas con que morirías tú primero y con que tu hijo pasara entonces por lo que tú estás pasando ahora? Una madre muy amorosa. Tengo que tomar nota de esto. Eso debe de ser el amor, ¿eh?

Mona lo captó al instante. Las madres quieren ahorrarles todo el sufrimiento posible a sus hijos. Simplemente es así. Comprendió que al cargar con el terrible peso de ese sufrimiento, cargaba con la pena que le ahorraba a él. Logró encontrar consuelo en eso.

La clase continuó durante seis sesiones. Fred y Mona asistieron a todas. Durante la evaluación que hace cada participante la última noche,

Fred dijo que se había convencido realmente de que la vida de su hijo continuaría, aunque su cuerpo desapareciera, y eso a pesar de que antes de comenzar el curso esa idea le era completamente ajena.

Mona manifestó que había llegado a comprender que la inminente muerte de su hijo contenía no sólo difíciles lecciones para ella, sino también importantes beneficios. Y los dos dijeron, lógicamente, que lo darían todo por no perder a su hijo.

A modo de puesta al día en la historia, el pasado verano conocí a una mujer que había asistido al funeral del hijo de Fred y Mona. Yo no había sabido nada de ellos después de su fallecimiento, aunque sí sabía que había sucedido. «¿Cómo estaban?», le pregunté. Estaban bien, muy bien. Estaban agradecidos por la vida de su hijo y confiaban en que lo volverían a ver algún día, en algún lugar.

Ahora bien, éstas son sólo tres de los centenares de experiencias similares que han tenido personas que han asistido a Charlas Iniciales. Las he elegido para ilustrar los resultados del antes, durante y después, a fin de que tengas unas expectativas razonables en tu trabajo.

Recuerda que aun en el caso de haber perdido recientemente a un ser querido y estar hundido en la aflicción, de todos modos es útil trabajar con este enfoque. Siempre habrá muchas oportunidades de utilizar estas herramientas, de eso no hay duda. Se puede destronar la aflicción del duelo. ¿Vale la pena hacer el esfuerzo?

La nueva comprensión requiere un nuevo lenguaje

En esta sección daremos un vistazo al momento de la separación, es decir la transición que llamamos muerte. Aquí es importante recordar que cuando morimos, nos establecemos en un nuevo lugar, nos vamos, nos alejamos, seguimos adelante. No nos extinguimos, no nos acabamos ni nos consumimos. No perdemos la vida, nadie puede quitarnos la vida, ni podemos darla ni desembarazarnos de ella por mucho que queramos. En un momento de heroísmo podemos creer que entregamos nuestra vida, pero el hecho es que entregamos nuestro cuerpo. Es un gran regalo, sí, equivalente a dar nuestro apartamento y el coche. Un acto similar nos dejaría sin un lugar donde cobijarnos, pero no nos destruiría porque de hecho *nada* puede hacerlo. No podemos ser destruidos.

La palabra *aniquilación* deriva del vocablo latino *nihil* que significa «nada» y precedida del prefijo *a* que procede de la preposición *ad*, que significa «a» o «hacia». Así, aniquilación indica un movimiento hacia la nada, que es lo que la mayoría cree que sucede cuando se muere.

Puesto que las palabras son las unidades estructurales del pensamiento y que lo que buscamos es cambiar nuestra manera de pensar y por lo tanto nuestro modo de sentir sobre la muerte, necesitamos fijarnos atentamente en las palabras y en las frases que utilizamos habitualmente para describirla. Y necesitamos encontrar otras más apropiadas.

A continuación te presentamos aquí un ejercicio: usad el espacio siguiente para añadir todas las palabras o expresiones que recuerdes a cada una de estas breves listas iniciales. No evites las vulgares o de jerga, aunque sean de mal gusto. Nada puede ser de peor gusto que decir falsedades cuando muere una persona

Sustantivos y pronombres	Verbos
difunto, defunción	fallecer
cadáver	palmarla
finado	perecer
cuerpo	expirar
restos	sucumbir
él	acabar
ella	estirar la pata
yo	desaparecer

Adjetivos	Expresiones
fatal	un destino peor que la muerte
trágico	exhaló el último suspiro
aciago	se desplomó muerto
prematuro	fue a reunirse con su Creador
horrible	la palmó
inoportuno	se extinguió
destrozado	está criando malvas
irreparable	reposa en paz

Fíjate cuántas de estas palabras igualan la muerte con aniquilación: *finado, expirar, desaparecer*, etc.

Podrías hacer una segunda lista con palabras y expresiones que no tengan ninguna connotación de «final», ¿de acuerdo? Yo la comienzo y tú la continúas:

despegó
se marchó
continuó su viaje
fue a recibir su recompensa
fue a reunirse con su Creador
abandonó su cuerpo
lo ascendieron a un puesto en otra parte
se graduó/licenció
se fue de la ciudad

Quizá te parezca que este ejercicio sólo consiste en encontrar eufemismos, o palabras menos aterradoras, para referirnos a la muerte. En absoluto. Los seres humanos no expiramos como los carnets de usuarios de bibliotecas o el permiso de conducir; continuamos indefinidamente.

Tenemos en común con la materia que no se nos puede crear ni destruir. Eso es cierto en el caso de la materia, aquello de que está hecho el cuerpo, y es también cierto en nuestro caso. Al fin y al cabo, somos mucho más importantes que la materia.

CONTEMPLAR LA POSIBILIDAD DE SUICIDARSE

Lo más importante que hemos de saber sobre el suicidio es que no se puede llevar a cabo. ¿Qué quiero decir con esto? Suicidarse es matarse a sí mismo, y eso sencillamente no es posible. Por eso todo suicidio, tenga «éxito» o no, es un «intento» de suicidio.

¿Qué desaparece cuando un suicidio tiene éxito? Solamente el cuerpo. Eso es lo bueno y lo malo. Porque si los motivos para pensar en suicidarse sólo tienen que ver con problemas físicos, un dolor sin posibilidades de alivio, por ejemplo, entonces sería lógico pensar en el suicidio, ya que, como dice Benjamin Franklin: «Aquel que abandona su cuerpo se despide de una vez de todos los dolores y posibilidades de dolor y enfermedad que podrían hacerlo sufrir.»

Sin embargo, son muchas las personas que piensan en el suicidio para escapar a una desesperación que no es consecuencia de una situación física irresoluble. Entre los motivos más comunes para desear escapar figuran la depresión, la sensación de impotencia, la pérdida de un ser querido, el hastío, la falta de motivación, la necesidad de amor.

Es importante observar que el deseo de escapar o liberarse del dolor es un impulso de amor hacia uno mismo, no de odio. No obstante, el problema de escapar mediante el suicidio es que uno continúa estando allí aunque no esté el cuerpo; y el dilema también continúa, aunque entonces ya no hay forma de solucionarlo. Y precisamente lo que debemos hacer es solucionarlo, porque los dilemas de la vida no son simples accidentes, sino los rompecabezas que hemos venido a resolver.

Qué es el suicidio

Considéralo así: Desde la infancia has vivido en un apartamento hermoso y acogedor en el que siempre te sentiste muy a gusto, muy cómodo. Pero han pasado los años, las décadas, e inevitablemente las cosas han cambiado. Las paredes tienen grietas que ya es imposible reparar. El agua contiene substancias peligrosas debido a las anticuadas tuberías de plomo; la instalación eléctrica no es suficiente para enchufar ni la más modesta estufa, y mucho menos para usar tu nuevo ordenador. Además, en los pasillos se han amontonado las bolsas de basura porque el montacargas está estropeado y el encargado se marchó hace mucho tiempo.

Ahora bien, el dueño del edificio hizo sus cálculos y comprobó que el coste de las reparaciones sería mucho mayor que los beneficios que podrían reportarle, de modo que hace un año dejó de pagar los impuestos por la propiedad y se marchó. El proceso de deterioro se acelera y finalmente el ayuntamiento confisca el edificio. Quitan todas las tuberías y la instalación eléctrica y lo venden todo como chatarra.

Sin embargo, tú continúas viviendo allí, esperando contra toda evidencia que el barrio reviva de algún modo y con él esa maravillosa vieja casa que siempre ha sido tu hogar.

Por último el ayuntamiento sella las ventanas y a continuación la puerta principal. Fin del juego. Has continuado viviendo sin agua ni luz en las habitaciones frías y oscuras de lo que sigue siendo tu viejo hogar. Pero ya no puede continuar siendo tu casa porque físicamente no te ofrece una calidad de vida decente; no se trata de que no la sigas queriendo.

Así pues, dispones todo lo necesario y te mudas.

Suicidio.

Se han acabado y olvidado todos los inconvenientes, todas las dificultades y problemas sin solución de la vieja casa. Y tú sigues siendo exactamente el mismo de siempre, lo cual, como hemos dicho antes, es a la vez la ventaja y el inconveniente.

Breve fábula: Érase una vez una formidable águila de cabeza blanca que vivía en la costa norte del Pacífico. Un buen día cogió un suculento salmón del río. Sí que era magnífico el pez; el águila no veía el momento de llegar con él a su nido. Ocurrió que junto a ella pasó una bandada de cuervos. En cuanto vieron el salmón en las garras del águila, estos osados y porfiados carroñeros se abalanzaron sobre el pescado. Volara hacia donde volara el águila, no conseguía librarse de los ruidosos y tenaces cuervos, sin poder llevar a su nido el salmón.

Finalmente, exasperada, el águila soltó su presa, a la que ya los cuervos le habían arrancado bastantes trozos. En realidad ya no era el mismo pescado, sino una lastimosa versión de su suculenta perfección original. Por lo tanto al águila no le costó mucho soltarlo y reemprender sin él la vuelta a casa.

Lógicamente los cuervos perdieron todo interés por el águila y se lanzaron tras el pescado, y encantados dieron rápida cuenta de él cuando éste cayó al suelo.

Ahora bien, el águila tenía ciertas dotes analíticas y las utilizó para reflexionar sobre su reciente experiencia con el pescado. Así discurrieron sus pensamientos: «Ya no le quedaba mucho a ese pescado cuando lo solté. Si hubiera sido el mismo pez gordo que saqué del río habría valido la pena luchar más por él. La verdad es que era muy poco lo que le quedaba aprovechable, y desde luego no será el último salmón que encuentre en el río. Habrá muchos, la temporada es larga. Además, he de reconocer que todos mis problemas con esos pesados cuervos desaparecieron en cuanto solté la presa.»

Podemos optar por renunciar al cuerpo cuando ya no nos sirve tal como está, jamás va a mejorar, y todos los problemas, nuestros *únicos* problemas, proceden de él. Eso lo entiendes, ¿verdad? Pero hay algo que no es tan sencillo, ni tan claro, hay algo más.

Clase sobre el suicidio. Hace unos meses ofrecimos una clase sobre el suicidio, que atrajo a un interesante aunque pequeño grupo de participantes. Asistieron seis jóvenes homosexuales de aspecto saludable, todos seropositivos del sida, según me dijeron, que deseaban investigar si el suicidio podría ser una opción posible para ellos cuando la enfermedad les hiciera demasiado desagradable la vida en el cuerpo.

Le pregunté a Jose, que estaba sentado en la primera fila, cuál era la finalidad que había decidido para su vida y si ya la había cumplido.

—¿El qué? —me preguntó, desconcertado.

—Pues, tu motivo para estar aquí, lo que te has propuesto hacer, los objetivos de tu vida, tu misión... ¿lo has realizado ya?

Jamás en su vida había oído pregunta semejante, de modo que no supo qué contestar. Le sugerí que antes de pensar en el escape tal vez le convenía descubrir cuál era su misión aquí y comprobar si por lo menos había hecho una mella en ella, o no.

A continuación expuse mis habituales argumentos sobre que el cuerpo es lo que usamos para movernos (como un coche) o el lugar donde vivimos (la casa o apartamento), no lo que somos. Jose y sus amigos me escuchaban con atención y era evidente que iban reevaluando su situación según esta nueva perspectiva.

Entonces entró Tony haciendo rodar su pesada silla de ruedas.

—Siento llegar tarde, pero tengo que coger tres autobuses desde Brooklyn y algunos no pueden subir la silla, así que he tenido que esperar. Pues veréis, éste es el asunto. Tengo veinticuatro años y he estado toda mi vida en esta silla de ruedas. Jamás saldré de ella. Padezco distrofia muscular, por lo tanto ésta es la mejor situación que puedo esperar. ¿Qué sentido tiene? Mi madre dice que es asunto suyo si yo me suicido, pero no entiendo cómo puede nadie opinar en este asunto excepto yo mismo. No es ella la que tiene que vivir en esta silla.

Miré a Jose y sus amigos para ver cómo se tomaban las palabras de Tony. Estaban muy callados.

—Vale, Tony —le dije—. Te entiendo perfectamente. Pero permíteme que te pregunte una cosa. ¿Cuál era la finalidad de tu vida y cuándo la cumpliste? Porque supongo que lo has conseguido, de lo contrario no estarías con las maletas listas para partir.

—¿La finalidad de mi vida, la finalidad de

mi vida? —repitió Tony casi en un lamento—. Llevo quince años pensando en eso. Me trae loco. No tengo la menor idea. Tiene que haber alguna razón, pero no sé verla. No hago otra cosa que pensar en eso.

—Eso es muy interesante, Tony. Le hice esa misma pregunta a Jose, justo antes de que tú llegaras, y tampoco tiene idea, pero no sólo sobre la respuesta. Jamás se había planteado la pregunta. Así que por lo visto tú les llevas por lo menos quince años de ventaja a estos chicos, que probablemente estaban jugando al fútbol o echando unos polvos mientras tú estabas sentado en esa silla. Te felicito. Me parece que has avanzado mucho en el juego.

En ese momento entró otra silla de ruedas en la sala; en ella venía Carmello González, unos años mayor que Tony pero todavía veinteañero; Carmello sufría un tipo de parálisis cerebral tan grave que cuando comenzaba a hablar yo me echaba a temblar. Al principio no le entendía en absoluto, ni una sola palabra.

El cuerpo de Carmello parecía no tener nada puesto como es debido. Lo que tenía que estar derecho estaba ladeado y encorvado, por ejemplo la cabeza y las manos. Y dentro de la prisión de ese cuerpo retorcido había un supercerebro y un gran cómico con un interminable repertorio.

Resulta que Tony era el que hacía el papel de serio en el dúo, los dos se telefoneaban a diario y llevaban años contando chistes juntos en la sala de espectáculos del mundo.

Eran divertidísimos; el objeto de su humor eran las personas como nosotros que, comparadas con uno o dos jóvenes en silla de ruedas, hacemos piruetas que para Carmello y Tony son previsibles, conocidas, terriblemente inoportunas, absurdas y misteriosamente divertidas. Juntos formaban el equivalente verbal de Callahan, el dibujante tetrapléjico cuyas viñetas son monstruosas y de mal gusto desde el punto de vista del mundo «normal», y que además tienen mucho éxito comercial.

Supongo que habrás notado, como yo con Tony y Carmello esa noche, que el tema del suicidio había desaparecido. Lo único que hice yo fue señalar lo evidente para todos los que estábamos en la sala: esos dos jóvenes tenían enormes dotes intelectuales y el ánimo y corazón para dar. Irradiaban ingenio, se divertían muchísimo y nosotros nos estábamos divirtiendo con ellos. Era imposible decir que sus vidas estaban acabadas, aunque físicamente no tenían gran cosa que esperar ni eran muchas las opciones que tenían.

Es muy fácil infravalorar los dones de la mente y el espíritu. En el mundo occidental se atribuye demasiada importancia al cuerpo.

¿Recuerdas la película *Whose Life Is It, Anyway*? *(Mi vida es mía).* El protagonista es un excelente escultor, un tío próspero, con su deportivo rojo y su novia bailarina de ballet;

una vida perfecta, una vida basada y orientada en el cuerpo, el sueño americano, vamos. Un día que va en su deportivo choca con un enorme camión y queda empotrado debajo. Cuando acaban de componerlo no puede mover el cuerpo. Ha quedado tetrapléjico y para eso no hay remedio. Los médicos le dicen que tiene suerte de estar vivo, pero resulta que él no comparte su opinión. Tal vez tú tampoco. ¿Qué piensas?

El punto de vista de nuestro protagonista es que su vida no tiene ningún valor porque ya no puede hacer el amor ni dedicarse al arte. Y eso es lo único que sabe hacer. Así pues, la trama gira en torno a los argumentos que expone el protagonista, y con éxito, en favor de su derecho a rechazar la diálisis, que es el tratamiento que lo mantiene con vida.

En este caso los médicos son los malos. Simplemente no entienden la terrible situación del protagonista, y si ellos estuvieran en su lugar elegirían como él escapar y acabar de una vez por todas. La novia bailarina apoya totalmente su decisión; me imagino que las conversaciones que mantenían no eran muy interesantes. Y él tuvo que haber sido un as en la cama para que ella aceptara que su compañía no tenía ninguna otra utilidad. ¡Dios santo!

La película acaba con el protagonista en la cama del hospital, victorioso, esperando la muerte.

Ahora bien, no sé qué te parece a ti. Recuerdo que a mí me fastidió muchísimo ese final, y no por el motivo que tal vez supongas. ¿De quién era esa vida, en todo caso? La vida de él, lógicamente. ¿Pero qué clase de vida era? Ésa es la verdadera pregunta. Evidentemente era una vida cuya única finalidad era esculpir y follar. Al serle imposibles esas dos actividades, al protagonista se le acaban las ideas, pierde las fuerzas. ¿Te ocurriría eso a ti?

Stephen Hawking, el gran físico teórico, no ha movido un músculo por sí mismo durante cerca de veinte años. Sin embargo, ha hecho sus buenas aportaciones. Y Franklin D. Roosevelt gobernó desde una silla de ruedas. Así pues, ¿cuáles son las posibilidades en esta vida?

La última visita a John

John Roth, de quien ya he hablado, estaba llegando al final de su vida en su cuerpo y yacía en cama en su casa de Brooklyn esperando la muerte. Lo digo así porque en realidad no le quedaba ninguna otra opción excepto esperar marcharse: estaba ciego desde hacía alrededor de un año; estaba demasiado débil para caminar y no le quedaba ningún asunto inconcluso con nadie, ya que durante varios años se había dedicado a resolver y concluir sus relaciones.

Fui a verlo una luminosa tarde de un sábado del mes de marzo porque iba a estar fuera de la ciudad durante varios días y sabía que era probable que John muriera en mi ausencia. Me era especialmente querido, como alumno y como ser humano, y por mí y por él deseaba verlo una vez más antes de que nos separáramos para seguir cada uno su camino.

John estaba durmiendo cuando llegué, de modo que pasé algún rato con Barry, su compañero de muchos años. Barry llevaba mucho tiempo cuidando de John y al mismo tiempo dedicándose a la docencia a jornada completa. Atendía a su amigo moribundo con verdadero agrado. No había en él nada de ese resentimiento soterrado que suele ser tan habitual en estas circunstancias. Se veía cansado, pero estaba bien.

Estaban esperando la llegada de la madre de John al cabo de unos días y teníamos la impresión de que él se marcharía poco después del acontecimiento. Barry tenía proyectado un viaje a Europa, allí tenía amigos en varias ciudades que lo acogerían y cuidarían de él cuando John se marchara. Me agradó mucho ver que había planeado cuidar bien de sí mismo en el futuro.

Pasado un rato despertó John; entré en su habitación, me senté en la cama y le cogí la mano. Sobre la cama estaba extendido un precioso edredón de retales multicolores. A intervalos habían cosido botones y trocitos de tela de formas diversas para que siempre que moviera las manos encontrara algo interesante y variado. Sus amigos, que tenía muchos, le hicieron el edredón con mucho cariño y dedicación.

—Tienes la mano fría —fue lo primero que me dijo.

¡Qué frágil estaba! Retiré la mano y la coloqué sobre el edredón, cerca de él, para que siguiera sintiendo que estaba allí.

Durante años habíamos hablado John y yo acerca de ese momento. Qué medicamentos debería dejar de tomar, se preguntaba entonces, para marcharse fácilmente cuando llegara el momento. Nunca hablamos de suicidio, pero eso fue lo que más se le acercó. Y ciertamente había llegado ese momento. Le pregunté si había pensado en el suicidio, ahora que estaba en la cama, ciego y con pañales. Se quedó un rato en silencio; después, con voz débil pero tranquila me respondió:

—Ni siquiera entiendo por qué habría de planteármelo.

No dijimos nada más y pasado un momento se volvió a quedar dormido. Pero me quedó claro entonces, y sigo pensando lo mismo, que John era muy amado y ese amor lo consolaba tanto que a pesar del terrible estado de su cuerpo para él no tenía ningún sentido el suicidio. Estaba bien tal como estaba y por lo que se refería a su muerte, podía esperar.

Leí la esquela de John en el *New York Times* a la vuelta de mi viaje. Había esperado para ver a su madre y después se había marchado apaciblemente.

He aquí algunas preguntas a considerar cuando se piensa en el suicidio:

¿Son físicos tus problemas, o son de tipo emocional y espiritual?

Si son solamente físicos, ¿has explorado todos los medios posibles para aliviar el dolor?

¿Has agotado todos los medios de dar amor y aliento a otra persona? Se ha dicho que la felicidad es una consecuencia del esfuerzo por hacer feliz a otra persona.

¿Has realizado lo que te propusiste hacer en esta vida?

¿Están resueltas todas las relaciones que has tenido en tu vida de tal forma que nadie quede con ninguna penosa carga creada por ti?

¿Estás libre de deudas?

¿Tus seres queridos conocen y son capaces de aceptar tu deseo de escapar de aquí?

¿Quién va a sufrir si te marchas?

¿Quién, aparte de ti, va a sufrir si te quedas?

Tu modo de marcharte, ¿va a ser tan terrible que cause un trauma a las personas que encuentren tu cuerpo vacío de ti?

Otra breve anécdota

Mi padre fue un fumador empedernido toda su vida. Recuerdo los paquetes de Lucky Strike, después Camel, durante todos los años cuarenta y cincuenta. Recuerdo el sonido de su tos y carrasperas matutinas, y el olor de esos primeros cigarrillos que fumaba en cuanto despertaba.

Jamás consiguió perseverar más de unos días cuando dejaba el tabaco, y las consecuencias anímicas de esa abstinencia eran tan fuertes (se ponía más irritable y malhumorado que nunca), que todos nos sentíamos aliviados cuando volvía, como siempre, a lo único que lograba calmar su terrible temperamento.

Cuando a fines de los años cincuenta me fui de casa para ir a la universidad, el enfisema ya le impedía respirar con normalidad. Entonces se pasó a una marca de cigarrillos mentolados, para poder continuar fumando toda la cantidad a que estaba acostumbrado.

Pero ya estaba sentenciado; cuando murió mi madre en 1965 su dificultad para respirar le permitía hacer cada vez menos cosas. No hay remedio para el enfisema; se puede frenar (no fumando, claro está) pero no mejorar, y mi padre continuó fumando, como tantas personas en esa época, hasta que tuvo que elegir entre fumar o respirar.

Entonces fue cuando intentó suicidarse. Había ido a Arizona a ver si conseguía respirar mejor con el aire seco y limpio de allí. Fue en vano. Lo recogí en el aeropuerto (subimos una silla de ruedas al avión) y lo llevé a su apartamento donde su médico lo examinó (ya ves que de esto hace veinticinco años) y escuchó el frustrado relato de su arduo e inútil viaje. Yo estaba en la habitación contigua deshaciendo su equipaje y lo oí decir:

—Dígame doctor, ¿voy a vivir hasta la graduación?

Mi hermana se iba a graduar en la facultad de medicina al cabo de una semana, y para mi padre eso era el centro de su vida, la consecución que necesitaba ver.

—Sí —le contestó el médico—, no veo por qué no, pero le voy a poner enfermeras las veinticuatro horas porque ya no puede cuidarse solo. Así podrá continuar viviendo en casa. De lo contrario, tendríamos que pensar en una residencia.

Él aceptó a las enfermeras en dos turnos de doce horas y asistió a la graduación en silla de ruedas. No obstante, lo consiguió. Tres días después, la enfermera de noche llegó media hora antes (la de día ya se había marchado) y tuvo que sacarlo de un tirón de la ventana de la sala de estar, situada a quince pisos por encima del nivel de la calle.

Se enfureció con la enfermera por frustrarle el intento y, según dijo ella, «la puso de vuelta y media». Junto a la cama había dejado una nota a lápiz en un trozo de papel: Dra. Elsa Stone y un número de teléfono; Ingrid Stone y mi número de teléfono. Nada más.

Es decir, estaba dispuesto a que sus hijas, una de las cuales acababa de comenzar un arduo período de prácticas como residente en la Universidad de Yale, bajaran al hotel para tratar de identificar lo que quedara de su cuerpo dentro de un ensangrentado pijama cuando chocara contra el suelo.

Terrible. Nos habría llevado años recuperarnos del trauma. Y puesto que mi padre satisfacía todos los criterios expuestos en la lista y le era imposible usar su cuerpo, para él tenía todo el sentido del mundo librarse de él. Pero tenía que haber sido de una manera menos traumatizante, más «considerada», como solíamos decir.

Películas recomendadas

Sin miedo a la vida, Jeff Bridges, Rosie Perez.
Tierras de penumbra, Anthony Hopkins, Debra Winger.

Capítulo nueve

Cómo prepararse: llevar una vida a prueba de arrepentimiento

Una joven a la que conocí bastante bien en su adolescencia se presentó a una de mis clases introductorias. Hacía años que no veía a Heidi. Acababa de cumplir los treinta, según me dijo, y estaba muy guapa con sus sedosos cabellos rubios y el aspecto sano y robusto de una chica bien alimentada de clase media alta.

Su adolescencia había sido bastante movidita y me alegró mucho comprobar que estaba entera. Era hora de comenzar la clase así que le dije que hablaríamos después.

Durante el espacio de la clase dedicado a preguntas y respuestas, Heidi levantó la mano.

—Me acaban de diagnosticar el sida —dijo—, y ahora no puedo dejar de pensar que mi reloj está caminando más rápido que el de los demás. Eso es injusto.

—Tu reloj no avanza más rápido, Heidi —le dije—, lo que ocurre es que ahora mete mucho más ruido.

LLEVAR UNA VIDA A PRUEBA DE ARREPENTIMIENTO

Supongamos que tienes que vivir el día de hoy sabiendo que vas a morir esta misma noche de un infarto mientras duermes. ¿Qué harías de forma diferente? Si la respuesta es «no mucho» quiere decir que has llevado la vida que querías. Te felicito. Y lo digo en serio.

La mayoría solemos decirnos que tenemos tiempo para hacer los cambios importantes que nos acercarían más a nuestros objetivos. Y es posible que lo tengamos. Pero ¿y si hoy te llamara el médico para decirte que sólo te quedan unas cuantas semanas o meses? ¿Hasta qué punto te deprimirías?

Yo comencé a pensar en esto en 1964, cuando tuve claro que mi madre, que entonces tenía cincuenta y cuatro años, no iba a vivir muchos años más. Eso le hizo ver bajo una luz muy diferente sus detallados planes para la jubilación. Mi madre detestaba su trabajo. Vivía quejándose de él. Era una persona a la que le gustaba estar con gente y estaba clavada trabajando en investigación bibliotecaria. Era un trabajo pesado, solitario y aburrido, decía.

Pero en ese tiempo la gente no solía cambiar de trabajo. Así pues, ella se consolaba soñando con su jubilación, cuando podría viajar, pintar, escribir un libro y ser feliz. Esa felicidad la estaba esperando, a sólo once años de distancia. Pero murió de esclerosis lateral amiotrófica a los cincuenta y cinco años.

Voy a cumplir cincuenta y cinco este año.

Y aquí sentada ante mi escritorio, un día de nieve, contándote la gran lección de la vida de mi madre, estoy haciendo exactamente lo que elegiría hacer si éste fuera mi último día.

Consideraciones sobre el tiempo

El año pasado íbamos Hedley y yo en el coche en dirección a la escuela; ella estaba en el primer curso. Los conceptos del tiempo eran confusos para ella todavía. Iban a celebrar una fiesta en la escuela y ella llevaba semanas esperándola con ilusión. Por fin esa mañana en el coche pude decirle que la fiesta iba a ser al día siguiente. Así fue nuestra conversación:

H: ¡Bueno, fabuloso!, la fiesta es mañana. ¿Cuánto falta para mañana?

G: Tan pronto acabe el día de hoy será mañana.

H: ¿O sea que cuando empiece la fiesta será mañana?

G: Bueno, en realidad, cuando empiece la fiesta va a ser hoy. Nunca es mañana, siempre es hoy, ¿de acuerdo?

H: ¡¡Mamá!!

Como siempre, lo que he dicho es muy sencillo y evidente. Pero fíjate en esto: todas las fiestas a las que vamos a asistir o hemos asistido se celebraron un día u otro. Trae a la mente algunos recuerdos de fiestas o acontecimientos importantes de tu vida. Fíjate que estás disfrutando (o protestando) de esos recuerdos aquí y ahora. Hoy. Eso. Eso es lo único que tenemos.

El tiempo es la única forma de riqueza no renovable. El dinero viene y va, la gente sufre reveses de fortuna constantemente. Incluso la salud se puede recuperar una y otra vez mientras tengamos estos cuerpos.

Pero el tiempo, con el que bromeamos diciendo «matar el tiempo», «encontrar tiempo», «perder o desperdiciar el tiempo» y «ahorrar tiempo», en realidad constituye nuestro único bien. No me refiero al tiempo futuro. Podemos hacer planes para el futuro, preocuparnos por el futuro o usar tarjetas de crédito para gastar el dinero solamente en el momento presente, ahora.

Tampoco me refiero al tiempo pasado. Podemos intentar olvidar el pasado o recordarlo, según nos convenga. Podemos excavar en nuestra memoria en busca de los tesoros, las enseñanzas, la importancia del pasado. Pero esas excavaciones sólo podemos hacerlas aquí y ahora. Así pues, ¿ahora qué?

En este preciso momento estamos juntos. Y este momento es el único que tenemos. Podríamos tener más momentos en el futuro, pero cuando lleguen serán el momento presente. El único tiempo que tenemos en el mundo es éste, el momento que estamos pasando juntos ahora.

Todos hemos oído el viejo dicho: «No hay momento como el presente.» Pues resulta que no hay momento fuera del presente. Sí, el pasado *fue*. Y sí, el futuro *será*. Pero solamente el momento presente *es*.

Tu tiempo es tu vida, lo cual significa que sólo podemos vivir la vida en este determinado momento, ¿verdad? Así pues, lo que yo llamo «a prueba de arrepentimiento» alude a elegir pasar los momentos que tenemos, que se limitan a esos únicos, de una manera que refleje nuestra naturaleza, que encarne nuestros valores, que nos proporcione felicidad o paz.

Puesto que el tiempo es la única moneda de algún valor, la única que no se puede reemplazar, nos incumbe al menos ser conscientes de cómo lo gastamos. Jamás permitiríamos que se nos perdiera un billete de veinte dólares. Entonces, ¿por qué íbamos a proteger menos veinte minutos?

He desperdiciado mi vida

Hace poco vino a una de mis charlas introductorias un hombre de aspecto imponente, que rondaba los sesenta, y estuvo paseándose inquieto por la parte de atrás de la sala, cosa que sucede de vez en cuando. No es fácil oír hablar de la muerte, menos aún para personas que acaban de enterarse del diagnóstico.

Esa noche en particular había unas cuarenta personas en la sala. Cuando acabé de exponer mi visión de conjunto de lo que me gusta llamar «preocupaciones por la mortalidad», les pregunté si tenían preguntas que hacerme. El paseante, que ya estaba con medio cuerpo fuera de la puerta de atrás, se asomó y exclamó en voz muy alta y tono alterado, con el rostro encendido por la rabia y la desesperación:

—Tengo cincuenta y nueve años, cincuenta y nueve. He malgastado mi vida, la he desperdiciado totalmente. Ahora tengo el sida. ¿Qué sentido tiene mi vida? He malgastado mi tiempo. Maldita, maldita sea. ¿Con qué fin?

Bueno, esto siempre me parte el corazón. Pero no me quedaba mucho tiempo, él estaba con un pie fuera de la puerta, a punto de marcharse; no era el momento para mostrarme tierna ni cariñosa.

—¡No siga con eso! —fue lo primero que me salió—. Aún no ha acabado su vida, así que cálmese, anímese. Sea cual sea el sentido que pueda tener la vida para usted, cójalo ahora. La mayoría de la gente vive mucho más de lo que usted ha vivido sin pensar qué es lo que vinieron a hacer aquí. ¿Qué es la vida para usted? Eso no puedo saberlo yo. Tal vez usted tampoco tiene la respuesta. Pero sí tiene la pregunta, y bien planteada. Y ahora eso le corre cierta prisa. Seguro que la encuentra rápido.

Este hombre había despertado a sus sesenta años al sonido del tictac de su reloj. En realidad había sonado el despertador. Estaba totalmente despierto. ¿Ahora qué?

¿Qué había cambiado para él? Todo y nada. La verdad es que no había cambiado nada, sólo que se puso las gafas, leyó la letra pequeña del contrato y se quedó helado al comprobar que la tenencia de su cuerpo era un trato provisional.

Al mismo tiempo había cambiado todo, porque reconoció que era necesario hacer algo valioso de su vida y comprendió que el tiempo para hacerlo era lo único que le importaba. Ahora ya no malgastará su tiempo, no perderá su tiempo esperando o marcando el paso, ni ahora ni nunca más.

El tiempo corporal

Antes de continuar, permíteme que encuadre de otro modo estos comentarios. Todos conocemos el concepto de reloj biológico, es decir, el período limitado de fertilidad en la vida de la mujer después del cual ya no puede usar su cuerpo para procrear. Ahora bien, algunas mujeres que no han tenido hijos cuando se acercan a los cuarenta años se concentran muchísimo en organizarse la vida para poder tenerlos.

Les entra una cierta urgencia porque saben que el tiempo para tener esos hijos tiene un límite. Y para ellas tener hijos es algo que deben hacer para su felicidad y para llevar la vida que habían planeado. Lamentarían siempre no haberlos tenido. Éste es un ejemplo clarísimo de saber lo que nos importa y de centrar la atención en hacer cuanto sea necesario para llegar allí desde dondequiera que estemos.

Del mismo modo, el hombre que se paseaba al fondo de la sala sabía que había algo que deseaba hacer (aunque yo no sé muy bien qué) y aún no lo había hecho. Entonces, al darse cuenta de que su tiempo era limitado, le entró también cierta urgencia.

A lo que nos referimos en estos dos casos es al reloj biológico, es decir, el «reloj corporal», como lo llama uno de mis amigos. Como es natural, todos tenemos ese reloj biológico, y en este momento está marcando la hora mientras yo escribo y tú lees. ¿Escuchas tu reloj?

Recuerdas que ningún cuerpo sale vivo de aquí, ¿verdad? Y sabes también que seas lo que seas en realidad, ciertamente no eres eso dentro de lo cual paseas por la ciudad, ¿verdad? Sea lo que sea lo que somos, como personas, como seres humanos, no se limita al cuerpo, de ninguna manera. Espero que hayamos dejado muy claro este punto ya.

Por lo tanto, la urgencia de la que hablo no se refiere a *quiénes* somos, sino a lo que deseamos realizar mientras tenemos estos cuerpos, mientras estamos aquí.

Una amiga mía tiene el siguiente mensaje en su contestador automático: «Éste no es un contestador automático sino un preguntador automático, y la pregunta es: ¿Quién eres y qué deseas?»

Fantástico, me encanta. Y a continuación dice: «Si no sabes quién eres ni lo que deseas, te ruego que vuelvas a llamar cuando lo sepas.»

¿Quién eres y qué deseas? Si no tratamos de aclarar las respuestas a estas dos preguntas, nos es imposible hacer las elecciones que lamentaríamos no haber hecho si éste fuera nuestro último día.

Ya lo sabes

Probablemente éste es tan buen momento como cualquier otro, ¿no te parece? Podrías coger una hoja de papel ahora, cuando todavía estás consciente de que es importante, y escribir las diez o doce cualidades que más te gustan de ti y las cinco o seis cosas que soñabas con hacer cuando eras demasiado joven para saber que no se puede hacer todo.

Enseguida observarás que los aspectos de tu personalidad que te hacen más feliz se pueden fortalecer y acrecentar en cualquier momento. Es posible convertirse en el ser humano que se desea inmediatamente.

Lógicamente, el lograr hacerlo todo no va a depender de lo bien que usemos el único tiempo de que disponemos, es decir, hoy. Además, claro está, también va a depender de cuántos días vamos a tener. Por eso es muy sensato hacer lo que nos parece más importante.

Es evidente entonces que resulta útil saber qué es eso. O, mientras todavía no hemos descubierto el mejor motivo para estar aquí, podemos al menos evitar hacer lo que a nuestro entender no viene al caso; no más matar el tiempo, y en cambio tal vez dedicar mucho más tiempo a relajarnos y disfrutar de las personas y actividades que nos gustan.

Así pues, la estrategia consiste en hacer hoy solamente aquello que conscientemente planearíamos hacer en nuestro último y precioso día de vida. O, a la inversa, si no elegiríamos hacer esto o aquello en nuestra última tarde, ¿para qué demonios consentir en hacerlo ahora? A esta estrategia yo la llamo «a prueba de arrepentimiento». ¿Podemos permitirnos el lujo de vivir de otra manera?

El año pasado llamé a mi amigo Stanley, que vive en St. Louis. Stanley es un increíble y prolífico novelista. Es también sumamente divertido, sobre el papel. Su situación no es nada divertida, eso sí. Durante los treinta años transcurridos desde que estudié a Faulkner con él (es un excelente profesor también) ha estado sentado con esclerosis múltiple. Sí, sentado, en silla de ruedas o en un sillón. Nada divertido para Stanley, ni para nadie, la verdad. ¡Pero cómo escribe! En los treinta años que lo conozco ha publicado seis u ocho enormes libros tremendamente divertidos, todos muy elogiados por los críticos, todos más o menos ignorados por el gran público lector.

Y todo este tiempo su estado físico se ha ido deteriorando lenta, lentamente, llevándolo hacia la muerte, como han hecho también contigo y conmigo nuestras respiraciones, mientras yo escribo y tú lees esto. Stanley tiene sesenta y cuatro años, y está aterrado, porque está seguro de que cuando le llegue la muerte, será su fin, no sólo de su voluminosa masa corporal.

Cuando hablamos hace unos años sobre mi curso y le dije que podía presentarle sólidos argumentos para demostrarle que no somos la cosa corporal dentro de la cual nos movemos, se enfureció conmigo:

—¡No les mientas a tus clientes, Ingrid! —me espetó, y pasó rápidamente a otro tema.

Esta vez lo llamé para decirle que había conocido a un admirador suyo, un hombre que tenía todos los libros y relatos cortos que había publicado en su vida, y que siempre le leía pasajes a su mujer, llorando y atragantándose de risa.

—¿Cómo tendría que reírme yo para competir con él? —decía la esposa haciendo un tierno gesto de impotencia.

Las obras de Stanley hacían muy feliz a su marido y eso era suficiente para ella.

Así pues, lo llamé para hablarle de ese admirador incondicional; eso tiene que ser un estímulo para cualquier escritor, y sobre todo para uno que está confinado a una silla de ruedas; también lo llamé para ver si lograba que le escribiera una nota a su admirador. Cuando acabó la conversación sobre ese tema, Stanley me dijo:

—Esta tarde voy a ir con Joan a ver la última película de Woody Allen. ¿La has visto?

—No, y no pienso ir a verla —respondí—. Ese tío no tiene idea de lo que es la moralidad, y está tan absorto en sí mismo que aburre, al menos a mí. Además, jamás elegiría ver una película de Woody Allen, ninguna película de Woody Allen, la última tarde de mi vida, que bien podría ser ésta.

—¡Dios santo, Ingrid! ¿Estás enferma?

—No que yo sepa. Pero sí leí la letra pequeña de mi contrato hace un par de años y advertí que lo que iba a suceder ya estaba aquí. Lo que quedaba en el aire era el cuándo, el dónde y el cómo. Aunque sí decía en cualquier momento, cualquier lugar y de cualquier manera. Pensé que sería inteligente hacer mis elecciones teniendo eso presente, y de ninguna manera me pasaría ni cinco minutos de mi última tarde viendo una película de Woody Allen, ni ninguna otra. Ésa no es mi idea de pasar un buen rato.

—Dios santo, Ingrid, lamento mucho habértelo preguntado.

Y sí que lo lamentaba.

Ahora bien, fíjate que no es mi intención sugerir ninguna fórmula simplista para decidir a qué actividad vale la pena dedicar *tu* último día. El único «debe» que puedo añadir es el siguiente: Debe ser algo que te haga feliz, algo de lo que disfrutes verdaderamente. A Stanley le gusta con locura Woody Allen. Esa elección podría ser su mejor elección en realidad.

Nota de puesta al día: Stanley murió a los pocos días de haber celebrado sus sesenta y cinco años, el anfitrión de siempre, haciendo chistes con sus amigos, viviendo la vida perfecta para él.

La realidad es que tenemos el cuerpo para un tiempo concreto. Lógicamente esta cosa física no nos limita ni nos define. Conserva ese pensamiento. Podrías añadir, si quieres, la idea de que, al igual que un actor o actriz, vas a representar otros papeles cuando quiten de la cartelera la obra que estás protagonizando actualmente.

Es difícil mantener a la vista la verdad acerca

de la vida sobre la tierra. Podrías decirme que hace que todo parezca terriblemente precario. Tal vez esto podría producir tensión y preocupación hasta el punto de no poder seguir disfrutando plenamente de la vida.

Escucha, todas las cosas físicas son así de precarias. Detesto tener que repetir esto una y otra vez; igual podrías saltarte esta parte y volver a leer el capítulo uno. Pero en realidad no existe la menor duda de lo que nos va a ocurrir a todos (a mí, a ti, a tu familia, a tus amigos, a tu profesión, a tu casa, a tu perro). Simplemente es cuestión de cuándo.

Siendo así las cosas, el desafío consiste en desarrollar un marco mental que abarque esta realidad sin generar una montaña de angustia. He aquí un método.

La gratitud es la mejor actitud. Ocurrió que la otra noche cogí el programa en que Barbara Walters entrevistaba a Joan Rivers. En un momento determinado Barbara le preguntó si alguna vez se relajaba suponiendo que su carrera estaba segura. Joan contestó que jamás dejaba de esforzarse porque siempre tenía presente que algún día podía despertar y descubrir que todo había desaparecido. Ésa es una proposición terrible, ¿verdad?, sobre todo a la vista del hecho de que sin duda la muerte llegará, y sin duda todo desaparecerá algún día.

Por eso, añadió Joan, siempre decía «Gracias, Dios» cada vez que se ponía ante la cámara. Después hizo su apuesta compensatoria diciendo «Bueno, no puede hacer daño, ¿verdad?», con lo que quiso decir, supongo, que aun en el caso de que nadie la estuviera escuchando, un poco de agradecimiento viene muy bien, es muy valioso.

Ésa es una estrategia muy sensata, no sólo desde un punto de vista espiritual, sino también desde un punto de vista puramente práctico. ¿Por qué? Pues porque la mente no puede estar al mismo tiempo agradeciendo y preocupándose. Ese «gracias» es lo que anula el miedo. Además, resulta muy agradable.

Así pues, resulta que ese «cuenta tus bienes o beneficios» es el consejo más práctico que podemos recibir o dar. Las personas que rutinariamente viven con un elevado grado de inquietud o angustia, como Joan, o como yo, suelen descubrir esto. Nos va francamente bien.

Lo repito: se trata de vivir y actuar con la comprensión de que todo es temporal, no de intentar enterrarla, reprimirla o rechazarla. Así es como vencemos el miedo.

La manera de Patty

Mi buena amiga Patty se mudó de Nueva York a Los Ángeles hace unos años. Le gastábamos bromas respecto a la posibilidad de morir a causa de la contaminación o de los terremotos. Ella decía que prefería cualquiera de esas dos cosas antes que morir de un atraco en el metro o un disparo fortuito, que eran algunas de las principales posibilidades en el barrio donde vivía en Nueva York. Todos estuvimos de acuerdo en eso, y se marchó. A ella y a su marido Dennis, un chico estupendo, les fue muy bien allí y se compraron una casa en Sherman Oaks. Mi hija y yo fuimos a visitarla no hace mucho.

—Oh, esto es el paraíso, mamá —exclamó Hedley cuando entramos en la hermosa rotonda llena de flores—. Qué limpio está todo, qué agradable, qué precioso, no hay chicles pegados en la acera. Vengámonos a vivir aquí.

La casa, construida sobre pilares en una colina, era espaciosa y muy bonita también, con una preciosa y amplia vista sobre el valle de San Fernando y las montañas circundantes. Tenían piscina, patio y flores por todas partes. Patty, recién escapada del polvoriento barrio del Upper West Side de Nueva York, donde siempre había chicles pegados en las aceras, valoraba cada detalle de su nueva casa. Estaba admirada de su buena suerte y muy agradecida por cada bocanada de aire que inspiraba en ese lugar encantado.

—Oye —le dije yo—, pero yo no veo que haya tierra bajo esta casa, cariño. ¡Está en el aire, afirmada sobre unos palillos! No se necesita un terremoto muy fuerte para que se caiga sobre el valle. ¿Cómo duermes?

—Verás, Ganga, he pensado muchísimo en todo eso, Dennis también. Hemos decidido disfrutarla mientras la tengamos, día a día. Eso es lo único que podemos hacer. —Pensó un momento y añadió—: Estamos muy agradecidos de estar aquí.

El terremoto que tuvo el epicentro en el valle de San Fernando, que derribó sus buenos trozos en Sherman Oaks, dejó en pie la casa sobre mondadientes de Patty, al menos por ahora.

Te cuento esto para hacerte ver que en realidad existen maneras de estar en contacto con la transitoriedad inherente de las cosas sin permitir que la preocupación y el miedo saboteen nuestra felicidad. Disfrutarlo día a día, sentir mucha gratitud por lo que sea que tengamos, esto funciona.

¿Te imaginas cómo sería la vida si experimentáramos cada acontecimiento como si fuera la última oportunidad de dar amor o de tomar un helado de crema? Estaríamos totalmente presentes en cada momento.

Una familia enamorada

Hace doce años hacía trabajos voluntarios para un hospital de la ciudad de Nueva York. Barbara Rice, la coordinadora de voluntarios del hospital Cabrini, me llamó un día para preguntarme si podía pasar cuatro horas en casa de una familia de Park Avenue. El enfermo era un abogado que tenía un tumor cerebral de evolución lenta pero mortal. Su esposa llevaba muchos meses cuidando de él en casa y necesitaba un descanso, pasar una velada con amigos, ir a cenar y al teatro. Acepté de inmediato.

La señora White me presentó a sus hijos, dos chicos y una chica, todos menores de catorce años. Al menor le calculé unos siete años. Todos se veían alegres, naturales, habituados ya a la larga enfermedad de su padre. El señor White era un hombre de complexión robusta y aspecto agradable, y estaba reclinado en un montón de almohadones en una cama ancha y cómoda. No parecía enfermo. No obstante, cuando su esposa comenzó a explicarme lo que tenía que hacer y él no intervino en absoluto, comprendí que el tumor había afectado su capacidad de hablar y pensar. Pero ciertamente, no la de sentir.

Mientras hablábamos, el niño menor entró corriendo, se subió de un salto a la cama y le dio un fuerte abrazo a su padre, sin apenas pronunciar palabra; después salió corriendo de la habitación. En la cara del señor White, antes inexpresiva, se reflejó una intensa alegría, una alegría muy pura, sin complicaciones. Me impresionó verlo; en su expresión no había ni la más mínima timidez ni represión, simplemente un sentimiento pleno, totalmente desprovisto de azoramiento o vergüenza.

La señora White continuó dándome las instrucciones. Ya estaba encargada de la pizza para cenar; él y los niños la comerían en la cama grande. De postre él tomaría un helado de café de Häagen-Dazs, que le encantaba. Yo tenía que dárselo y procurar que no tomara demasiado. Unas cuantas cucharadas bastarían. Le dije que todo iría muy bien y se marchó.

Cuando nos terminamos la pizza y los niños se acostaron, fui a buscar el helado. Lo dejé ablandar un poco, lo puse todo en un plato y entré a ver al señor White. Acerqué una silla a la cama, le coloqué una servilleta bajo la barbilla y le di la primera cucharada llena. Él abrió la boca, obediente como un niño, y la cerró sobre el suave bocado de helado y la pesada cuchara de plata.

—Ah... aahh —musitó.

Sin ninguna prisa volvió a abrir la boca.

Exactamente lo mismo ocurrió con la segunda cucharada.

—Ah... aahh.

Su placer al saborear el cremoso helado era absolutamente simple y conmovedor. Su candor era como el de un niño muy pequeño, totalmente absorto en lo que estaba ocurriendo dentro de su boca. Le ofrecí la tercera cucharada, la cuarta, la quinta. «Aahh», decía después de cada una. «Aahh», y volvía a abrir la boca para recibir el siguiente bocado. «Ah... aahh.»

Seguíamos un ritmo. Juntos estábamos inmersos en un lento baile. No había otro sitio donde estar sino allí, con el helado y la cuchara.

«Ah... aahh.» Finalmente se acabó todo el helado. No vi ningún motivo para dejar de dárselo mientras quedara algo en el plato. Sabía que él no se lo contaría a su esposa. Lo que me hizo continuar dándole una cucharada tras otra fue que recibía cada bocado como si fuera el primero. No había «gradación» para el señor White. Con cada bocado saboreaba el mejor helado de café por primera vez. Qué fabulosa buena suerte.

He reflexionado profundamente sobre las muchas enseñanzas que me ofreció esa velada en casa de la familia White. Y creo que lo más importante que aprendí fue que como todos sabían que el señor White no iba a estar con ellos indefinidamente, le expresaban su cariño cuando sentían el impulso de hacerlo. No pensaban que un abrazo pudiera ser intrascendente o que podía esperar. Eran conscientes de que su presencia era preciosa, por lo tanto se lo hacían saber, sin palabras y de modo totalmente natural.

Y jamás olvidaré al señor White, el emperador de los helados.

Películas recomendadas

This Is My Life, Julie Kavner.
Charlotte's Webb, dibujos animados de Hanna-Barbera.

CAPÍTULO DIEZ

LA RELACIÓN CON EL MORIBUNDO

Volvemos al comienzo. Una persona muy querida se va a morir, se está muriendo, va a morir pronto, una persona muy, muy querida. Y estamos sumidos en un terrible sufrimiento.

Han transcurrido más de treinta años desde la muerte de mi madre. Hace mucho que se apagó la aflicción de ese momento. Pero sigue vivo el recuerdo de esa intensa aflicción, parecida al acuciante dolor de una quemadura.

Por eso entiendo el dolor que sientes si te encuentras en esa situación.

Por eso he escrito este libro.

Para todas las personas que se encuentren en esta situación.

La devastación que causará ese doloroso acontecimiento dependerá de varios factores, de los cuales no muchos están bajo nuestro control. ¿A qué distancia del epicentro de nuestro corazón vive la persona que va a morir? ¿Esa persona amada ha convivido con nosotros de modo que su marcha cambiará drásticamente nuestra vida cotidiana?

¿Nos hemos anticipado a hacer antisísmica esa estructura? En otras palabras, ¿hemos hablado con ella acerca de la inevitabilidad de la separación? ¿O el terremoto nos ha despertado en medio de un sueño, un sueño de vivir juntos eternamente o al menos hasta un futuro previsible (como si se pudiera prever el futuro)?

Éste es el momento de coger las herramientas que hemos adquirido y de usarlas.

Herramienta: *El ser querido no se va a destruir.*

La certidumbre de que la persona amada no se limita al cuerpo que vemos en la cama constituye un gran consuelo. Si logramos retener esa comprensión seremos capaces de llevar con nosotros algo excepcional y bello a su habitación: aceptación y paz.

Aunque los cambios que vemos en su cuerpo nos hagan temblar hasta lo más hondo, vamos a repetir una y otra vez que ese ser querido va a emprender un viaje totalmente seguro y placentero. No va a navegar por el borde de la Tierra. No vamos a tener el más mínimo miedo por él, ni nos vamos a hundir en la aflicción.

¿El Titanic o el Concorde?

Esa persona amada no se va a hundir con el barco. Va a viajar en primera clase en el Concorde con destino a sus sueños. Recuerda las preciosas palabras de Benjamin Franklin:

> *Nuestro amigo y todos nosotros estamos invitados a una fiesta en otra parte, una fiesta de placeres que van a durar eternamente. Su silla ya estaba preparada y se ha ido antes que nosotros. No podemos empezar juntos, pero ¿por qué afligirnos por eso si pronto vamos a seguirlo y sabemos dónde encontrarlo?*

¿Por qué habríamos de afligirnos? Es una fiesta de placer. Es un crucero de lujo. Todos estamos invitados. Vamos a reunirnos con él algún día. La profundidad y la fuerza de nuestro amor, que podemos medir fácilmente por el dolor que sentimos en este momento, garantiza nuestra reunión. Esto no es una metáfora; es la pura verdad.

Herramienta: *El cuerpo es el envoltorio. La persona amada es el regalo.*

¿Qué vemos cuando miramos a nuestro ser querido? Vemos su envoltorio, vemos la casa donde vive, vemos el coche que utiliza para desplazarse por la ciudad. No vemos al ser querido.

Vemos el complejo envoltorio (líquidos, minerales, células vivas de todo tipo) que ha rodeado y servido durante todos estos años a la persona amada a todos los efectos prácticos (abrazar, reír, comer, hablar, etc.). Vemos la forma que ha usado para compartir su vida con nosotros durante un tiempo. No vemos su auténtico ser. Vemos el disfraz que ha usado para camuflarse, pero la forma de lo que realmente es él o ella nos queda oculto. La esencia del ser querido es invisible a los ojos.

Lenguaje y amor

Una de las cosas más difíciles de soportar cuando una persona amada se aproxima a la muerte es la brecha que se abre en la comunicación. Dado que la conexión que mejor conocemos suele estar mediada por el lenguaje, puede ser terrible cuando el lenguaje ya no sirve, cuando no se pueden obtener respuestas, cuando ni siquiera se puede intercambiar un elemental «te quiero».

Éste el momento de recordar lo inadecuadas que son las palabras para transmitir el amor. El gran amor, no el simple afecto, sino las conexiones profundas que se han tenido con el ser amado, no se puede expresar, y mucho menos transmitir, con simples palabras. Eso ya lo sabes también.

Recuerdo la primera vez que sentí la poderosa fuerza de esa comunicación sin palabras. Hedley sólo tenía cinco semanas y se pasaba las veinticuatro horas del día durmiendo y comiendo: las luces encendidas, nadie en casa, sólo mi normal pequeña recién nacida. Esa noche en particular la cogí en brazos para amamantarla aunque estaba profundamente dormida. Era el día de la madre y aunque suelo preferir dejar tranquilos a los bebés cuando duermen, me sentía tan llena de gratitud por ella que me pareció que iba a explotar si no me desahogaba un poco.

La habitación estaba a oscuras, sólo nos iluminaba un rayo de luz que caía sobre mi cama desde la puerta entreabierta. Me senté en la cama y me la puse al pecho. Ella se alimentó aparentemente sin despertar. Después, cuando apoyé su cuerpecito en mi regazo y la contemplé maravillada por su preciosa carita, ella abrió los ojos, estuvo así un momento y entonces me sonrió, muy despierta.

Estaba toda entera allí, exactamente como está hoy a sus ocho años. Sus ojos muy abiertos centelleaban de inteligencia, reconocimiento y amor. No, no fueron imaginaciones mías. Había estado despierta antes, claro, pero no había estado *presente*, y en ese momento lo estaba. Nos reconocimos mutuamente, nos volvimos a conocer sin necesidad de mediar palabra. La comunicación fue completa, muy sutil y compleja. Me sentí invadida por la alegría sin pronunciar una sola palabra.

Además, las pocas frases que he usado para contarte ese momento no logran transmitirlo, a pesar de todos mis esfuerzos. A lo más se acerca. Pero comprendes lo que quiero decir, ¿verdad? Porque tú has experimentado un amor tan pleno, una conexión tan profunda que ni en sueños se te ocurriría cubrirlo con palabras.

Las palabras suelen oscurecer lo que se desea expresar. Es como cubrir con una sábana el David de Miguel Ángel. Podemos hacernos una idea general de la forma de esa obra maestra, pero si de verdad queremos experimentarla tenemos que quitarle la sábana y quedarnos callados, mirar y sentir.

Herramienta: *El recuerdo es una película muda de nunca acabar.*

Si ese ser querido es tu padre, madre, hijo, marido, esposa, compañero o compañera de tu vida, entonces tienes un arcón lleno del tesoro de los recuerdos de las muchas horas que habéis pasado juntos. Imagina que esos recuerdos, la historia de tu vida con esa persona amada, están almacenados en muchas cintas de vídeo, aunque sólo las imágenes, más los temas musicales que acompañaron todos esos años y que en tu corazón siempre estarán vinculados a esos tiempos, sin palabras.

Después podremos consolarnos poniendo todos los vídeos que queramos y con la frecuencia que queramos. Nada los puede borrar. Y *si* logramos afirmarnos en el conocimiento de que ese ser querido ha sido trasladado, no destruido, gozaremos poniendo esos vídeos. Aunque es un enorme «si», ¿verdad? ¿Eres capaz de imaginarte a ese ser querido intacto e intangible, presente y ausente al mismo tiempo? Veamos algunas maneras de entenderlo.

¿Qué ocurriría si derribaran la habitación donde estás sentado en este momento? Si de pronto desaparecieran el suelo, el techo, las paredes y todos los muebles, ¿qué quedaría? El espacio seguiría estando ahí, ¿verdad? Sólo que no podrías identificar sus límites anteriores. No estarían las estructuras limitadoras, pero el espacio seguiría en el mismo lugar de siempre. Y no habría cambiado, estaría exactamente igual a como era antes. ¿Me sigues? He aquí otra analogía:

Imagínate que estás en la playa y tienes a tu lado una botella de agua para beber. Al atardecer, en lugar de llevarte a casa lo que queda de agua la viertes en el mar. ¿Ha dejado de existir esa agua? Lógicamente, no. Ahora se ha mezclado con el agua del mar. ¿Podrías volver a poner esa misma agua en la botella? Lógicamente, no. Se ha dispersado en la vastedad del océano. Ya no está limitada por la botella. Sólo en ese sentido puedes considerar que ya no está.

Éste es, en resumidas cuentas, el problema

cuando muere una persona a la que hemos amado y con quien hemos convivido. No podemos encontrar su forma conocida y por eso pensamos que el contenido también ha desaparecido, error muy natural y muy doloroso.

Otra analogía

¿Qué ocurre cuando vamos al cine? Vemos imágenes de actores y actrices que se mueven en una gran pantalla plana. Después le podemos decir a un amigo: «Vi a Dustin Hoffman en *Tootsie*» o «Vi a Meryl Streep en *Los puentes de Madison County*». ¿Pero es cierto eso? No, lo que vimos fueron sus imágenes, formadas por luces y sombras sobre una cinta de celuloide y proyectadas sobre la pantalla. Sin embargo, decimos que los vimos.

Es una especie de lenguaje taquigráfico, pero todo el mundo nos entiende. Queremos decir que hemos visto la imagen de un actor representando un papel y que nos ha gustado su trabajo. Pero si nos encontramos con Dustin Hoffman en el supermercado podríamos decirle: «¡Genial, estuviste magnífico en *Tootsie*!» No le vamos a decir: «Oye, ¿y qué te pasó al final con el padre de tu novia?» Y si nos encontramos con Meryl Streep no se nos ocurrirá regañarla por haberle sido infiel a su marido.

Uno sigue siendo consciente de la diferencia

entre el actor y su papel, ¿verdad? Si uno es fan de Dustin Hoffman o de Meryl Streep, o de los dos, tal vez trate de ver todas las películas en que trabajan. Y aunque la historia sea muy interesante y uno se absorba mucho en ella, sigue consciente de que está viendo al actor o a la actriz creando otra brillante ilusión: maneras de hablar, ademanes, modales, costumbres, etc.

La esencia, la individualidad del actor continúa intacta, inconfundible y única. Sólo sus papeles cambian. No obstante, uno reconocería al actor en cualquier parte, ¿verdad? Ahora volvamos a nuestro ser amado que va a morir pronto.

¿Qué es el ser querido?

Nuestros cuerpos son prestados, dice Benjamin Franklin. Nosotros somos permanentes, los cuerpos no. Nosotros permanecemos, continuamos; los cuerpos se desintegran. Eso es todo. Ahora bien, ¿qué fue lo que te atrajo de esa persona amada? Aunque sin duda te agradaba su forma física, fue ese *espíritu único*, el ser querido que animaba esa forma física, lo que cautivó tu corazón. Fue su viveza, su risa y también su seriedad, la disposición precisa de elementos agradables combinados con las dosis correctas de desafío, dificultad y carencias lo que ha mantenido y acrecentado tu interés. Vuestro amor se fundamenta en esas cualidades durables, no en la siempre cambiante forma física, que ya comenzó a caminar hacia el olvido desde el momento en que os conocisteis.

El amor

¿De qué está hecha la relación? De amor. ¿Qué ha resistido todos los cambios en cada uno de vosotros a lo largo de los años? Tiene que ser el amor. Cuando el cuerpo del ser querido haya quedado atrás, ¿qué va a ser de tu amor? ¿Se va a desintegrar cuando se desintegre el cuerpo? ¿O acaso será más profundo y maduro?

Adiós y buen viaje

Imagínate que estás en el muelle viendo alejarse lentamente un magnífico barco. Desde la cubierta, tu ser amado agita la mano en señal de despedida. Antes has estado en su camarote y os habéis dado todos los últimos abrazos posibles. Os habéis dicho «te quiero» una y mil veces hasta saber los dos que no era necesario volver a repetirlo, hasta que los dos habéis sabido que vuestro amor trasciende las palabras y que siempre será así.

Ahora la separación física es casi completa. Sólo puedes agitar la mano en gesto de despedida desde el muelle. Ya no puede haber más abrazos ni más palabras. La figura de la persona amada se va empequeñeciendo y pierde definición. Ya no sabes muy bien si es ella, no le distingues la cara. Los remolcadores giran el barco en dirección a alta mar y ya ni siquiera la atisbas. Te alejas lentamente hacia tu coche, con lágrimas calladas, con el corazón oprimido.

¿Es un acontecimiento sin importancia? Lógicamente, no. Es uno de los momentos más conmovedores e importantes de tu vida. Tú y esa persona lo habéis pasado muy bien juntos, habéis compartido muchos años de vida, habéis contado el uno con el otro para todo. No hay ninguna otra persona que se le parezca. ¿Cómo podría haberla?

Pero lo que sientes en este momento, ¿es tristeza o aflicción de duelo? ¿Cuál es la diferencia?, me preguntas. Prueba a responder estas preguntas:

1. ¿Hay algo que te haga sonreír o reír?	Sí	No
2. ¿Puedes hablar con otra persona acerca de tus sentimientos?	Sí	No
3. ¿Lo harás? ¿Lo haces?	Sí	No
4. ¿Lloras con facilidad de vez en cuando?	Sí	No
5. ¿Te sabe bien la comida?	Sí	No
6. ¿Te parece todo sumamente difícil?	Sí	No

7. ¿Tienes problemas para conciliar el sueño? Sí No

8. ¿Tienes problemas para despertarte? Sí No

9. ¿Te parece todo terriblemente insípido? Sí No

10. ¿Te ha fallado todo el mundo? Sí No

Si has contestado «Sí» a la mayor parte de las cinco primeras preguntas y «No» a la mayoría de las cinco últimas, podemos decir que lo que sientes es tristeza, no aflicción de duelo.

Fíjate, en cualquier caso, que tus pensamientos vuelven a la persona amada una y otra vez. Si lo que sientes es la aflicción del duelo, cada vez que piensas en ella te resultará doloroso. Si la pérdida es reciente te encontrarás en ese estado de aflicción constantemente.

La aflicción hace muy difícil pensar con claridad o simplemente pensar. Pero si fueras capaz de pensar y yo te preguntara qué creencia está en la raíz de tu sufrimiento, nuevamente descubrirías que es la Premisa de la Aniquilación. Crees que esa persona amada ya no existe. Y tal como hemos repetido una y otra vez, si fuera así no habría cantidad de sufrimiento que fuera suficiente. Yo sufrí once años por la muerte de mi madre porque creía que había desaparecido. Cuando comprendí que no era así, mi aflicción se convirtió en tristeza.

¿Es importante el duelo? ¿Es un proceso necesario para integrar la pérdida y seguir adelante? Yo creo que no. La aflicción del duelo no es lógica, no es apropiada, no es necesaria y, en mi opinión, no aporta ningún beneficio. Pero la tristeza sí, tiene todo el sentido del mundo. Es el momento que necesitamos y deseamos para honrar al ser querido, para permitir que nuestros pensamientos vuelen al ser querido siempre que quieran. Y para llorar. La tristeza permite la posibilidad de hablar del ser querido con alguna persona amiga. Da la posibilidad de salir a cenar e ir al cine. Da la posibilidad de reírse de la propia situación (como hizo Joan cuando dijo que estaba «buscándole los tres pies al gato»). Permite una buena carcajada ocasional, y el llanto.

La tristeza no tiene por qué ser dolorosa. Puede ser sagrada, profunda, enriquecedora e incluso agradable. ¿Para qué rechazarla? Es mucho el tiempo que vivimos en la superficie de nuestro ser. Pero con la tristeza aprendemos a profundizar. Vemos diferentes las texturas de la vida, nada nos parece rutinario. El ser amado está presente en uno y forma parte de uno constantemente. Si no pensáramos que debería haber sido de otra manera, si no creyéramos que la persona ha sido aniquilada cuando se fue su cuerpo, saborearíamos los momentos que pasamos pensando en ella. Y no sería doloroso. Es el hábito lo que nos hace experimentarlo así.

Herramienta: *Es el día del traslado.*

Tu amiga moribunda se va a mudar de apartamento. Ya ha encontrado otra casa, una mucho más bonita, por lo que ya no le interesa mucho la vieja. Lo que ves cuando vas a ayudarla a embalar sus cosas es que la casa está en completo desorden. Hay diarios viejos y cajas por todas partes, y nada se parece al hermoso y ordenado piso que tenía en otro tiempo.

Para colmo, la calefacción no funciona, han cortado la electricidad, por lo cual estáis haciendo el equipaje a la luz de una vela; tampoco hay agua caliente. No te extraña que desee mudarse. En todo caso piensas que ojalá no hubiera esperado tanto para dejar esa vieja casa.

Vas a notar que tu amiga está algo más que desorientada. Eso es comprensible y natural. Al fin y al cabo, no está ni aquí ni allí. Tal vez vaga de habitación en habitación, no se acuerda para qué fue a la cocina, se queda confusa y extraviada en el centro de lo que en otro tiempo fuera su sala de estar. Pero no es raro que esté confundida: eso ya no se parece en nada a su sala de estar.

Tal vez hace con cierta lentitud sus últimas tareas, se despista de tanto en tanto, está literalmente distraída, ausente. Es posible que eso te irrite e impaciente. Tal vez sientes deseos de que acabe de una vez por todas. Tal vez preferirías estar haciendo otra cosa, aunque quieres sinceramente a tu amiga. Y es posible que ese tipo de pensamientos te hagan pensar mal de ti mismo o sentirte culpable. Escucha bien, a eso se le llama añadir insulto al agravio, y nos lo hacemos sin piedad. Para.

Todo este proceso es muy desconcertante; por un lado deseas estar con ella y ayudarla en el traslado, pero por otra parte darías cualquier cosa por estar en otra parte en esos momentos. ¿Y cómo puedes ayudarla? La verdad es que no tienes ni idea.

¿Cuál es tu papel?

Lo más importante que puedes hacer es tener presente que tu amiga no es su cuerpo. Y recordar que ese tránsito, esa salida del cuerpo es agradable, feliz, no dolorosa. No temas por ella.

Recuerda que tienes la seguridad de que tú vas a pasar por ese mismo tránsito. No le tengas lástima.

Ten presente que ella lo va a hacer a su manera perfecta. Si siempre ha sido inquieta, malhumorada o gruñona, lo más probable es que también lo sea ahora.

El estilo personal forma parte de la muerte tanto como de la vida. Según mi experiencia las transformaciones en el lecho de muerte son relativamente excepcionales.

Ten presente que estás ahí para estar con tu amiga, no para hacer algo por ella.

Evidentemente si tu amiga no recibe el tratamiento adecuado para el dolor, o necesita que le cambien las sábanas o tiene la boca seca, vas a ocuparte de que se atiendan esos problemas. Pero si no, estás ahí para testimoniar tu cariño y para procurarle paz.

Es un trabajo interior

Recuerda que tal como el cuerpo de tu amiga experimenta unos cambios, también se transforma su interior. Estos cambios no son en absoluto lo que a ti te parecen: ella y su cuerpo han comenzado a separarse.

Acuérdate de la analogía del día de traslado. El cuerpo ha dejado de ser su hogar. No trates de retenerla ni interesarla innecesariamente en tus preocupaciones. Recuerda que es natural que entre y salga de su estado de conciencia, lo que le procura un descanso de la incomodidad a que podría someterla su cuerpo si no lo hiciera.

Trata de relajarte pensando esto. Ella continúa siendo la de siempre. Simplemente, se está marchando de la ciudad, eso es todo. Su espíritu perfecto y único continúa intacto, como también su amor por ti.

Sugerencias para las visitas al hospital

Si por primera vez vas a ver morir a un familiar o persona amiga muy querida, tal vez te resulten muy útiles las siguientes sugerencias. Éstos son los consejos que desearía haber recibido durante los cuatro últimos días que pasé junto a mi madre.

Calma

El tiempo transcurre de forma muy caprichosa cuando una persona querida se está muriendo. Parece hacerse muy, muy lento cuando uno está sentado junto a la cama, corre veloz cuando uno se toma un descanso y se detiene totalmente con cada «mala noticia» que trae el médico.

Eso es totalmente normal, pero ciertamente contribuye a la desorientación, a esa sensación de extrañeza que sin duda vas a sentir. Es como si uno hubiera caído en un mundo al otro lado del espejo, donde todo es a la vez conocido e irreal, peculiar.

Tal vez adviertas que te resulta difícil salir de casa para llegar a tiempo al hospital. Cuando logras salir por la puerta piensas que llegas tarde y tratas de apresurar el viaje, por lo cual llegas al hospital sin aliento, pidiendo disculpas y alterado. Eso te desincroniza inmediatamente con la energía mucho más lenta y reposada de tu ser querido, que desde hace tiempo no ha tenido que correr a ninguna parte.

Pasa por los lavabos antes de subir a la habitación. Lávate las manos, pásate una toalla húmeda por la cara, cálmate.

Después ve a sentarte al menos un rato en la capilla del hospital. Y no te importe si es una capilla católica y tú eres judío o protestante o de otra religión. Aun en el caso de que no le tengas ninguna simpatía a Dios, o estés enfadado con él, o no sepas quién responde por ese nombre, la capilla está ahí para ti.

Serénate; siente la paz que se respira allí. Respira honda y lentamente. Recógete en el consuelo del amor de Dios, que siempre os rodea a tu ser querido y a ti. Después piensa que tu ser querido no es el cuerpo enfermo que yace postrado en la cama. Recuerda que el continente no es el contenido. Tu persona amada sencillamente se marcha de la ciudad, nada más. Bueno, ahora ya estás listo para subir a la habitación.

Comunicación

Aunque aparentemente la persona amada no esté consciente, de todos modos podemos comunicarnos con ella. Siéntate junto a la cama, cógele la mano y en silencio dile las cosas que le dirías si estuviera despierta. Si hay cosas que lamentas haberle dicho o hecho, puedes expresárselo. No cometas el error de creer que es demasiado tarde para pedirle disculpas. Se puede cubrir mucho terreno en este momento. La persona amada está en diálogo contigo de un modo muy sutil. No estás solo en la habitación.

Y no te reprendas. Todos estamos aprendiendo, todos hacemos lo mejor que logramos hacer en el momento. Tu ser querido también tiene sus defectos, aunque tal vez te resulte violento recordarlos ahora. Date permiso para perdonar también a tu ser querido. Tu perdón es un regalo y una necesidad para los dos. No te prives de él.

Después podrás desprenderte de los fríos restos de la rabia y el arrepentimiento. Ahora limítate a oír a la persona amada que te dice: «Ojalá no lo hubiera hecho así. Te quiero mucho, eres un ser precioso para mí. Cometí un terrible error.» Y óyete responderle con confianza y perdón. No te frenes si tu ser querido nunca te dijo esas palabras directamente. Te atormentarás inútilmente si no perdonas.

Imagínatelo sentado en el reactor de lujo cuando éste se aparta de la puerta de embarque. Observas el avión dirigirse lentamente hacia la pista de despegue. Tu conexión y comunicación con tu ser querido está intacta, pero ahora es más sutil y perfeccionada que antes. No, ya no os podéis abrazar ni salir a cenar juntos, pero estáis unidos en el corazón y siempre lo estaréis.

Si piensas quedarte algún tiempo en la habitación, date permiso para leer o escribir, para escuchar música o rezar. Si ocupas así la mente, estarás menos propenso a quedar atrapado en la dolorosa trampa de evaluar el deterioro físico de la persona amada, o de calcular cuánto tiempo le queda, o si hay alguna esperanza de un resultado «mejor». La muerte física es un resultado posible para el cuerpo. El gran misterio es si llegará pronto o tardará. Tú no eres el dueño del momento; es tu ser querido.

Vuelve a pensar en tus mejores recuerdos. En estas situaciones resulta realmente útil usar el momento presente, el único momento que tenemos, para celebrar el pasado. Habéis disfrutado una relación fuerte y maravillosa, que está entrando en una nueva fase. Vuestra conexión continúa intacta, ahora y siempre. Se está haciendo más sutil, eso es todo.

Se está refinando como la savia acuosa del arce, que cuando se hace hervir se convierte en algo muy concentrado y dulce. Podrás poner esa inequívoca dulzura en cada momento de tu vida futura. Podrás saborearla fácilmente. Eres un ser amado.

Mensaje al clero

¿Qué prueba puede ser más ardua para un sacerdote o pastor que la muerte de un miembro de su comunidad?

La difícil labor del sacerdote es ofrecer consuelo y apoyo a los supervivientes que sufren.

Si la muerte ha sido repentina e inesperada, los deudos se sentirán conmocionados e incrédulos también. Si el pastor no ha perdido nunca a algún familiar es posible que se sienta bastante inseguro acerca de cómo tratar a los deudos.

La persona que ha sufrido la pérdida ha caído en un pozo de aflicción. ¿Qué podemos hacer para ayudarla?

Metafóricamente hablando, sólo existen dos posibilidades: o bien saltamos dentro del pozo con ella, o bien nos quedamos arriba, le lanzamos una cuerda y la sacamos de allí. Veamos estas dos modalidades.

Saltar dentro del pozo

Ésta es la actitud que se considera compasiva y amable; suele parecer el modo correcto de ayudar. ¿Pero lo es en realidad? Convenir con los deudos en que esa muerte es una tragedia injustificada, inoportuna e injusta es sin duda la postura que va a encontrar menos resistencia. Incluso puede ser justamente lo que el deudo espera o desea. ¿Pero es consecuente esa postura con lo que realmente cree el sacerdote o pastor?

¿Representa el pastor a un Dios que comete errores? ¿Habla en nombre de un Dios que no es muy capaz de tenerlo todo controlado? ¿Representa a un Dios que no ama a todas las personas por igual? En otras palabras, ¿es su Señor omnisciente, omnipotente y dador de un amor inimaginable?

Si creemos esto, entonces no ha ocurrido ninguna tragedia; no hay ninguna otra manera como debería haber ocurrido. Y en el acontecimiento se oculta un regalo de enorme amor. Es un regalo que Dios hace expresamente al deudo y que se revelará con el tiempo.

El trabajo del pastor o sacerdote es mantener la atención del deudo centrada en ese plano, por terrible que sea la aflicción por la pérdida, por razonable y protegido que parezca el pozo de la aflicción tanto para el deudo como para el pastor.

ECHAR EL CABLE

El único cable de que dispone el pastor es la verdad: la muerte ha de llegarnos a todos; y además, no hay muerte. Podría pensarse que la verdad desnuda es demasiado dolorosa para que la asimilen los deudos, pero no es así. En ese momento más que nunca hay una necesidad urgente de dar un sentido a esa muerte concreta y a todas las demás. La aflicción genera una extraordinaria receptividad. La persona está desesperada por comprender y soportar lo sucedido. Hay mucha soledad, oscuridad y desdicha en ese pozo de la aflicción.

¿Demasiado simple? ¿Cuál es la dificultad? La siguiente: hay que sujetar la cuerda con mucha firmeza. No se puede lanzar y esperar que el deudo suba por ella solo. Es decir, el factor clave en esto es la fe. El pastor ha de estar firmemente convencido de la infalible bondad de Dios, y tener también el valor que proporciona esa convicción.

Sacar del pozo a los deudos

La mayoría de las personas cree en la Premisa de la Aniquilación, como aquí la llamamos. El sacerdote o pastor, del credo que sea, sabe que el sagrado espíritu humano sobrevive a la muerte del cuerpo. Para sacar del pozo a la persona afligida le va a ser necesaria la capacidad de recordarle (o persuadirla de) que su ser querido simplemente está fuera de la ciudad.

Una vez implantado este concepto, le será posible llegar al deudo. Entonces le puede tender la mano, en la cual tiene todos los instrumentos de la compasión, la compasión de Dios y la suya, no contaminada por la lástima, no diluida por el miedo.

Primero habrá de hacer la parte más difícil del trabajo, la parte del amor duro. Si el deudo está atascado en el «¿por qué a mí, por qué esto, por qué ahora?», el sacerdote tendrá que ser capaz de responder, amablemente pero con claridad, «¿por qué no?».

Si al principio no logra hacerse oír, deberá insistir hasta que le escuche. La autocompasión que impregna esas preguntas es un marco mental muy triste, inútil y deprimente. Muchos de mis amigos sacerdotes no saben manejar esa situación. Lo mejor es enfrentarla con sinceridad, firmeza y amor.

Si logra encontrar un modo de introducir un poco de humor, por ejemplo recordarle a la viuda o al viudo que en la ceremonia del enlace matrimonial ya se habló de esa separación, es posible que a la persona le resulte más fácil oír la verdad. Hemos de saber, sin embargo, que aunque no sea agradable de oír, todo el mundo reconoce la verdad cuando se dice:

- Esta separación tenía que llegar.
- No hay ningún motivo para quejarse.
- La separación es temporal.
- Los vínculos del amor sobreviven.

La muerte de una persona de su comunidad es para el pastor una maravillosa oportunidad para comprobar hasta qué punto permanece viva y fuerte su fe. Si todavía no ha pasado por la muerte de una persona muy querida, le será difícil saber lo fuerte que es la estructura de su fe. ¿Resistiría su fe el peso de una pérdida como la que acaba de sufrir el deudo de su comunidad? ¿Cómo reaccionaría usted si le dijeran las cosas que desea decir a esa persona? ¿Es sincera su respuesta?

Estas preguntas son tan arriesgadas personal y profesionalmente que a veces al sacerdote o pastor le resulta difícil planteárselas.

La mayor barrera es la idea de que el sacerdote debe tener, por su condición, un dominio permanente sobre este problema. Si sabe que no está muy firme en este importante aspecto, tal vez opte por evitarlo en lugar de explorarlo. Eso es natural.

Durante los diez años que he trabajado en el servicio a pacientes del sida, he conversado con centenares de personas que se enfrentaban a la muerte sin ningún credo que mitigara su aflicción o disipara su miedo. Al principio me sentía muy confundida ante tanto sufrimiento. Me parecía que no tenía ningún derecho a decir, bueno, que la muerte no es el fin, ni tampoco algo que se pueda anular o cambiar. No quería ofender y no tenía ninguna práctica en tratar con el corazón ligero, con optimismo, estas verdades. Mi actitud era siempre terriblemente grave y formal, y este simple hecho probablemente bastaba para anular cualquier bien que pudiera haber hecho.

Tenía un miedo terrible a hacer un papelón, ¿y quién no? «Dios mío, a lo mejor digo algo inoportuno, a lo mejor empeoro el sufrimiento de esta persona en lugar de aliviarlo. Bueno, si no digo nada va a continuar igual, y si se fastidia, esa rabia va a ser un buen descanso de su aflicción. Voy a intentarlo.»

Sinceramente, aunque no se tenga ningún regalo que ofrecer, el mero hecho de acercarse con *algo* va a transmitir el amor.

La mejor actitud que podemos ofrecer es aquella que no hemos tenido nunca antes. Reinventar la comprensión de la naturaleza de la muerte cada vez que somos llamados a usarla. Para ser espontáneo cada vez, el pastor tiene que creer en lo que dice. Es su convicción la que va a ayudar al deudo, más que cualquier palabra concreta.

Para el cristiano, la fe en que Cristo venció a la muerte es absolutamente esencial. Sin embargo, no se puede negar que resulta muy difícil aplicar ese conocimiento a una muerte inesperada en la propia vida.

Tal vez por eso la celebración de la Pascua debe hacerse cada año. Todos necesitamos ver su resurrección una y otra vez. Incluso así, continuamente la entendemos y olvidamos. Los discípulos contemporáneos de Cristo lo pasaron muy mal con eso también.

Así pues, no se lo recrimine. Es posible que sus colegas tampoco lo dominen totalmente. Enfréntese al problema con osadía, entonces; tiene mucho que ganar. Se sentirá mucho más seguro de sí mismo después de cada experiencia. Relájese, recuerde que Dios no ha acabado con usted todavía.

Le sugiero que no recurra a ninguna cita de las Escrituras en la primera conversación con el deudo.

Si conviene referirse a algún acontecimiento de la Biblia, cuente la historia o cite el ejemplo pero con sus propias palabras, con el vocabulario cotidiano más corriente. Aunque el hecho de ser pastor o sacerdote es lo que lo conecta con el deudo, lo que le va a ayudar en ese momento será expresarse de forma tan natural como cualquier persona laica, sobre todo si el deudo es coetáneo suyo.

Después de tratar el «¿por qué a mí, por qué esto, por qué ahora?», el resto consiste en escuchar.

ÍNDICE

Bénie soit la crise de l'Occident

Une analyse spirituelle de la crise

OUVRAGES DE BERNARD MONTAUD

Editions Dervy
César l'éclaireur, 1990
Quand l'ange s'en mêle, 1990 (avec Patricia Montaud)
La vie et la mort de Gitta Mallasz, 2001 (avec P.Montaud et L. Müller)

Editions Albin-Michel
Le testament de l'Ange, 1993

Editions Dervy-Edit'as
César l'enchanteur, 1995

Editions Edit'as
L'accompagnement de la naissance, 1997
Le nours, 1998
Il était une Foi..., 2000 (avec Jean-Claude Duret)
La Psychologie Nucléaire, un accompagnement du Vivant, 2001
La cinquantaine rugissante, 2004
Allô mon corps, fondements de la psychanalyse corporelle, 2005 (avec Jean-Claude Duret)
Dialoguer avec son ange, une voie spirituelle occidentale, 2007 (avec Patricia Montaud)

ISBN 978-2-911591-21-1

BERNARD MONTAUD

Bénie soit la crise de l'Occident

Une analyse spirituelle de la crise

Éditions EDIT'AS
Poitou - 47220 Caudecoste
www.editas.fr

Remerciements : Sans les patientes corrections de Marie-Anne Berthelet et Annie Verrier, ce livre n'aurait pas été possible. Qu'elles en soient ici remerciées, car sans elles le petit auteur que je suis ne pourrait jamais se prendre pour un écrivain.

Voilà un chapitre à lire en premier, si l'on a un certain courage spirituel.
Voilà un chapitre à lire en dernier, si l'on veut vraiment comprendre le sens spirituel de cette crise.

Chapitre 1

Etes-vous prêts à une expérience ?

C'est un livre contre la peur que j'ai voulu écrire ! Contre cette peur sournoise qui s'installe peu à peu dans les coulisses de chacun au fur et à mesure que les journaux nous annoncent les dernières catastrophes en date de notre système capitaliste. Déjà nos ego sont avertis plus ou moins consciemment, déjà ils produisent une certaine crispation, une certaine défiance, une sourde crainte : où allons-nous depuis cet automne 2008 ? Qu'allons-nous devoir perdre pour que les choses retrouvent leur équilibre ? Pourvu que l'on ne meure pas de faim, de froid, pourvu que la violence soit contrôlée, pourvu que nos enfants soient protégés… Mais qu'est-ce que nous allons devenir ?
Et si l'on n'y prend pas garde, les délires de l'ego ne sont jamais loin, nous entraînant soudain dans une

surenchère de la peur du manque, une surenchère de la peur de tout qui pourrait bien devenir folle quand elle sera collective.

C'est un livre contre la peur pouvant donc se transformer en pure folie quand elle devient collective que j'ai voulu écrire. Non pas pour vous rassurer complaisamment, mais au contraire pour vous entraîner dans une autre lecture – sans aucune complaisance – de cette Crise qui commence à peine et qui est un rendez-vous majeur pour toute l'espèce humaine.

Chacun le sent plus ou moins confusément : ce ne sera pas une crise passagère comme les précédentes, mais c'est bel et bien la fin d'une époque et le début de la suivante. Comme si d'instinct nous le savions déjà : l'Histoire est en train de nous jouer un tour à sa façon ! Et si nous ne voulons pas que ce soit un mauvais tour, alors il faudra bien en comprendre le sens, tout le sens, pour en faire une opportunité de nouveau bonheur possible plutôt que de succomber à la tentation de nouveaux malheurs.

Tout cela, chacun le sait plus ou moins confusément. Il y a eu tant d'avertissements, tant d'hommes éclairés qui ont tiré la sonnette d'alarme depuis quelque temps ! Et parce que la balance n'a pas encore trop penché d'un côté – celui de l'envie de souffrir – il faut à tout prix charger l'autre côté, celui de l'envie d'aimer et de s'en sortir avec le sourire. C'est là l'ambition un peu folle de cet ouvrage : vous faire sentir combien c'est une chance à saisir que de traverser cette Crise bénie qui commence à peine, et qui pourrait bien nous rendre tous Meilleurs si nous apprenons à jouer avec les circonstances nouvelles qui vont apparaître.

Evidemment, avec de tels propos, vous commencez peut-être à douter de l'auteur, tant il doit vous paraître fou que l'enjeu soit de conserver le sourire, alors que l'on nous annonce une tourmente sans précédent. Eh bien, laissez-moi le temps de ce livre pour vous convaincre que c'est possible ! Laissez-moi ces quelques pages pour vous prouver que nous avons tout à y gagner, même si pour cela nous allons devoir y perdre un peu !

Tenez, pour commencer je vous propose une expérience

Une petite expérience spirituelle, oserais-je dire. Une expérience qui va peut-être nous permettre de mesurer jusque dans notre corps l'enjeu réel de cette Crise.
Pour ce faire, je vous demanderai de bien vouloir poser le livre et pendant une minute de tourner les paumes de vos mains vers le ciel, assis immobiles, tout simplement. Essayez, je vous en conjure, sans lire la suite de cet ouvrage, et je vous promets quelques surprises !

Une minute assis immobiles, les mains ouvertes vers le ciel : top départ !
…… …

Alors, qu'avez-vous vécu ? Comme c'est bizarre – vous avez dit « bizarre » – que les mains ouvertes de la sorte on soit soudain bien, si bien même ! En tous les cas bien mieux que d'habitude ! Oui, avez-vous remarqué comme ce tout petit geste nous fait du bien spontanément ? C'est incroyable tout de même, quand on voit tous les efforts que nous faisons à longueur de temps pour être bien ! Recommencez, si vous ne me croyez pas. Et vous verrez : nous sommes naturellement bien mieux, les mains ouvertes. Et l'on peut même recommencer sans cesse, cela se vérifie à l'infini. Comme quoi le bien-être n'est pas si loin ! A portée de main, oserais-je dire. Comme quoi il n'est pas forcément nécessaire d'être un premier de la classe en matière amoureuse, ou un ascète tibétain seul dans sa grotte depuis vingt ans, pour parvenir à un instant de bien-être avec soi-même. Arrêtons donc de croire que le bien-être est si loin que ce n'est vraiment pas la peine de commencer, tant c'est compliqué !

Oui, mais il y a un problème ! Ce curieux bien-être ne tient pas longtemps quand on a seulement les mains ouvertes. Et l'on devient vite un peu « bébête » dans cette posture s'il ne se passe rien. Comment faire pour garder cet intime supplément d'âme ?

Alors continuons l'expérience ! Et dans cette seconde étape tentons l'impossible : ouvrir les mains comme précédemment, assis immobiles pendant une minute entière, et y ajouter des yeux « gentils ». Là encore essayez, je vous en prie, sans lire la suite de ces pages et vous allez voir comme elle est étrange, notre petite expérience !

Une minute assis immobiles, les mains ouvertes vers le ciel et les yeux « gentils » : top départ !
… …

Si vous aviez observé vos pensées durant cette minute, vous auriez découvert combien vous avez été bien meilleurs que d'habitude, combien vous avez pensé du bien pour vous-mêmes ou pour autrui. Vous ne me croyez pas ? Eh bien, recommencez ! Avec les mains ouvertes et les yeux gentils on est naturellement meilleurs, et cela transpire dans nos pensées. C'est ainsi ! Comme quoi le meilleur de soi, lui non plus, n'est pas très loin. A portée d'un regard, aimerais-je vous dire ! Et il n'est pas nécessaire d'être un grand yogi pour parvenir un instant au meilleur de soi-même.

Oui mais voilà, cela ne peut pas durer. Car même si le meilleur de soi n'est pas aussi loin qu'on pouvait le croire, il est si difficile d'y rester. Tant il semble que l'on ne peut pas y demeurer pour rien, juste pour s'amuser. Tant il semble que ce meilleur de soi attend une utilité pour que l'expérience puisse durer. « Ah mince alors, devez-vous penser, ce n'est pas aussi simple que prévu ! J'en étais sûr : il faut être au moins yogi, ou maître spirituel, pour demeurer dans le meilleur de soi-même à volonté ! »

Eh bien non, et je peux vous le prouver dans la troisième étape de notre expérience. Mais pour ce faire il va falloir que vous soyez très courageux, vraiment courageux, pour franchir l'épisode suivant. Ainsi je vous demande – en ouvrant les mains avec les yeux gentils comme précédemment – de vous mettre debout et de vous tourner vers autrui, en faisant par exemple venir votre compagne ou votre compagnon pour vivre l'expérience, ou en regardant une photo de vos parents ou d'un ami. Une minute montre en main, debout immobiles en face de votre femme ou du portrait de vos parents, tournez les mains avec des yeux gentils. Il vous suffit d'essayer – ce n'est quand même pas si terrible – sans lire la suite de ces lignes.

Une minute debout immobiles, cherchez les vraies mains ouvertes, cherchez les vrais yeux gentils tournés vers autrui : top départ !

… …

Comme soudain on voit bien l'autre ! Comme soudain même il nous touche, dans sa fragilité, dans sa maladresse, dans sa présence si intense. Incroyable, il arrive presque à nous bouleverser exactement là où le reste du temps il nous agace un peu ! Et il ne faudrait pas que cela dure trop longtemps, parce que cela devient assez vite chaud, brûlant. Comme quoi il faut peut-être travailler sur soi-même seulement pour apprendre à supporter des doses croissantes d'amour envers autrui. Finalement c'est peut-être bien à cela que sert une vraie vie spirituelle : apprendre à durer dans le meilleur de soi-même en se tournant vers l'autre à l'infini.

Bon sang, on ne peut donc pas demeurer dans le meilleur de soi-même pour rien ! Et pour y rester un peu plus, il suffit de se tourner vers autrui. Oui mais voilà, ça se met à chauffer terriblement ! Ça chauffe même tellement que l'on ne peut pas y rester bien longtemps. Comme c'est difficile, non pas d'être bien, non pas d'être dans le meilleur, mais d'être dans l'Amour… durablement !

Ah, si vous aviez tourné votre attention vers vous-mêmes pendant que vous scrutiez autrui, les mains ouvertes et les yeux gentils, alors vous auriez découvert une chose incroyable : vous étiez Beaux, si Beaux au-dedans comme au-dehors ! Car nous sommes parfois vraiment Beaux quand les circonstances nous y convient. Beaux, un point c'est tout ! Il suffirait donc de multiplier les circonstances, et d'apprendre à durer dans cette expérience de chaleur intense… pour finalement être beaux toute notre vie !

Alors je vous invite à la quatrième étape de notre aventure si ordinaire et pourtant si sacrée. Attention : maintenant nous rentrons dans un sommet de difficulté pour voir comment nous pourrions faire pour durer dans l'Amour envers autrui, pour durer dans une beauté qui finalement nous va si bien.

Et là, pendant une minute, sans lire la suite du récit, je vous demande de reprendre tous les épisodes précédents : debout immobiles, avec les mains ouvertes tournées vers le ciel, avec les yeux gentils, devant votre épouse ou le portrait d'un ami. Mais en y rajoutant une caresse, ou bien un mot ou une phrase. Bref, un acte inspiré par cette situation de chaude présence d'autrui. Laissez-vous guider par l'inspiration du moment !

Une minute debout immobiles, cherchez les vraies mains ouvertes vers le ciel, cherchez les vrais yeux gentils tournés vers autrui, et essayez une vraie caresse ou une phrase inspirée au moment opportun : top départ !
… …

Et voilà, c'est obligé ! Par cet Acte ou ce Mot courageux vous êtes parvenus à demeurer un peu plus dans le chaud, dans le brûlant. Comme si en fin de compte on ne pouvait durer dans le meilleur de soi-même, durer dans l'être Beau et plein d'Amour, que par nos Actes et nos Mots vrais offerts à autrui. Comme si seulement servir l'autre nous rendait meilleurs durablement, de caresse authentique en caresse authentique, et de parole vraie en parole vraie.

Si vous avez suivi cette petite expérience d'une simplicité enfantine – et pourtant si essentielle – alors vous avez visité l'homme que la Crise de l'Occident veut produire : *l'homme aux mains ouvertes et aux yeux gentils*, l'homme que l'Histoire espère comme prochain pas d'évolution de notre petite espèce.

Sans doute vivrons-nous, dans des délais plus ou moins proches, des pertes successives de biens de consommation courante. Tant désormais il faudra accepter de partager avec un plus grand nombre d'hommes le grand gâteau des richesses du monde. Sans doute, dans ce long voyage de « pertes » que nous commençons avec cette Crise, perdrons-nous d'abord l'inutile et le superflu, avant d'apprendre à nous passer de choses de plus en plus utiles. A quelle vitesse ira ce grand jeu des pertes ? Nul ne peut le savoir. Tant il s'agit d'un jeu de douleurs suffisantes pour que nous ayons la force de nous transformer. Une chose est certaine cependant, peu à peu apparaîtront d'un côté ceux qui tiennent et qui retiennent de plus en plus fermement ce qu'ils ne veulent pas perdre : *les hommes aux mains fermées et aux yeux vilains* ; et de l'autre ceux qui partagent ce qui reste et qui donnent ce qu'ils veulent bien perdre : *les hommes aux mains ouvertes et aux yeux gentils*.

Nous entrerons plus loin dans cet ouvrage dans les détails du grand jeu des pertes et nous verrons comment ce jeu va s'y prendre pour que peu à peu l'homme apprenne à tourner ses mains vers le ciel. Mais d'ores et déjà, il nous faut bien voir combien cette Crise de l'Occident est une chance pour l'humanité entière, tant les siècles derniers c'est la barbarie dans tous les domaines qui guidait nos pas vers une catastrophe inéluctable.

La Crise nous invite au cœur de l'expérience spirituelle

Tel est l'incroyable constat que l'on peut faire en contemplant l'histoire présente d'une autre manière. Et on est donc bien loin du discours servi dans les médias, de cette sorte de manipulation mentale à grande échelle préparant déjà les hommes à la peur de tout perdre. Ce qui n'adviendra pas !

Elevons-nous un peu pour voir les choses différemment... Dans toutes les expériences spirituelles de toutes les traditions ou religions du monde, il existe une expérience centrale, commune à toutes ces formes et proposant à l'homme de passer du poing fermé qui va frapper à la main ouverte qui va caresser.

Et le seul « exploit » spirituel que je connaisse, c'est vraiment ce tout petit dépassement quotidien et ordinaire avec mes proches, où refusant la tentation de porter un coup je deviens celui qui peut caresser l'autre au lieu de l'agresser. Toute voie – qu'elle soit bouddhiste, hindouiste, chrétienne, orthodoxe ou musulmane, qu'elle soit de telle ou telle lignée de maîtres – en revient à cette expérience centrale de la transformation héroïque de nos mains en toutes circonstances.

Ainsi pourrait-on dire qu'il s'agit là de l'expérience spirituelle laïque la plus pure, dans la mesure où elle n'est pas la propriété d'une religion ou d'un mouvement, mais de tous. Dans la mesure aussi où cette expérience centrale de transformation de soi ne réclame aucune identification à une religion, ou à un mouvement spirituel, sans pour autant d'ailleurs avoir à renier les enseignements de ces diverses traditions.

Et si nous continuions notre petit jeu de rôles symbolique ? Mais cette fois-ci en visitant l'homme aux yeux vilains ! Regardez combien, toute la journée, nous rentrons dans l'instant le poing serré, prêts à frapper ! L'ego est ainsi, le pauvre, il se croit toujours en danger à cause de nos traumatismes du passé.
Allez-y, fermez vos poings maintenant, en continuant de lire ces lignes ! Voilà l'homme d'aujourd'hui, l'Occidental moyen : un homme qui veut prendre, qui veut retenir pour lui toutes les choses convoitées, un homme qui veut se faire respecter par la force, un homme toujours prêt à

frapper. Rentrez dans vos poings fermés, et voyez comme tout le corps et la psyché s'alignent sur cette intention première.

Tenez, jouons un peu plus loin ! Et portons à présent un coup de poing dans l'air, un coup de poing rageur, une fois, deux fois… Et ça y est, on s'y croirait ! Changeons d'objectif avec cette main fermée et prenons un objet auquel on tient. Serrons-le très fort, encore plus fort, pour que personne ne vienne nous le prendre. Et ça y est, on s'y croirait ! On le reconnaît bien celui-là, tant il habite au fond de chacun de nous. C'est l'homme du « MOI », l'homme du « à moi, à moi » pour être heureux. L'homme qui en veut toujours plus pour satisfaire son ego.

Oh, cet homme-là n'est pas méchant, ni monstrueux, cessons de lui vouloir du mal parce que nous avons découvert son existence. Cet homme-là fut en son temps une évolution de notre petite espèce, mais aujourd'hui, depuis la Crise de notre modernité, il est devenu une impasse, une véritable impasse en attente d'un nouvel homme poursuivant l'évolution. Tout travail sur soi nous invite à le rencontrer. Tout vrai travail sur soi nous incite à l'aimer et non pas à le maudire. Tout authentique chemin spirituel commence par cette question : « Qui suis-je dans ma petitesse chronique ? »

Alors on fait du yoga, de l'assise immobile, du taï chi chuan, ou d'autres pratiques, pour découvrir combien est grande notre misère ordinaire et quotidienne. Et tant que l'on ne supporte pas d'être face à face avec ce miroir magique aux reflets désagréables sur nous-mêmes, on ne peut pas envisager d'être par ailleurs aussi grands que nous sommes petits, aussi beaux que nous avons pu nous découvrir laids. Car c'est celui qui allait porter un coup et qui soudain ouvre sa main pour caresser qui devient le plus grand et le plus beau du monde. Se peut-il, au fond, que tous les coups que nous portons à autrui, nous les ayons d'abord portés contre nous-mêmes ? Alors se peut-il aussi que la source de toutes nos caresses au-dehors soit nos vraies caresses au-dedans pour notre propre misère ?

Elle va taper exactement là, cette Crise qui commence à peine. Ou bien elle va encourager ceux qui portent des coups à en porter encore plus ; ou bien elle va enseigner aux hommes à vaincre leurs poings fermés pour « ressusciter » dans une main ouverte prête à caresser et à partager.

Continuons notre jeu ! Et commencez à porter un coup sur un adversaire imaginaire. Recommencez, s'il vous plaît ! Au bout de deux ou trois fois, vous devriez voir surgir dans votre esprit une personne à laquelle vous pensez, avec laquelle vous avez des comptes à régler. Allez, par gourmandise, encore un petit coup bien asséné ! Bon sang, comme ça fait du bien !

Et maintenant, entrons au cœur de l'expérience spirituelle à laquelle nous invitent les temps qui viennent. Payons-nous le luxe de tenter une petite « résurrection » dans l'ordinaire, un vrai dépassement de nous-mêmes. Préparons-nous à porter un coup envers notre adversaire imaginaire désormais identifié et, au milieu du coup, freinons le geste pour ouvrir une main qui va finir par caresser. Pas si simple, n'est-ce pas ? Surtout si maintenant vous vous voyez caresser cette personne avec qui vous avez des comptes à régler.

Pourtant il est là, le cœur de l'expérience spirituelle laïque. Il est là, le grand rendez-vous avec l'Histoire que la Crise de notre modernité devenue folle nous invite à rencontrer : passer de l'homme aux poings fermés – celui qui frappe et qui ne veut rien lâcher – à l'homme aux mains ouvertes – celui qui caresse et qui veut bien partager. D'un côté l'ancien homme d'un monde qui s'achève, et de l'autre le nouvel homme d'un monde qui commence à peine. Et au milieu la Crise, pour que ce passage ait lieu. Ce n'est pas tout à fait la même chose que tout ce que l'on nous raconte à la télévision !

Bénie soit la Crise du monde occidental

Voilà, c'est dit ! Parce qu'il faut dès à présent arrêter de se faire peur alors que l'épisode passionnant qui commence attend de nous le Meilleur : *l'homme aux mains ouvertes avec des yeux gentils*.

L'Histoire nous a d'ailleurs déjà avertis – et j'y reviendrai plus loin dans cet ouvrage – tant durant le siècle dernier deux grandes hérésies ont semé le trouble dans l'humanité entière : le nazisme et le communisme. Essayons d'en parler d'un peu plus haut que d'habitude…

Il y eut d'abord cette main tendue vers le haut en signe de ralliement à un furieux Führer. Et sa théorie pathologique d'une fausse race pure uniquement fondée sur des critères ethniques. Mais il fallait une prémonition historique collective pour que ce concept de race pure ait pu être admis par quelques-uns. Comme si chacun savait au fond de lui que l'émergence d'une race pure est bel et bien une chose possible ! Mais d'où sait-on ces choses-là ?

Ah mais dites donc, et si elle existait vraiment, cette race pure en devenir ? Et si nous tentions de la ressentir ?

Alors je vous suggère de reprendre la posture de cet homme debout les mains ouvertes vers le ciel avec des yeux gentils. Maintenant montez lentement, très lentement vos mains ouvertes jusqu'au-dessus de vos têtes, sans perdre les yeux gentils. Vous obtenez alors un nouveau signe de ralliement, celui du nouvel homme s'offrant à Dieu – le Dieu que vous voudrez – pourvu que la main soit ouverte jusqu'aux Cieux.

La voilà, la vraie humanité pure qui va se dessiner durant la Crise, non pas sur des critères extérieurs mais sur des critères intérieurs dont chacun est capable. Après la folle race pure du nazisme se peut-il – non sans conséquences historiques futures – qu'une race d'hommes sorte grandie de l'épreuve collective qui vient ? Qu'une race d'hommes nouveaux invente une toute nouvelle façon d'exister, aussi inimaginable que lorsque la modernité a changé les habitudes humaines durant le siècle qui s'achève par rapport au XIXe siècle encore si rustique ? Se peut-il qu'il y ait la même différence d'évolution entre le XXe et le XXIe siècle qu'entre le XIXe et le XXe ? Alors c'est incroyable combien cette Crise est importante et salutaire pour notre espèce tout entière si elle invente une humanité pure, sans aucune fureur, les mains tendues et tournées vers les Cieux.

Et le communisme, lui aussi, fut tout de même une prémonition étrange de la suite de l'Histoire ! Voilà des hommes qui décidèrent, en leur temps, de faire du partage un système politique et de renoncer à la possession personnelle des biens. Bon, c'est sûr, ils inventèrent le faux partage, celui qui nie l'âme de chacun, qui nivelle la personne individuelle par le bas, qui brise les reins de l'ego pour faire des hommes robots.

Mais tout de même, il fallait bien là aussi une prémonition collective d'un besoin de partage pour que la chose soit possible politiquement.

Et là, c'est un poing fermé qu'il fallait porter au-dessus de nos têtes, celui qui allait avec l'Internationale chantée à tue-tête ! Quel symbole parlant de la lutte finale ! Mais combien il était absurde d'instaurer un principe de partage fondé sur le poing fermé, le poing vengeur. C'était couru d'avance, l'échec d'une telle entreprise.
Tandis que les temps qui viennent vont instaurer un inéluctable partage mains ouvertes si chacun de nous veut éviter de souffrir.
Un partage qui ennoblira l'âme, un partage qui affirmera l'individualité radieuse, un partage qui cette fois-ci accomplira le Meilleur de l'homme.

L'Histoire nous aurait-elle annoncé à travers la fausse race pure et le faux partage combien les temps d'une vraie race pure et du vrai partage viendront inexorablement ?
Et il faut être très clair sur ce point afin d'éviter toute récupération raciste de tels propos. Parce que chacun de nous peut tourner ses mains à volonté, parce que chacun de nous est libre de garder son poing fermé ou de choisir la main ouverte, **chacun de nous est seul responsable de l'humanité à laquelle il va appartenir durant cette Crise.**

Malgré tout ce que l'on vous dira dans les médias, aucun de nous n'est obligé de souffrir, tant il lui suffirait d'ouvrir les mains pour traverser cette période difficile avec le sourire. Sourire ou souffrir, il faudra choisir ! Et c'est dans les mains ouvertes ou fermées que tout se jouera en fin de compte.

Inaugurons la nouvelle minute de silence sacrée !

Alors, dès ce premier chapitre, je vous offre un cadeau, un petit jeu quotidien qui nous permettra de ne jamais oublier le grand enjeu des temps présents : inaugurons la nouvelle minute de silence !

Une minute de silence pour rendre hommage à ce cher disparu : l'homme du « MOI », l'homme du « à moi, à moi », l'homme qui s'achève inéluctablement ; mais aussi pour honorer l'homme qui commence : l'Homme du « JE », l'Homme du « Je suis par mes mains ouvertes », l'Homme du « Je suis seulement si je partage ».

Inventons une pratique laïque, offerte à tous comme un signe de ralliement, offerte comme un nouveau yoga, une nouvelle forme de prière, une nouvelle cérémonie, afin de ne pas oublier tout ce qui se joue vraiment. Inventons *la minute de silence les mains ouvertes vers le ciel avec des yeux gentils.*

Alors il vous apparaîtra peut-être combien la Crise va nous renvoyer aussi vers un certain silence, comme si plus que d'habitude nous aurons désormais besoin de revenir à l'essentiel.
Se peut-il même que chaque perte nouvelle d'un côté nous invite de l'autre à un silence de plus en plus profond ? Et chacun le pressent : c'est dans ce silence profond retournant au centre de nous-mêmes qu'un dialogue en Vérité est possible avec notre conscience, avec notre ange, avec notre maître intérieur, appelez-le comme vous voudrez.

Se peut-il que cette Crise bénie nous renvoie donc tout naturellement vers la parole intérieure si authentique que soudain les bavardages au-dehors se tarissent quelque peu ?
Alors notre fameuse minute de silence devient vraiment un symbole des trois effets de la Crise sur notre espèce, pour tous ceux qui accepteront de jouer avec les mains ouvertes, les yeux gentils et le silence qui parle au-dedans !

Ne me dites pas que dans vos emplois du temps – surchargés, bien sûr – vous n'avez pas une minute à donner au silence, aux mains ouvertes et aux yeux gentils ! Car c'est impossible. Prenez-la aux toilettes, ou au feu rouge, ou bien dans la salle de bain, où vous voudrez, pourvu que ce rappel sacré fasse son effet au fil du temps : vous souvenir que vous êtes très beaux, à portée de main, à portée d'une minute de silence, vous souvenir combien le Meilleur de vous-mêmes n'est jamais très loin.

Vous souvenir par cette piqûre de rappel combien vous êtes les seuls responsables de vos mains d'aujourd'hui. Vous souvenir que dedans ça parle vraiment si l'on sait s'interroger.

Puissions-nous inventer tous ensemble, par cette petite pratique régulière, l'insurrection pacifique qui nous mettra au cœur de l'Histoire. Puissions-nous inventer une nouvelle manie humaine : cette minute de silence, debout, les mains ouvertes tournées vers le ciel, avec des yeux gentils ! Essayez, les prochains jours, et vous verrez combien peu à peu cette minute de sur-vie vous enchantera l'existence.

Tenez, je vous suggère même une variante ! Nous pourrions commencer avec les poings fermés, vraiment serrés. Histoire de se demander : « Qu'est-ce que je retiens à ce point aujourd'hui ? Qu'est-ce que j'ai déjà si peur de perdre ? » Juste pour entendre ce que le silence nous murmure à l'oreille. Juste pour voir ce que les mains ouvertes nous proposent de partager. Juste pour goûter au plaisir des yeux gentils qui voient tout… tellement autrement.
Se peut-il que ces poings fermés suivis des mains ouvertes soient alors une magnifique porte d'entrée dans la cathédrale des Dialogues intérieurs avec l'Essentiel ?

Inventons cette pratique libre de toute confession, libre de toute religion ou de toute appartenance à une voie spirituelle. Inventons cette pratique si libre que chacun n'aura aucune excuse de ne pas pouvoir la faire à sa guise.

Les temps qui viennent nous indiqueront forcément ceux qui ont su jouer avec la Crise et ceux qui n'ont pu que se battre contre elle. Car le sourire qui résulte du silence entendu, des mains tournées vers le ciel et des yeux gentils sera la couronne du nouvel Homme, ce prochain roi de la terre. Et chacun pourra voir son éclat au milieu du visage.

Voilà la première réponse à la Crise que l'on pourrait dès aujourd'hui instaurer : **la nouvelle minute de silence entendu !**

Et si on commençait maintenant, à la fin de ce chapitre, juste après avoir posé ce livre ? Histoire de goûter à nouveau comme cela fait du bien, comme c'est bon d'être Meilleur, et comme le silence parle à celui qui veut bien écouter ! Et si on recommençait tout de suite, juste pour vérifier combien on n'a rien à craindre dans cet état : seulement en silence, les mains ouvertes et les yeux gentils…

Chapitre 2

Crise passagère ou bien mutation durable ?

La désinformation a très vite commencé !
Mais non, il ne s'agit pas d'une crise passagère que de vagues solutions politiques, financières et économiques pourraient résoudre !
Non, il ne s'agit pas d'un mauvais moment à passer qui devrait se résorber dans les deux ou trois ans qui viennent !
Non, les coupables ne sont pas les subprimes, les traders, les banquiers, ni même les Etats-Unis – histoire de nous innocenter ! – mais chacun de nous dans un monde de plus en plus injuste que nous avons tous accepté.
Et non, le système n'est pas soudain devenu fou, ce sont nos folies précédentes, celle de la pollution sans retenue, celle de la misère croissante sans honte de notre part, celle de nos richesses exubérantes sans

pudeur, qui ont produit ce sursaut salutaire pour que nous revenions à la raison.

Et puisqu'il faut toujours chercher un coupable, il convient alors de s'y mettre sérieusement. Mais en matière de responsabilité dans les évènements qui surviennent dans nos existences, le point de vue spirituel est tout autre que celui de l'opinion courante. Tant il ne s'agit pas de chercher des coupables au-dehors, mais au contraire de chercher à comprendre en quoi nous sommes toujours les seuls responsables de tout ce qui nous arrive.

Alors oui, la terre est malade ! Et elle est malade de l'homme avant tout. Et l'homme, ce n'est pas seulement l'autre, quand c'est d'abord de moi qu'il s'agit.

Etrange nature humaine ! Elle veut sans cesse tout changer au-dehors, sans avoir le moins du monde à se changer elle-même ! Cela est impossible.
Ainsi donc nous aurions des hôpitaux déshumanisés, nous aurions des hommes politiques douteux, une télévision abêtissante, des banquiers profiteurs, une sécurité sociale insuffisante. Elle est sans fin, cette litanie qui s'insurge contre tous ceux qui ne sont pas à la hauteur de nos attentes dans chacun de ces domaines. Sans avoir à nous demander : « Où suis-je responsable de cette situation ? »

Et pourtant se peut-il que nous ayons les hôpitaux, les hommes politiques, la télévision, les banquiers et la protection sociale que nous méritons ? Car si chacun de nous cherchait au fond de lui-même, il apercevrait combien c'est chacun de nous qui produit le monde extérieur, et non l'inverse. Et combien tous ceux qui nous représentent sont exactement à notre image dans leurs divers domaines.

Tenez, par exemple : comment traitons-nous nos propres maladies ? Sinon avec le même mépris que les hôpitaux que nous avons engendrés. Comment traitons-nous notre comptabilité personnelle ? Sinon avec le même souci de tricher un peu, beaucoup, à la folie, comme les hommes politiques que nous avons produits. Et chacun de nous ne veut-il pas gagner beaucoup d'argent au plus vite, quel qu'en soit le prix ? Eh bien, nos banquiers ont fait la même chose en dignes représentants de nos économies. Alors oui, la terre est malade ! Mais elle n'est pas malade de nos institutions, elle est malade de l'homme qui les a produites.

Tout naturellement il faudrait s'interroger sur la manière dont **nous** avons produit cette poussée de fièvre, et non pas se demander comment il est possible que les autres se soient trompés à ce point. Et voir combien c'est par **notre** vie personnelle que nous créons les institutions et la société qui nous entourent.

Alors elle est bigrement importante, cette quête de sens qui va partir de nous-mêmes, de notre propre existence sûrement un peu fausse pour avoir engendré une telle Crise.

Et puis, avez-vous remarqué combien nous souffrons presque autant du manque de sens des choses que des choses elles-mêmes ? Ce n'est donc pas anodin de découvrir dans notre vie personnelle le sens de cette époque que nous traversons, pas anodin que la Crise ait un sens. Il n'est déjà pas simple de souffrir à cause d'elle, mais alors souffrir sans comprendre, c'est encore pire !

Bref, la désinformation a déjà commencé, tout simplement parce qu'il ne s'agit pas d'une simple crise comme on nous le raconte partout, mais d'une profonde mutation de la société et des hommes, et qui durera sans doute plusieurs dizaines d'années. Il faudrait que ce soit clair : jamais plus nous ne reviendrons aux conditions de vie de l'été 2008, tant l'automne de cette année-là est un tournant irréversible. Il faut être clair aussi : cette date sera dans le futur encore plus importante que 1929 par l'ampleur du changement qu'elle va produire. De nouvelles conditions d'existence vont apparaître peu à peu au fil des sept épisodes – que nous verrons plus loin – de cette profonde mutation.

Mais avant d'aborder dans le détail les évènements probables qui nous guettent, commençons par identifier l'instant historique que nous traversons. Commençons par apercevoir non pas les problèmes que cette période va occasionner, mais les chances

– j'ai bien dit les chances – qu'elle nous offre. Sans aucun doute, pour moi, nous allons vivre un moment historique, un moment d'évolution de notre espèce où la maturité de la conscience humaine est appelée à grandir. Sans aucun doute, il s'agit là d'une vraie opportunité d'être meilleur, pour chacun de nous. Et puisque nous n'y sommes pas arrivés en temps de paix, eh bien l'Histoire nous rattrape et elle nous offre désormais une Crise pour y parvenir. Sans aucun doute, si cette Crise devient logique à nos yeux, alors elle sera plus facilement acceptable. Et parce qu'elle nous permettra de mieux comprendre certains efforts qui nous guettent, cette compréhension les rendra moins douloureux à vivre.

La Crise… une chance pour la mutation de l'ego !

Qui est l'homme occidental d'aujourd'hui, par exemple celui d'août 2008 en France ? Sinon – comme nous l'avons vu – un enfant gâté dans une chambre pleine des jouets de la modernité, dans une maison pleine de machines à boutons qui lui donnent du temps libre, beaucoup de temps libre, lui permettant entre autre d'avoir des états d'âme.

Il y a seulement un siècle, nos grands-mères allaient encore au lavoir et nos grands-pères travaillaient comme des forcenés, sans congés payés, pour faire survivre leur famille. Combien en un siècle l'ego a grandi ! Même s'il est de bon ton de dénoncer la modernité certes un peu aveugle, il est vrai aussi qu'en un seul siècle, de 1908 à 2008, l'ego a fabuleusement inventé un monde de machines à boutons nous rendant la vie de plus en plus facile, au-dehors du moins.

Et ce confort extérieur accru, qu'a-t-il produit ? Sinon du temps libre, beaucoup de temps libre. Du temps libre d'abord pour se reposer, puis du temps libre pour se distraire, et enfin du temps libre pour avoir des états d'âme. Alors au fur et à mesure que le confort extérieur s'améliorait au fil des années, un certain inconfort intérieur a fait son apparition. Forcément quand on a le temps de réfléchir – ce qui n'était pas le cas pour nos aïeux – on se pose plein de questions, fort embarrassantes, au quotidien.

Incroyable conscience du « MOI » qui a tellement grandi en un siècle à peine ! Ainsi l'évolution du « MOI » chez l'homme occidental a-t-elle inventé la modernité et une certaine maturité de la conscience de soi propre à cette époque.

L'ego est ainsi fait, et c'est le psychanalyste corporel qui vous le dit ! Il a besoin de trois réussites pour produire une bonne estime de soi chez l'individu. C'est-à-dire un homme ayant accompli son « MOI » dans la réussite familiale et sexuelle, dans la réussite professionnelle et matérielle, et dans la réussite sociale.

Et voilà comment durant un siècle ce « MOI » réclamant toujours plus de « à moi, à moi » s'est développé.

Ainsi, dirais-je, dans cette petite histoire de la conscience du « MOI » l'homme est-il devenu **celui qui cherche à en avoir plus, toujours plus.** Alors que précédemment chez nos aïeux ce même « MOI » cherchait seulement à en avoir un peu, tant et si bien qu'alors toute nouveauté était si précieuse.

Ne nous méprenons pas : ce besoin de plus, ce besoin de toujours plus, fut salutaire tout un temps pour l'évolution de notre espèce et la maturité nouvelle de la conscience du « MOI ». Alors l'Occident, bientôt relayé par les Etats-Unis, ne tarda pas à être un modèle de réussite pour toute notre espèce. Et les valeurs du monde occidental peu ou prou devinrent une sorte de phare pour la terre entière, que chacun le veuille ou non.

Oui mais voilà, peu à peu l'évolution de l'ego chez certains devint dangereuse pour la vie même. Car il arriva un moment où l'ego devenu pathologique en Occident se mit à en réclamer de plus en plus, mais au détriment de la richesse du reste du monde.
Et il se produisit cette chose étrange, carrément stupide, où pour que certains gaspillent de plus en plus, les autres devaient désormais de moins en moins bien survivre. Voire même s'appauvrir de plus en plus ! Evidemment, un tel ego devenu fou ne pouvait rien présager de bon. Et puisqu'il était

incapable de comprendre tout seul l'ampleur de sa folie récente, il fallait bien que l'Histoire le rattrape au tournant.

Cet ego devenu carrément pathologique, tant il produisait dorénavant plus de misère d'un côté que de richesse de l'autre, c'est l'homme qui cherche à **en avoir trop**. Ainsi l'homme occidental, l'homme qui cherche à **en avoir plus**, toujours plus, est-il devenu au fil du temps l'homme qui cherche à **en avoir trop**, vraiment beaucoup trop. Et c'est précisément là que la terre en proie à une évolution pathologique des espèces – dont la nôtre n'est que le dernier maillon actuel, donc le plus responsable – est tombée malade.

Allez hop, tout d'un coup ce fut une bonne fièvre durant l'automne 2008 ! Et l'Occident étonné, le bougre, se réveilla soudain au milieu de la nausée et de la peur d'y rester. Tandis que le reste du monde tremblait devant ce grand frère malade qui était quand même un modèle, et dont il s'avérait qu'il n'était pas aussi magnifique qu'on pouvait le penser.

Ainsi nous voilà à un moment si particulier de l'Histoire de l'évolution des espèces, et de l'évolution humaine en particulier. Car la mutation qui commence est celle de l'homme qui cherchait à **en avoir plus** – principe naturel de la consommation capitaliste propre à l'ego – et qui est devenu

l'homme pathologique qui cherche désormais à **en avoir trop**.
Alors tout naturellement, la terre en danger à tous les niveaux, et principalement à cause de l'homme occidental d'ailleurs, est bien obligée de remettre de l'ordre dans cette histoire. Sinon la vie sur terre risquerait de disparaître.

Et soudain l'Occident hébété, le pauvre, est placé devant une nouvelle étape d'évolution de son ego, tant l'homme moderne, cet enfant gâté, devra se résoudre à l'avenir soit au bonheur **d'avoir mieux**, soit à la douleur **d'avoir moins**.

Vraiment tout est dit : la justesse un temps de l'homme qui cherchait à **en avoir plus**, la pathologie historique suivante qui créa l'homme qui cherchait à **en avoir trop**, pour aboutir à l'inévitable Crise qui invite l'homme désormais à choisir entre **avoir mieux** et **avoir moins**.

Car il faut être clair, la période de l'enfant gâté est terminée, tant il est l'heure de passer à celle de l'enfant aimé qui aura moins pour avoir mieux ! Mais cessons de nous effrayer avec des folies, jamais nous ne régresserons à l'enfant qui n'aura pas assez. Jamais cette mutation ne produira le chaos, ni le retour à une société tribale. Certes nous aurons moins obligatoirement, mais ce sera pour mieux vivre, apprendre à mieux avoir – peut-être en partageant – et non pas pour manquer de tout.

Sans aucun doute il faudra des dizaines d'années pour que cette évolution ait lieu ; il faudra d'ailleurs différents épisodes dans cette Crise pour que peu à peu nous soyons éduqués à **un avoir moins** devenu **un avoir juste**. Et comme nous le verrons plus loin dans cet ouvrage, à travers chaque étape l'homme devra apprendre à choisir entre une double réalité : « J'ai moins pour souffrir » ou bien « J'ai moins pour me réjouir en apprenant à vivre mieux ».

Vous n'avez pas idée combien cette période sera étrange pour certains qui ne seront pas prêts spirituellement. Ce qui au passage souligne combien durant cette Crise la vie spirituelle va reprendre toute son importance. Tant elle est la seule activité tout de même où l'homme s'éduque à être plus juste au-dedans comme au-dehors, où l'homme s'éduque à être meilleur.

Cette période sera étrange car l'ego va piquer ses crises d'illusion de souffrances, ses caprices propres au « MOI » qui nous donneront l'impression de tout perdre alors qu'en vérité nous ne manquerons de rien.

Il faut le dire et le redire : cette Crise ne sera jamais un retour au chaos, sauf pour ceux qui ne vont pas comprendre les temps qui viennent. Nous mangerons toujours à notre faim, nous dormirons toujours au chaud en hiver, nous serons préservés de l'insécurité et nous pourrons toujours nous soigner. Mais il est évident que dans cette période il y aura les mauvais joueurs d'un côté, ceux qui vont souffrir de perdre l'accessoire, et de l'autre il y aura les bons joueurs, ceux qui accepteront de revenir à l'essentiel.

Drôle d'histoire que celle de ce « MOI », drôle d'histoire que celle de l'évolution des espèces, quand **en avoir plus** devient **en avoir trop**. Mais cela s'est déjà passé dans les autres plans de conscience qui nous précèdent : avec le « C'EST » de la conscience minérale, le « ON » de la conscience végétale et le « NOUS » de la conscience animale. Alors pourquoi n'en serait-il pas de même avec l'homme et son « MOI » ?

Le **avoir trop** est devenu le **avoir mal** ! Et c'est ainsi que nous sommes devenus le nouveau Mal de la terre, nous les Occidentaux obèses. Comme en son temps le dinosaure était devenu un *trop froid*, contraint à être trop gros pour se réchauffer, ancien mal de la terre avant que des petits mammifères moins gros mais plus chauds intérieurement puissent sauver la vie sur notre planète.

Alors oui, c'est clair, l'Occident est devenu sans doute le nouveau mal de la terre. Et il faudra à plus ou moins long terme que notre capitalisme qui rend possible le **avoir trop** et le **avoir mal** soit capable de complètement se réformer sans avoir à se renier. Tant on ne peut pas se passer du « MOI » dans l'évolution de notre espèce et des modes politiques qui vont avec ce niveau de conscience.

Nous les Occidentaux, qui n'avons pas cessé de dénoncer le mal sur la terre entière, c'est à notre tour d'être le mal du monde. Sans doute un mal nécessaire pour que les choses évoluent, mais pas un moindre mal, tant nous avons fait de misères pour en arriver à nos fins. Evitons dans un tel contexte de jouer les victimes outragées devant les évènements qui s'annoncent. Ayons la dignité de nous remettre en cause individuellement, afin que ceux qui nous représentent collectivement – c'est-à-dire nos institutions et nos gouvernements – sachent faire de même. Alors cette Crise sera une chance et non pas un drame comme on se plaît à nous l'annoncer.

La Crise… une chance pour un nouvel ordre mondial !

Si c'est une chance pour notre monde intérieur, alors c'en est également une pour le monde extérieur, tant ces deux mondes sont inséparables. Aussi faut-il l'apercevoir, cette longue mutation qui va avoir lieu dans tous les pays.

Depuis peu, ils sont presque deux milliards de Chinois et d'Indiens à réclamer une part du gâteau, tant ils naissent à leur tour au besoin de posséder pour accomplir leur propre ego en voie d'apparition. Ce ne sont pas seulement des pays émergents, mais aussi et avant tout des ego émergents réclamant les mêmes avoirs que leurs modèles occidentaux.

Alors sans doute il nous faudra partager. Moins avoir, pour un petit nombre, afin qu'un plus grand nombre ait un peu ! Moins avoir en Occident pour que l'Orient ait un peu. Mais cela risque de poser deux problèmes à l'avenir : faire comprendre à nos ego d'Occidentaux qu'avoir moins ce n'est pas perdre, et faire comprendre aux ego débutants d'Asie et d'ailleurs qu'avoir autant que nous est désormais une chose impossible.

Pas simple de faire des bonnes parts dans ce gâteau quand soudain il y a de nouveaux invités ! Car cela va produire deux sortes de frustrés : ceux qui voient diminuer leur part et ceux à qui l'on sert une bien petite part pour commencer.

Mais comment refuser à un peuple l'accession à un ego plus développé ? N'est-il pas légitime que des nations entières en voie de développement accèdent un jour à l'envie d'un bon ego, comme ceux des Occidentaux qui remplissent les écrans de télévision ?

Ne faisons pas à l'échelle des pays ce que nous avons fait dans nos banlieues : interdire à quelques-uns l'accès à une réussite sociale, professionnelle et matérielle, l'accès à une dimension du « MOI » par ailleurs offerte au reste de la population. Sinon, nous le savons bien, par dépit, par souffrance, ils seront obligés d'instaurer une économie illégale leur rapportant une réussite de substitution – mais une réussite quand même – et donc un ego de rechange.

Si nous ne voulons pas produire des Etats voyous à l'image de nos banlieues, des zones de non-droit et de réussites marginales sur la terre entière, alors il faudra bien apprendre à partager. Mais surtout apprendre à partager de plus en plus. Car tous les pays historiquement en âge d'avoir un « MOI » quelque peu accompli devront bien un jour réclamer leur part du grand gâteau. Et tout ce qui ne participera pas à l'économie légale sera bien obligé de se tourner vers l'économie illégale pour satisfaire à l'évolution inéluctable de notre espèce.

Alors le problème est de taille. Et ce n'est pas un phénomène passager mais un phénomène vraiment durable. Tant ils ne vont pas cesser d'apparaître, les peuples réclamant leur part du gâteau ! Et désormais il va falloir se résoudre à partager de plus en plus, et donc à vivre avec une part restante de plus en plus petite.

Première leçon de cette Crise, semble-t-il : « Apprends à partager, sinon tu vas beaucoup souffrir ! »
Deuxième leçon de cette Crise : « Reviens à l'Essentiel au-dehors comme au-dedans, sinon avec le peu qui va te rester, tu vas vraiment manquer ! »

Mais il existe un troisième problème que cette Crise ne manquera pas de soulever, et cela produira une troisième leçon. Car il y a aussi de par le monde un milliard d'Africains nettement en dessous du seuil de pauvreté. Tout un continent menacé d'extinction si nous ne faisons rien. Non pas des ego naissants qui s'invitent autour de la table, mais des humains réclamant à manger et à boire pour sauver leur peau, pour ne pas mourir demain.

Déjà dans nos périodes de faste nous ne donnions pas assez pour sauver tous ces peuples. Alors que feront nos ego occidentaux qui viennent juste de réduire leur part ? Que feront les ego orientaux avec leur toute nouvelle et maigre part du gâteau ? De quoi seront-ils capables, tous ces nouveaux ego désormais si frustrés des deux côtés, face à la honte collective que devrait inspirer ce dénuement absolu ?

Le nouveau partage entre l'Occident et l'Orient va-t-il précipiter l'Afrique – et tous les pauvres du monde entier, y compris de nos grandes cités – dans une misère encore plus grande qu'aujourd'hui ? Ou bien aurons-nous le courage de réduire encore nos parts pour que ce continent soit sauvé ?
Là se trouvent le troisième problème et la troisième leçon à tirer !
Serons-nous capables d'accepter une seconde réduction de toutes les parts, juste pour retrouver un peu de dignité ? Seul l'avenir nous dira si après

le partage des privilégiés entre eux il reste encore une ou deux parts pour les déshérités.

Alors la troisième leçon pourrait bien être : « Apprends aussi à donner aux plus pauvres, si tu veux retrouver un peu de dignité ! »
Par conséquent, une quatrième leçon s'impose : « Tu as vraiment intérêt à revenir à l'Essentiel, à l'Essentiel au-dehors comme à l'Essentiel au-dedans, sinon avec ce qu'il te reste tu vas vraiment souffrir de manquer ! »

Ah, mais je ne suis pas sûr que vous m'ayez bien entendu à propos de ce retour à l'Essentiel ! Car c'est vraiment un élément déterminant pour traverser sans trop de mal les partages et les dons qui viennent.

Et qu'est-ce donc que revenir à l'Essentiel ? Sinon revenir aux dialogues intérieurs avec une certaine conscience, les mêmes dialogues d'ailleurs qu'avait Pinocchio avec Jiminy Cricket ! Revenir aux dialogues avec l'ange, aux dialogues avec notre maître intérieur, aux dialogues avec nos intuitions géniales et créatrices, peu importe le nom. Tant il s'agit de revenir à une intériorité humaine qui retourne à l'Essentiel, qui cherche la Vérité sans concession sur la juste valeur des choses, au lieu de se satisfaire des mensonges complaisants sur les fausses valeurs que nous avons engendrées.

A n'en point douter, ce retour à l'Essentiel sera aussi le retour de la foi devenue si nécessaire pour traverser ces diverses situations. A n'en point douter, la vie spirituelle reprendra du galon aux yeux de certains, tant elle reste le seul moyen pour apprendre à dialoguer intérieurement, pour apprendre à être meilleur quels que soient les évènements.

Sans le plaisir de partager entre privilégiés, sans le plaisir de pouvoir aider les déshérités, sans le plaisir de revenir à l'Essentiel, nous allons tout y perdre, et vraiment rien y gagner !
Seul ce triple plaisir, faisant de chacun de nous un nouvel homme de partage, d'aide et de dialogue essentiel, sera capable de nous faire surmonter toutes les épreuves.

Il est évident que cela devra commencer autour de nous, dans notre vie quotidienne à tous. En apprenant à partager entre voisins, en apprenant à aider nos pauvres à portée de main, en apprenant à revenir ensemble à l'Essentiel. Car si nous voulons qu'un jour nos institutions et nos gouvernements fassent de même, il faudra d'abord que nous ayons commencé. Rien ne se fera à l'échelle du monde entier tant que dans nos vies personnelles nous n'aurons pas des solutions nouvelles.

David Gergen, conseiller de quatre présidents des Etats-Unis, disait récemment* : « Dans les trente

* Extrait d'une interview de David Gergen, Paris-Match (Novembre 2008)

prochaines années – peut-être même plus tôt – les grands intervenants du monde vont changer à la table des négociations. La question est de savoir si l'Amérique et l'Europe y seront encore ! »

Et ce nouvel ordre mondial, qui ne se fera qu'à partir d'un nouvel ordre de nos vies personnelles, touchera vraiment tous les domaines. Une nouvelle valeur des choses va peu à peu s'instaurer, redéfinissant alors le sens du mot « précieux ». Une nouvelle estime de soi va faire son apparition, plus produite par la conscience du « JE » – je suis, si j'aide autrui – que par celle du « MOI » – je suis, si j'ai de plus en plus – redéfinissant alors le sens du mot « heureux ».

Sans doute assisterons-nous à l'émergence d'une nouvelle culture motrice après le modèle américain. Sans doute aussi une nouvelle maturité de la foi pourrait bien s'affirmer. Une sorte de spiritualité laïque plus attachée à l'expérience de dépassement personnel qu'à l'identification à une religion, sans pour autant avoir à la renier. Sans doute y aura-t-il un nouveau monde politique, peut-être enfin démocratique tant pour l'instant – reconnaissons-le – nous sommes plus en fin de royauté que véritablement en démocratie. Mais éviterons-nous l'épisode probable d'un retour momentané à une certaine forme de fascisme ?

Quel que soit le scénario qu'a prévu l'Histoire, c'est d'une grande mutation qu'il s'agit, et non pas d'une crise passagère. Vraisemblablement cette lente évolution de la maturité de notre espèce va déterminer à l'avenir deux formes d'humanité : celle du mauvais « MOI » pour tous ceux qui vont seulement y perdre au-dehors, et celle du bon « MOI » pour tous ceux qui vont vraiment y gagner au-dedans.

Et comme le bon « MOI » n'est autre que la porte d'entrée dans la conscience du « JE », alors l'Histoire aura joué son rôle : faire grandir la vie sur terre. N'est-ce pas une chance à saisir ?

Chapitre 3

Les avertissements du siècle dernier

Cette Crise avec un grand « C » – et que je continuerai à appeler ainsi pour correspondre au terme couramment employé – en nous obligeant au partage va nous inviter à deux façons de vivre les évènements, à deux formes d'humanité réagissant de manière différente devant les nouvelles circonstances de moindre possession : d'un côté celle qui va principalement y perdre au-dehors, pour avoir moins, et de l'autre celle qui va principalement y gagner au-dedans, pour avoir mieux.

Ainsi vont apparaître les deux jumeaux, deux hommes naissant à la même date, celle de la Crise. Deux hommes ayant des regards si différents sur leurs mêmes conditions d'existence. Tandis que l'un pensera vivre beaucoup moins bien, l'autre pensera vivre beaucoup mieux. Alors, au fil du temps et des divers épisodes de la Crise, nos deux jumeaux vont évidemment grandir, grandir surtout en divergences de plus en plus contradictoires. Et c'est ainsi qu'apparaîtront peu à peu deux lignées humaines, si jumelles à l'origine mais si différentes sur l'Essentiel qu'elles finiront par ne plus se ressembler du tout.

Tôt ou tard, chacun de nous devra choisir un camp plutôt que l'autre. Tôt ou tard, au cours des étapes successives, la souffrance de perdre encore ou bien le bonheur de partager plus détermineront à quel camp nous appartenons. Et personne aujourd'hui ne peut savoir avec certitude s'il passera bien tous les épisodes, s'il parviendra à chaque fois à transformer une nouvelle perte au-dehors en une nouvelle chance de partager pour y gagner au-dedans. Dès aujourd'hui il faut y songer : « Quelle chose est-il hors de question que je perde, quelle chose est-il hors de question que je partage ? » Car c'est précisément là que nous avons tous un rendez-vous sacré, celui qui déterminera dans quel camp nous voulons exister à l'avenir.

N'est-ce pas le but secret des sept épisodes de cette Crise : nous forcer à choisir, dans des expériences de manques croissants, entre l'acceptation ou le refus d'un certain dépassement de soi ? Quelle magnifique Crise alors, si les deux jumeaux occidentaux sont conviés à un tel choix historique entre l'évolution possible de notre espèce ou bien une régression tout à fait envisageable face à ces nouvelles circonstances de l'existence !

Dans tous les règnes précédents la phylogenèse nous raconte cette vieille histoire des deux jumeaux qui doivent toujours s'affronter pour que la vie progresse sur terre. Ainsi les minéraux avec ou sans oxygène, les végétaux avec ou sans photosynthèse, les animaux avec ou sans chaleur intérieure ne sont que les ancêtres de ces deux hommes avec ou sans Conscience, avec ou sans dépassement d'eux-mêmes. La vie bien avant l'homme n'a pas cessé d'inventer de nouvelles performances pour se sauver elle-même. Et c'est aujourd'hui au tour de l'homme – dernier épisode en date de l'évolution – d'inventer une nouvelle performance pour sauver à son tour la vie sur terre.

N'est-ce pas précisément la finalité de cette grande mutation historique qui commence : créer deux frères plus ou moins ennemis selon les épreuves qu'ils auront à traverser ? L'un avec les mains fermées tournées vers la terre et les yeux crispés, l'autre avec les mains ouvertes tournées vers le ciel et les yeux gentils. Deux frères bien distincts, de plus en plus distincts tant cela ne sera pas la même chose d'être enraidi par ses pertes ou bien assoupli par ses dons. Et dans cette histoire ce sera à chacun de choisir son camp, le moment venu, selon ses moyens ! Mais sachez-le, nos mains et nos yeux témoigneront toujours de notre choix.

Tenez, imaginons la situation suivante... Imaginons que l'avenir nous impose de partager dorénavant notre tondeuse à gazon, puis notre voiture, puis encore une maison secondaire, tant il deviendra de plus en plus difficile de tout avoir individuellement. Allez savoir jusqu'où ira cette Crise pour nous faire comprendre que désormais il faut tout partager, que désormais c'est un luxe inutile que de vouloir tout posséder ! Eh bien, il y aura celui qui souffre d'avoir perdu la liberté de tondre quand il veut, qui souffre d'avoir perdu sa tondeuse à lui, et celui qui sourit d'avoir gagné quelques amis pour si peu.

Deux mondes, oui, deux vécus si différents à partir d'un même évènement ! Mais celui qui aura réussi avec la tondeuse, réussira-t-il avec la voiture ou la maison à partager, dans les épisodes suivants ? Chacun sera le seul responsable du monde dans lequel il aura choisi de vivre. Et chacun doit déjà savoir que le prochain épisode nous fera encore rechoisir.

Mais la chose n'est pas si simple en vérité, car avant que les deux frères existent distinctement au-dehors, ils vont d'abord coexister au fond de chacun de nous. Oui, en chacun de nous il y aura un Bernard (mais chacun peut y mettre son propre prénom) avec d'un côté Béber – celui qui tient à son territoire et qui veut tout garder – et de l'autre Nanar – celui qui veut bien tout partager plutôt que de manquer. Et pendant un temps cela ne sera pas aisé d'être un petit Bernard hésitant sans cesse entre ces deux-là, selon les concessions que l'Histoire va lui imposer. A chaque épisode de partage réclamé, ce petit Bernard ne devra-t-il pas tâtonner entre ces deux modalités d'existence ? Ne devra-t-il pas composer avec toutes ses résistances ? Et s'il suffit d'être passé pendant cinq épisodes mais de succomber ensuite, au sixième, dans le refus de tout partager pour que désormais on appartienne à l'humanité des mains fermées, alors la chose n'est vraiment pas aisée !

Par quelles étapes allons-nous passer dans ce grand jeu pour que les deux frères au-dedans de chacun deviennent peu à peu deux humanités au-dehors ? Comment l'Histoire va-t-elle s'y prendre pour nous obliger à choisir et à rechoisir sans cesse notre camp ?
Il est fort probable qu'elle nous fera visiter un à un tous les domaines de partage possibles. Et ainsi risquons-nous de traverser une Crise qui se fera en sept épisodes successifs, sept épisodes aigus retentissant à chaque fois sur les épisodes précédents.

Mais avant d'entrer dans les détails d'un scénario possible, il convient d'être clair sur la nature de notre Crise : elle a pour but *seulement* d'engendrer deux humanités distinctes, deux frères plus ou moins ennemis au fur et à mesure des épisodes. Et il ne faut pas confondre cette Crise présente qui ne durera que quelques dizaines d'années, avec la grande période de crise suivante qui durera plusieurs siècles pendant lesquels les deux frères ennemis s'affronteront dans une guerre sans merci, « la guerre de tous contre tous » comme l'appelle l'*Apocalypse de Saint Jean*. Car avant que les deux protagonistes de l'évolution et de l'involution humaines s'affrontent pour la sauvegarde ou non de la vie sur terre, il faudra d'abord qu'ils soient créés, d'abord qu'ils soient nés.

Et c'est là le but de la période que nous commençons à peine, où chacun va peu à peu rejoindre son camp, pour au final engendrer deux façons de vivre fort contradictoires qui pendant tout un temps accepteront de se côtoyer sans heurts.

La Crise : l'accouchement des deux jumeaux

Cette Crise qui commence est donc seulement l'accouchement des deux jumeaux, la naissance de deux frères, en sept étapes. Et pour les chercheurs de sens, je ne peux que les inviter à comparer cette naissance jumelle d'un nouvel homme avec les sept étapes du traumatisme périnatal que tout humain traverse lors de sa propre naissance. Car se peut-il qu'il y ait quelques similitudes entre nos accouchements individuels et cet accouchement collectif que va produire l'Histoire ?

Avant d'entrer dans les détails de chaque étape que je préciserai plus loin, tentons d'apercevoir ces sept épisodes de la Crise, ces sept épisodes d'un double accouchement annoncé.

Il n'est pas besoin d'être devin pour dire que tout commencera par une grave crise financière et qu'ensuite, comme des dominos tombant les uns sur les autres, d'autres étapes suivront. Nous subirons donc après la crise financière un épisode économique de grave récession, puis un épisode énergétique de pénurie tant annoncée. A l'image des trois premières étapes de notre naissance – la décision de naître, le long couloir du ventre et les points de blocage* – nous aurons sans doute à décider de renaître à une nouvelle forme de vie, à traverser le long couloir des partages croissants, pour en arriver chacun à notre point de blocage du partage impossible à accepter.

Alors nous entrerons dans l'épisode où cette Crise deviendra politique, tant le capitalisme devra savoir se réformer sans se renier, avec peut-être un passage par le fascisme et/ou une troisième guerre mondiale si nos gouvernements ne savent pas prendre à temps leurs responsabilités. Quatrième étape de cet accouchement collectif. Et si durant notre naissance nous sortons du ventre chacun à notre façon, à moitié dehors déjà et à moitié dedans tant nous sommes encore reliés par le cordon, eh

* Voir : B. Montaud. *L'accompagnement de la naissance*, Ed. Edit'as, 1997.

bien, il en sera de même pour nos deux jumeaux : encore à moitié dans l'ancien système mais aussi à moitié dans un nouveau monde que seule la politique peut inventer. Il faudra sans doute de la vraie démocratie pour que le cordon soit coupé, et une révision du capitalisme désormais soumis à un certain partage des biens, pour que nos poumons se déplient dans une première inspiration nous faisant prendre pied dans un nouveau monde.

Alors pourra survenir le cinquième épisode de cette Crise : l'épisode spirituel et philosophique, car c'est une nouvelle façon de croire tout autant qu'une nouvelle façon d'être qu'il faudra inventer. Tous les épisodes précédents auront mis l'humanité devant de si graves questions, de si grandes interrogations ! Il lui faudra bien apercevoir ce nouvel homme qui va avec ces nouvelles circonstances de vie.

Tout comme à la naissance le traumatisme périnatal nous montre soudain de plein fouet le « monde des hommes sans amour » dans lequel nous venons juste de mettre les pieds, cet épisode de la Crise devrait soudain nous révéler les hommes sans amour que nous sommes collectivement devenus pour avoir permis une telle misère humaine et une telle pollution de la terre. Oh bon sang, cela ne sera pas simple de se découvrir sans amour à ce point !

Alors bien évidemment ce sera avec un épisode humanitaire puis un épisode écologique que s'achèveront les sept étapes de la Crise. Comme pour nous indiquer à la folie combien sans amour nous avons engendré un monde qui est devenu fou. Dans le traumatisme périnatal il en est déjà ainsi : il nous faut percevoir à la folie combien même maman est une infirme d'amour, combien pour ne pas devenir fous nous-mêmes il nous faudra désormais accepter de *moins voir pour moins souffrir*, ce qui est le propre du traumatisme fondateur de notre personnalité.

Alors la Crise nous fera peut-être traverser une grande pandémie ou bien un désastre humanitaire, puis ensuite une étape de dérèglement écologique avec un risque d'accident nucléaire ou bien une catastrophe climatique. Histoire de nous faire mesurer de plein fouet où en est arrivé le monde des hommes sans amour. Histoire de nous faire *mieux voir pour moins souffrir*, ce qui sera le propre du dépassement de notre espèce pour fonder un monde nouveau.

Sans doute, à l'image des sixième et septième étapes de l'accouchement où le nouveau-né frôle la déraison pour avoir la force d'installer la raison, l'humanité fera-t-elle de même lors des deux dernières étapes de cette Crise, en frôlant collectivement la déraison pour avoir la force d'installer une nouvelle raison.

Résumons-nous maintenant… Il semble donc que cette Crise va traverser sept épisodes : financier, économique, énergétique, politique, puis spirituel, humanitaire et écologique. Pour que les deux frères plus ou moins ennemis apprennent à choisir leur camp dans tous les domaines. Et qu'ainsi à la sortie de cette période les deux jumeaux de l'humanité soient nés, deux populations humaines acceptant tout à fait de vivre ensemble pour l'instant, malgré leurs profondes divergences.

D'ailleurs, n'avons-nous pas déjà été avertis depuis un siècle ? Ne sommes-nous pas déjà au courant de combien, dans chacun de ces secteurs, les choses vont mal ? Arrêtons de nous voiler la face : nous avons tous plus ou moins consciemment le pressentiment que les choses ne pouvaient pas durer ainsi. Et comment le savons-nous ? Sinon parce que l'Histoire n'a pas cessé de nous prévenir !

Les avertissements du siècle dernier

Il y a eu tant d'avertissements que le monde entier a entendus sans tenir compte de leur gravité ! Tant d'avertissements qui nous ont tous interpellés sans que nous ne changions rien à nos conditions de vie. Alors comment peut-on être étonnés de la Crise qui commence, et qui résulte tellement de notre surdité ?

Il y eut d'abord la crise de 1929, financière et économique à la fois, comme une répétition générale de la nôtre. Car déjà il s'agissait d'un problème de crédits dangereux accordés lors de l'achat de certaines actions boursières. Alors la bourse s'est effondrée. Et il faudra attendre vingt-cinq ans pour qu'elle retrouve le 23 novembre 1954 les mêmes valeurs d'indices boursiers.

Lors de cette crise, l'argent sans valeur avait fait son apparition, entraînant la panique des épargnants, les retraits massifs et les faillites bancaires. Mais où va la monnaie quand elle se sépare de plus en plus de son équivalent or ? Il faudra Bretton Woods en juillet 1944 pour que les Etats-Unis – alors détenteurs de 75% de l'or mondial – fassent reconnaître leur monnaie comme nouvel étalon international de valeur après l'or. Désormais seul le dollar américain sera reconnu comme valant autant que de l'or. Et le mensonge d'un argent de plus en plus virtuel put continuer. Un siècle de crédit à outrance va ensuite multiplier sans fin la masse monétaire, produire des billets de plus en plus artificiels, tant c'est l'emprunt qui maintenant créait sans cesse de la monnaie. Mais où allions-nous, sinon jusqu'à cet automne 2008 ?

Ce fut ensuite, dès 1931, l'épisode d'un véritable effondrement économique. Les crédits se sont taris. La consommation, les investissements et la production ont fait une chute vertigineuse.
C'était « la crise de confiance », comme ils disaient ! Avec son lot de faillites des entreprises trop faibles, avec son lot de misère chez les particuliers. Bref, c'est tout le monde du travail qui allait exploser, comme par exemple aux Etats-Unis avec 1,5

millions de chômeurs en 1929 qui sont devenus 15 millions en 1933, seulement quatre ans plus tard.

La crise économique va s'étendre ensuite à toute l'Europe et au monde entier. Partout les Etats reviennent à un certain protectionnisme. Partout le monde politique tergiverse sans vraiment trouver de solutions à cette crise. 1933, c'est pourtant le « New Deal » de Roosevelt, ce plan de relance qui aboutira quand même à la dévaluation du dollar en 1934. En 1936, c'est la dévaluation du franc, la grande marche contre la faim à Londres. Mais où allions-nous, sinon vers 2010 ou 2012 peut-être, quand le monde du travail va de nouveau nous exploser à la figure en produisant une grave récession ?

Il s'ensuivit alors une période d'instabilité politique. Et c'est sans doute à cause d'une certaine inefficacité des gouvernements ne sachant pas prendre des mesures concertées, ne sachant pas trouver des solutions pour sortir de cette crise, que l'émergence d'Hitler et de tous les fascismes européens a été possible, évitant peut-être même une anarchie bien plus grave des peuples qui aurait pu se produire.

Incapable d'inventer tous ensemble un nouveau capitalisme peut-être un peu plus juste dans le partage des richesses, le monde politique avait-il d'autre solution que la guerre pour rétablir l'économie et faire revenir chacun à la raison ?

D'ailleurs n'en est-il pas de même dans nos foyers, quand incapables de résoudre un problème pacifiquement nous en venons toujours à la guerre pour finalement trouver une solution ?

Alors ce fut 1939-1945 ! La terrible guerre qui engendra tant de morts d'un côté, mais aussi une relance de l'économie par la suite, et un certain retour à l'Essentiel pour tous les peuples devant une telle barbarie. Bien évidemment, les solutions que nous aurions dû inventer en temps de paix sont devenues des idées folles : la fausse race pure du nazisme tout autant que l'idée du faux partage du communisme.
Comme si à défaut d'avoir su être Meilleurs naturellement, il nous avait fallu désormais combattre le délire d'un faux meilleur aryen. Comme si à défaut d'avoir su instaurer un vrai partage des richesses que la crise d'alors réclamait, il fallait à l'avenir supporter le spectacle désastreux de l'avilissant partage marxiste.

A n'en point douter, cette guerre fut la solution de rechange à laquelle le monde a dû se résoudre, tant il n'avait trouvé aucune solution pour sortir de la crise de 1929.
Mais où allions-nous à cette époque, sinon vers un futur conflit autour de 2015 peut-être, et vers l'apparition de futurs tyrans fous si nous ne trouvons pas de solutions efficaces pour sortir de la Crise de 2008 ?

Il s'ensuivit alors un épisode de reconstruction, d'innovation politique, de partage du monde et de guerre froide, mais aussi d'une certaine prospérité économique. Juste avant qu'une étape de crise énergétique fasse son apparition. On est seulement en 1950. Et jusqu'en 1959 la crise du charbon va sévir sur toute l'industrie. Pénurie de charbon, puis surabondance de charbon due à l'émergence du pétrole. Le monde est à nouveau en crise, celle de la mutation de ses sources d'énergie. Et dire qu'il faudra attendre jusqu'à 1973 pour que la première crise du pétrole nous annonce combien l'avenir est sombre en matière de consommation d'énergie.

Mais où allions-nous à l'époque, sinon vers le nucléaire d'aujourd'hui comme solution suivante, sinon vers un XXIe siècle qui devra affronter lui aussi sa propre mutation de sources énergétiques ?

Bien sûr il y eut ensuite la crise philosophique et spirituelle de 1968. L'émergence de la drogue comme une habitude démocratisée, comme une certaine paresse à obtenir le meilleur de soi sans faire le moindre travail sur soi. Une foi de paresseux en quelque sorte, offerte par tous ces produits. Et puis la vie en communauté, l'amour en communauté, et le refus de réussir selon les critères de l'ego. Il aurait fallu entendre en profondeur ce besoin de réformer la foi uniquement religieuse, ce besoin de vivre ensemble autrement, peut-être dans un certain partage, ce besoin de dépasser l'ego et ses réussites sclérosantes au lieu de le renier de la sorte. Il aurait fallu entendre cette crise mystique et philosophique de 1968 qui posait quand même les bonnes questions, même si les réponses trouvées ne furent souvent qu'égarements.

Où allions-nous en 1968, sinon vers une spiritualité laïque plus en quête de l'expérience intérieure sans drogue que d'une croyance en un Dieu institutionnel ? Sinon vers une vie communautaire qui décidera de partager de plus en plus sans avoir besoin de rejeter l'ego, vers un retour à l'Essentiel sans nécessairement tout quitter pour garder des chèvres, et vers une libération des mœurs qu'il faudra bien finir par entendre, sans pour autant avoir besoin de nier le couple.

Où allions-nous en 1968, sinon vers une crise de l'Essentiel à la fois spirituel et philosophique qui aura lieu peut-être autour de 2020 ? Et qui dira : « Cette fois, ça suffit ! Depuis 2008, il est urgent de passer à une autre façon de croire, une autre façon de réussir, une autre façon d'aimer ! »

Ensuite la foi est devenue folle, quand l'intégrisme des années 1990 commença à se répandre, quand au nom de Dieu on se donna le droit de tuer des innocents. Quel cancer de la pensée que d'en arriver à de telles conclusions ! Mais d'un autre côté, l'absence de foi créée par la modernité n'était-elle pas aussi une autre forme de cancer, quand le superficiel remplace à ce point l'essentiel et que le seul intérêt qui nous reste pour le ciel est désormais dans la météo ?

La foi devint si folle qu'elle trouva son apogée un certain 11 septembre 2001. Mais où allions-nous, sinon vers des formes de foi encore plus folles si nous n'y prenons pas garde ? Et ce n'est pas ce ridicule combat contre un soi-disant phénomène sectaire en grande partie inventé qui sera la bonne réponse à donner au problème du renouvellement de la foi dans le monde.

Comment ne pas voir aussi que depuis les années 1980-1990 les richesses des uns entraînent une augmentation de la pauvreté des autres ? Mais quand donc la misère en aura-t-elle marre d'être pauvre ? Comment ne pas voir que la misère du monde s'accroît, au point d'arriver sur les trottoirs de nos grandes cités ? Créer des SDF et ne rien faire depuis si longtemps, créer l'agonie de l'Afrique et continuer de tout gaspiller !
Comment voulez-vous que cet épisode passé n'annonce pas une terrible réplique où nos bonnes intentions humanitaires seront bien insuffisantes ?
Quand misère croissante et surpopulation existent de concert, c'est souvent par de grandes pandémies que les populations se régulent, comme par exemple chez les termites, chez les abeilles. Alors pourquoi pas chez les hommes ?
En créant autant de misère et de surpopulation soudainement aggravées par la Crise, n'est-on pas en train d'appeler une grande maladie contagieuse,

un terrible virus capable de réguler la population mondiale contre notre gré ?

Où allons-nous, depuis ces années-là, en inventant les actions humanitaires d'urgence tant nous sommes incapables de résoudre le problème de fond de la misère ? Où allons-nous, sinon vers d'autres crises humanitaires qui seront de plus en plus graves, et où l'on devra réinventer un humanitaire cette fois-ci non séparé du spirituel si on veut que le problème de fond soit enfin abordé ?

Ne me dites pas enfin que nous n'avons pas été avertis le 26 avril 1986 lors de l'accident de Tchernobyl ! Ne me dites pas que nous ignorons la pollution et le réchauffement planétaires qui depuis vingt ou trente ans progressent de façon vertigineuse. Et qui nous hurlent aux oreilles : « Qu'est-ce que vous attendez ? » Sans aucun doute nous nous préparons aussi à un épisode de crise écologique majeure dans les temps qui viennent, et ce n'est pas faute d'avoir été avertis.

Alors se peut-il que le siècle dernier nous ait annoncé en modèle réduit tous les épisodes qui nous guettent dans le siècle qui vient ? Se peut-il qu'à quelques variations près nous soyons conviés à une crise encore plus forte, tout simplement parce que nous n'avons pas su entendre les avertissements précédents ?

Et comme toujours en pareilles circonstances quand on tarde à comprendre, c'est par une surenchère de douleurs que l'on finit par entendre. J'aimerais me tromper, mais il me semble bien que la crise que l'Histoire annonce est là depuis l'automne 2008. Et c'est une seconde chance qui nous est offerte. Une seconde chance pour réformer nos habitudes de vie en traversant les sept épisodes de cette Crise qui vient.

Tout comme il nous faut apprendre à lire le sens des évènements de nos vies personnelles pour en comprendre les intentions et ainsi apaiser nos vies, il nous faudra à un autre niveau apprendre à lire les évènements de la Crise pour en saisir les intentions historiques et apercevoir les solutions possibles pour y répondre.
Ainsi allons-nous essayer d'observer les sept étapes de notre Crise et tenter de voir ce qu'elle attend de nous à chaque étape.

Une certaine modernité s'achève en Occident, et une postmodernité va chercher à s'instaurer où tout sera de nouveau à inventer. Mais où naîtra-t-elle ? Dans quelle partie du monde une nouvelle culture motrice va-t-elle inspirer la terre entière ? L'Occident sera-t-il encore de la partie ou bien, tellement dépassé et accroché à ses anciennes valeurs, deviendra-t-il une civilisation sur le déclin ?

Souvenons-nous des années 1900 quand la modernité alors s'inventait ! Et regardons maintenant l'an 2000. Quel voyage parcouru tout de même en un siècle à peine, grâce à l'Occident si créateur de richesse et de misère à la fois. Il y a certes eu beaucoup d'erreurs, mais aussi tant de génie humain durant toutes ces années pour inventer ainsi la modernité. Elle est incroyable quand même, la route que nous avons faite en cent ans à peine ! Car que reste-t-il des conditions de vie du XIXe siècle ? Pratiquement rien !

Gageons que durant le siècle qui vient nous aurons tout autant réformé le monde, réinventé une vie quotidienne plus juste qu'aujourd'hui. Gageons qu'en 2100 les hommes auront pour nous le même étonnement que de nos jours nous avons pour nos ancêtres d'il y a cent ans. Gageons que le siècle à venir sera tellement créateur lui aussi qu'il ne restera pratiquement rien du XXe siècle non plus. Mon Dieu, comme nous avons tous cru que les choses allaient toujours durer ainsi ! Mon Dieu, comme il était impossible qu'elles restent en l'état !

Les sept étapes qui commencent maintenant racontent d'un côté l'histoire d'un homme qui va se réveiller, et de l'autre celle d'un homme qui va s'endormir… les deux jumeaux, quoi !
Et lequel des deux serons-nous ?

Chapitre 4

Les sept épisodes de la Crise

Si la civilisation précédente fut celle de l'invention de la modernité inspirée par les Etats-Unis et l'Europe en tant que modèles sociaux, politiques et économiques, alors la civilisation qui vient sera celle de la postmodernité à son tour inspirée par des peuples ayant su trouver des solutions nouvelles aux différents problèmes que va soulever notre Crise.

Si la civilisation précédente – celle du siècle dernier – fut celle de l'accomplissement de l'ego inventant un monde propre à ses intérêts, un monde capitaliste nourrissant à merveille toutes les fringales du « à moi, à moi », alors la civilisation suivante, en Occident, sera celle du dépassement de l'ego inventant un nouveau monde adapté à de nouveaux intérêts, tant nous ne pourrons jamais plus tout avoir comme avant. Sauf si nous acceptons de tout partager…

Et c'est là précisément que la Crise qui commence devient une véritable chance, une bénédiction oserais-je dire, tant elle va à travers ses sept épisodes amener certains pays à fonder une nouvelle économie, un nouveau monde politique et financier, une nouvelle façon d'utiliser les énergies, une nouvelle forme de foi, un nouveau sens de l'humanitaire et une bien meilleure perception courante de l'écologie. Chaque épisode viendra tour à tour nous éduquer à ces divers problèmes. Chaque épisode va soulever dans nos vies intérieures des questions cruciales de survie. Et chaque épisode va alors attendre de nous des solutions adaptées aux nouvelles circonstances imposées par la Crise.

Bien évidemment, nul ne sait le temps que l'Histoire va mettre pour nous conduire peu à peu vers des comportements radicalement nouveaux. Car même si l'on peut apercevoir clairement où nous allons, personne ne peut savoir le temps qu'il faudra pour que des douleurs suffisantes nous fassent accepter les changements auxquels nous résistons encore.

Etrange nature humaine ! Il lui faut toujours un certain seuil de souffrance pour avoir le courage de prendre ses grandes décisions.

Sans aucun doute, car l'Histoire se répète sans cesse mais toujours un étage au-dessus, notre

Crise présente traversera sept épisodes : financier, économique, énergétique, politique, spirituel, humanitaire et écologique. Alors essayons de voir les enjeux de chacun de ces épisodes et quelles mutations profondes de nos habitudes de vie chaque étape réclamera. Essayons d'apercevoir les intentions de l'Histoire dans ce grand jeu qui commence !

Premier épisode : D'abord la crise financière...

Automne 2008 : la crise financière explose comme une bombe ! Une nouvelle fois, c'est par le crédit devenu fou que la goutte d'eau fait déborder le vase. Et voilà les fameux subprimes, ou comment s'enrichir au plus vite sur le dos des emprunts des pauvres et tellement brouiller les pistes pour que plus personne ne soit finalement responsable ! Mais les subprimes ne sont qu'un symptôme, et l'Amérique n'est que le premier malade concerné. En aucun cas les Etats-Unis ne sont les responsables de la crise actuelle, ne nous trompons pas.

C'est tout le capitalisme qui est devenu fou et l'argent – son sang – qui est devenu sale ! Immoralité financière, déresponsabilisation des prises de risque, profits honteux et ruines en cascades des malheureux emprunteurs ! L'argent devient trouble et s'infecte d'intentions douteuses.

Ajoutons à cela la faillite des Etats avec des taux d'endettement records depuis des dizaines d'années qui, même s'ils ne sont pas à rembourser, témoignent pourtant que les affaires ne sont pas très saines. Car enfin, que veut dire un pays perpétuellement endetté ? Car enfin, que veut dire un endettement qui n'est pas soumis à remboursement ?

Ajoutons encore une masse monétaire croissante depuis la démocratisation de l'emprunt des particuliers. Une masse monétaire produisant une valeur de plus en plus virtuelle de toutes nos monnaies.
Ajoutons enfin l'argent vraiment sale des paradis fiscaux et des Etats voyous qui gèrent aujourd'hui toute une économie illégale et qui – en représentant 20% de l'économie mondiale – devient intouchable sous peine de faillite collective.
Bref, l'argent est devenu tellement faux, le sang du capitalisme est désormais tellement malade, qu'il est bien normal que la Crise commence par lui !

Celle qui guida mes pas – Gitta Mallasz – disait souvent : « Le Saint qui manque le plus à la terre, c'est le Saint de l'argent juste ! » Et je veux bien le croire, tant il faudrait vraiment réinventer un argent propre, un argent plus juste, quelque peu relié à une valeur étalon. Le chantier est énorme, et quelles pertes faudra-t-il pour que les Etats se penchent vraiment sur des solutions nouvelles ?

Il faudrait revoir le métier de banquier, revoir le principe même du crédit, revoir les droits et les obligations de la spéculation, repenser la création de la monnaie, la planche à billets et l'endettement chronique des Etats. Quel immense chantier ! Quels pays auront le courage de le faire ? Car à ce niveau-là, que peut-on faire en tant que simple citoyen ? Rien du tout ! Tellement il faudrait une volonté politique mondiale pour que les choses bougent. En tous les cas une volonté de quelques pays courageux qui entraîneront alors le reste du monde dans leur sillage. Il y a tellement d'intérêts contradictoires en jeu que sans des décisions mondiales les choses ne changeront jamais.

A défaut de l'émergence d'une culture motrice nouvelle innovant en matière financière, nous risquons fort de nous enfoncer dans un mensonge croissant de la monnaie. Un gravissime mensonge de la monnaie ! Car si l'argent n'a plus qu'une valeur virtuelle, de plus en plus virtuelle, que vaudra notre ego condamné à se satisfaire d'un mirage ? Soyons clairs : l'argent sans valeur produit un ego sans valeur, ce qui engendrera un humain obligé tôt ou tard de retourner à ses plus bas instincts !

Mais comme toujours, il faudrait que chacun de nous ait le courage de voir que tout a commencé dans nos porte-monnaie. « Qui suis-je, avec l'argent ? » Celui qui triche produit l'Etat tricheur, celui qui vole produit l'Etat voleur, et celui qui vit à crédit en permanence produit l'endettement chronique de son pays. Bref, à ce jeu-là, il n'y a que les pauvres qui sont innocents !

« Que suis-je devenu, avec mon argent ? » Sinon un corrompu, un corrompu condamné aux crédits, un corrompu condamné à tricher avec l'impôt, un corrompu condamné à voler pour en avoir toujours plus, un corrompu condamné à produire de la misère pour être plus riche encore. Comme toujours, nous avons les institutions financières que nous méritons, car tout a commencé dans nos porte-monnaie. Car c'est nous les premiers tricheurs, c'est nous les premiers affamés de l'argent facile, c'est nous les premiers voleurs, c'est nous qui en premier avons rendu l'argent sale. Il est trop facile de dire que ce sont les autres – toujours les autres ! – et que nous, nous serions de pauvres petites victimes.

Avant d'avoir le droit de réclamer des institutions financières propres, ne faudra-t-il pas d'abord que nous soyons propres avec nos finances personnelles ? Ne faudra-t-il pas que pour nous-mêmes nous nous soyons posé les questions essentielles en matière d'argent, afin que l'Etat puisse à son tour résoudre ce problème à son échelle ? Ne faudra-t-il pas que nous inventions la propreté financière d'abord dans nos foyers, si nous voulons qu'un jour ceux qui nous représentent à la tête de l'Etat fassent de même ? Tout est dit à qui veut bien l'entendre !

Alors la Crise d'aujourd'hui est la crise de l'argent qui devient fou tout autant dans nos foyers que dans nos Etats. Mais c'est dans l'intériorité humaine qu'il faut voir combien c'est une crise profonde qui se prépare, une crise sans précédent de l'estime de soi !
Car si l'argent n'a plus qu'une valeur virtuelle, que vaut ce que nous achetons avec cet argent-là ? Que devient la juste valeur des choses ? Et comment donc allons-nous retrouver une bonne estime de nous-mêmes si notre ego est aussi virtuel que l'argent d'aujourd'hui ?

En voilà des questions qui dépassent largement le cadre financier, et qui touchent directement à notre état de conscience moyen – le « MOI » – soudain attaqué de plein fouet !
Car il faut être clair : tout ce qui touche à l'argent frappe le plan de conscience du « MOI » en son centre. Tout ce qui touche à l'argent est un véritable séisme pour la stabilité de notre personnalité et l'estime de soi.

Ainsi, peu à peu, on se retrouve devant le problème spirituel de la crise financière : si l'argent représente dans la matière la bonne santé du « MOI », alors l'ego va être bien malade avec de l'argent qui se porte de plus en plus mal ! Et tous nos ego le savent déjà, tous se sont crispés, tous redoutent désormais le pire. Ils ont beau dire, ils ont beau faire, tous nos gouvernements, l'argent qui s'effondre avec les faillites bancaires fait que chacun de nous s'effondre un peu au-dedans de lui-même. Et cela n'est plus une crise financière, mais une redoutable crise de l'estime de soi en premier lieu, une redoutable dépression collective qui se prépare déjà dans les coulisses de chacun.

Faisons une parenthèse, pour juste un peu d'histoire de l'évolution de la conscience humaine. Au temps de la conscience du « nous » – celle qui précéda l'ego – l'organisation tribale et la possession collective étaient plus importantes que le besoin de personnalité et la possession individuelle. Mais au fil du temps l'ego a fait son apparition dans l'homme. Et il s'est mis à réclamer sa dose de « à moi, à moi ». Alors cette conscience du « MOI » a inventé l'argent sous de multiples formes, depuis la lettre de change jusqu'au billet de banque, pour permettre la possession du « à moi ». Ainsi tout problème d'argent, tout problème concernant la valeur des choses, retentit immédiatement en profondeur sur notre ego déstabilisé qui ne peut plus avoir comme il voudrait.

Et dans ces circonstances, l'humain se trouve devant deux directions possibles en matière d'évolution de sa conscience : soit la peur va faire régresser certains vers le niveau de conscience précédent, celui du « nous », produisant une humanité retournant à des valeurs tribales, à des instincts collectifs de survie ; soit au contraire d'autres vont essayer de dépasser l'ego vers le niveau de conscience suivant, celui du « JE », nouvelle façon d'avoir une estime de soi non plus dans la possession mais dans le partage.

C'est parce que l'argent est le centre et le sang de l'ego que soudain il peut le déséquilibrer à ce point, en faisant retourner certains vers leurs bas instincts ou bien grandir d'autres vers leurs dépassements. Et la crise financière suffit pour que la ruine possible ruine toute estime de soi dans chaque individu.

Oui, c'est gravissime de dire soudain à des hommes que l'ego par lequel ils se sont construits durant tout le siècle dernier n'a plus qu'une valeur virtuelle, de plus en plus virtuelle. C'est gravissime, car pour ne pas perdre la raison ils devront trouver une autre valeur des choses, un autre moyen de percevoir le monde, un autre moyen d'avoir une bonne estime d'eux-mêmes, soit vers le haut, soit vers le bas.

La crise financière n'est-elle pas déjà en train de concevoir deux humanités possibles désormais, comme lors de la première étape de l'accouchement ? D'un côté ceux qui ne veulent pas y aller, de l'autre ceux qui acceptent d'en découdre. Sans doute faudra-t-il les six autres épisodes de cette Crise pour que ces deux jumeaux d'humanité naissent complètement et scellent ainsi deux destins pour toute notre espèce. D'un côté les hommes MOI/nous, de moins en moins « MOI » et de plus en plus « nous », attirés par une perception du monde liée à la peur de manquer, au principe de survie instinctive et à son lot de violence pour parvenir à ses fins. De l'autre les Hommes JE/moi, de moins en moins « MOI » et de plus en plus « JE », attirés par une perception du monde liée au partage nécessaire pour ne pas manquer, liée au principe spirituel d'un retour à l'Essentiel et à son lot de solidarité avec autrui pour parvenir à ses fins.*

Qu'est-ce qui fera la différence, sinon la foi retrouvée et le travail sur soi ? N'est-ce pas le propre des voies spirituelles que de s'entraîner au dépassement de soi-même ? N'est-ce pas le propre des voies spirituelles que de retrouver une autre estime de soi dans l'ego dépassé ? Alors gageons que tous ceux qui s'entraînent depuis de nombreuses années seront plus prêts pour traverser cette Crise vers le haut. Tandis que les autres, sans entraînement préalable, auront tellement plus de risques de succomber à la tentation du bas.

Sans une vie spirituelle forte, l'homme aura-t-il un autre choix que de régresser dans un niveau de conscience très instinctif, un niveau de conscience de simple sauvegarde de sa propre survie ? Sans doute le manque de foi de l'Occident, le manque de considération pour le travail sur soi, va-t-il produire une population où 80% retourneront vers un niveau de conscience antérieur et seulement

* Voir : B. Montaud et coll. *La Psychologie Nucléaire – un accompagnement du Vivant.* Ed. Edit'as, 2001, pp.162-187.

20% tenteront le dépassement vers le niveau de conscience suivant.

Avec la seule crise financière, tout est en place pour que la suite ait lieu : la création peu à peu des deux jumeaux nés à l'automne 2008, voués à être de plus en plus distincts.
Alors bénie soit la Crise, si l'argent fou produit l'argent juste un jour prochain ! Bénie soit la Crise, si tout cela produit vraiment chez certains un dépassement de l'ego, un dépassement de notre ancienne façon d'exister.

Deuxième épisode : Ensuite la crise économique...

La crise économique sera bien évidemment la première conséquence de la crise financière. Et sans doute aggravera-t-elle l'épisode bancaire au fur et à mesure que le monde économique s'enfoncera dans la récession. Une chose est certaine – et nos gouvernements devraient le dire plus clairement – c'est une grave crise économique qui va avoir lieu. Une crise qui ne durera pas un ou deux ans, comme il est annoncé, mais dix ou vingt ans peut-être, en restant optimiste. Mais comme toujours il y aura d'abord une phase aiguë suivie de plusieurs phases d'adaptation à des conditions économiques nouvelles.

Alors que va-t-il se passer ? Sans être devin, mais seulement en observant l'Histoire qui se répète et les erreurs accumulées ayant poussé tous les problèmes un étage au-dessus, on peut être certain que divers phénomènes vont obligatoirement avoir lieu. Mais dans quel ordre et dans combien de temps, seule l'Histoire nous le dira ! Car la vieille loi des souffrances nécessaires pour avoir la force de tout changer continuera d'opérer.

Chacun sait que le moteur de l'économie est la croissance, qui depuis plusieurs dizaines d'années régulait tout le système. Alors avec la croissance zéro et la récession – c'est-à-dire la décroissance – c'est tout un nouvel ordre qui va devoir s'installer. Et il faut saisir que si la croissance, aussi maigre soit-elle, permet à l'ego d'encore espérer en avoir plus, la décroissance confirme après l'épisode financier combien désormais il va falloir se résoudre à en avoir moins, de moins en moins. Deuxième couche, pourrais-je dire ! Mordant encore plus profondément l'être dans la peur décuplée d'un avenir incertain.

Devant cette peur réflexe, saisissant l'intimité de chacun, la consommation va baisser et la production devra alors suivre le mouvement. C'est tout le commerce qui sera ainsi touché, tout le monde du travail qui va soudain vaciller. Il sera alors inéluctable qu'en Europe comme aux Etats-Unis le chômage se mette très fortement à augmenter. Et dans des proportions telles qu'une grande partie de la population commencera à manquer. Tandis que dans les pays émergents, dans le même temps, le monde du travail se développera, la consommation augmentera et la croissance s'affirmera de plus en plus.

Etrange phénomène historique que cette délocalisation générale du monde du travail, que cette réorganisation des lieux de production à moindre coût ! Se peut-il que pendant que les uns – les Occidentaux – devront chercher la suite du monde du travail, les autres – les pays émergents – devront à leur tour se développer selon les critères qui firent notre richesse au siècle dernier ? Comme si l'Histoire disait aux uns : « Bon, maintenant ça suffit, il vous faut passer à autre chose ! » et comme si elle disait aux autres : « Bon, maintenant il faut y aller si vous voulez vraiment sortir de la misère ! » Comme si c'était le principe même du travail, entre la fin des études et l'âge de la retraite, qu'il fallait recomprendre en Occident.

Comment gagner sa vie désormais, dans un pays sans emploi ? Quel sens donner à la vie active, sans travail ? Et ce sacro-saint travail si important pour toutes les générations de nos parents, qu'est-ce qui va bien pouvoir le remplacer ?
Avec la crise économique, c'est toute la question du travail qui va devoir être repensée. C'est toute la question de la vie active, de la vie productive, mais productive de quoi ? Se peut-il que la fin du monde du travail oblige les Occidentaux à inventer les

débuts du monde du Service, avant de conduire un jour les hommes dans le monde de la Tâche, c'est-à-dire à une économie qui permettrait à chacun de trouver ce pour quoi il est venu sur terre ? Utopie, bien sûr !

Gageons qu'à la fin de ce siècle toute une économie de services va s'instaurer en Occident, tout comme au siècle dernier se développa le monde du travail, si naturel à nos yeux aujourd'hui. Gageons que l'humanité sera aussi inventive à promouvoir le Service qu'elle a su l'être par le passé avec le travail ! Et gageons enfin que désormais servir de façon rentable sera une nouvelle façon de réussir professionnellement !

Car il faut faire une distinction entre le travail producteur de biens, le Service producteur de services – comme son nom l'indique – et la Tâche qui seule sait relier la dimension matérielle et la dimension spirituelle dans une aide offerte à la vie sur terre, à toutes les formes de vie. Le travail, le Service et la Tâche ne sont-ils pas trois façons d'avoir une vie active de plus en plus tournée vers l'Essentiel ? Et si la crise économique qui vient poussait l'Occident à grandir en matière de perception du sens de la vie active ? Alors ne serait-ce pas une chance, une véritable bénédiction que nous passions à autre chose, pendant que des pays émergents passeraient tout à fait naturellement par le monde du travail pour sortir à leur tour de la misère et conquérir un ego qui désormais leur revient ?

L'Histoire s'amuse à simplement bouger les pions sur le grand damier du monde, pour que chacun progresse à sa mesure. Ah mais alors elle est juste, cette Crise, elle est bonne pour tout le monde si elle nous offre dans un siècle une réforme de la vie active non plus occupée par le sacro-saint métier, mais par des services rendus notre vie durant et monnayés à la hauteur de leur efficacité ! Car si d'un côté cette Crise annonce la fin d'une société du travail, de l'autre elle annonce aussi le début d'une société de services qui, en 2100, sera tout aussi surprenante que le monde industriel de l'an 2000 peut l'être pour celui qui se souvient des débuts du siècle dernier.

Sans doute la consommation moindre d'un côté, la consommation augmentée de l'autre, et au milieu la misère prise en otage dans cette répartition nouvelle des richesses, vont-elles engendrer une crise des prix des matières premières. Tout simplement parce que nous serons beaucoup plus à vouloir les utiliser.

Ce nouvel ordre mondial du travail, de la consommation et de la production va nécessairement en Occident retentir sur la valeur des produits ordinaires que nous consommions sans même y penser. Comme si jusque dans les biens les plus courants, l'enfant gâté que nous étions se mettait soudain à apprécier la juste valeur des choses. Comme si les besoins superficiels et les besoins essentiels devenaient plus distincts à nos yeux.

Quel bouleversement de découvrir soudain la relative importance de la mode au regard de l'importance d'un vêtement chaud et confortable. Ainsi, des commerces de biens peu importants vont disparaître, des habitudes de consommation d'objets de moindre nécessité vont changer. Et pendant que certains produits de consommation courante prendront de la valeur, d'autres perdront toute valeur à nos yeux.

Mais comment une telle mutation va-t-elle pouvoir arriver ? C'est là qu'il nous faut apercevoir combien ce second épisode de la Crise est à l'image exacte de la seconde étape de l'accouchement. Et combien au « long couloir du ventre » que traverse le nouveau-né correspond le « long couloir des pertes » que va traverser l'homme durant cet épisode économique de récession généralisée.

Cette crise économique diminuera considérablement la consommation. D'abord parce que le consommateur va de lui-même revenir à l'essentiel en éliminant peu à peu le futile et l'accessoire ; ensuite parce que les prix augmentant pour divers produits courants il en résultera une modification de nos habitudes de consommateurs ; enfin parce que certains biens vont purement et simplement disparaître du commerce.

Nos habitudes de vie courantes se modifieront donc peu à peu, avec un recentrage de la consommation vers l'essentiel. Un nouvel ordre de la valeur des choses ordinaires de nos existences va s'instaurer. Et même si nous ne manquerons jamais des produits de première nécessité, sans doute nos choix se feront-ils sur une moins grande diversité, et dans un registre de moindre qualité.

Oui, il nous faudra perdre peu à peu certaines habitudes de consommation, certains objets de notre vie, certaines tendances aux achats compulsifs. Et de perte en perte, sans doute allons-nous recentrer notre intérêt vers la vraie valeur des choses en créant un nouveau marché des valeurs pour chaque chose. Et dans ce long couloir des pertes de notre consommation, c'est par la douleur que nous allons nous réguler. Mais à ce niveau de la Crise, nos pertes seront encore plus ou moins acceptables. A ce niveau de la Crise, certains souffriront sans doute du manque pendant que d'autres, en apprenant à partager, ne perdront rien en vérité.
C'est avec l'épisode suivant, celui de la crise énergétique, que nous entrerons dans des pertes plus difficiles à supporter, voire même inacceptables, pour que chacun grandisse encore un peu. Et nous verrons plus loin dans cet ouvrage

quelles solutions nous pourrons trouver pour chacune de ces étapes de pertes croissantes.

Alors bénie soit la Crise, si elle permet de naître en Occident à la notion de Service comme nouveau métier ! Bénie soit la Crise, si elle nous apprend la juste valeur des choses ! Bénie soit la Crise, si elle nous fait redéfinir toute la vie active !

Troisième épisode : Une crise énergétique viendra alors

Aujourd'hui déjà les experts savent que la production mondiale de pétrole ne pourra bientôt plus répondre à la demande croissante de consommation mondiale en énergie. Aujourd'hui déjà ils savent aussi que les gisements nouveaux, qui ne seront opérationnels que dans une dizaine d'années, ne pourront pas répondre à la demande accrue produite par l'arrivée d'immenses pays émergents comme la Chine ou l'Inde.

S'il nous faut des chiffres, voilà ceux de Pierre-René Bauquis, ancien Directeur de la Stratégie et Planification chez Total, et actuellement Professeur Associé à l'ENSPM. Selon lui, les besoins énergétiques du monde augmentent de 2% par an. Et même si pendant un temps la consommation de l'Occident va se réduire à cause de la Crise, l'arrivée sur le marché de grands pays devrait maintenir, voire augmenter cette croissance en besoins énergétiques.

Comme le dit René Bauquis : « En 2035, selon les estimations couramment admises, il faudrait que le monde consomme 165 millions de barils par jour. Or aujourd'hui nous produisons 85 millions de barils par jour, et dans le futur nous ne pourrons jamais dépasser 100 millions de barils par jour. On sait dès aujourd'hui que les gisements découverts il y a dix ans, et qui vont rentrer en exploitation, n'augmenteront plus la production et ne pourront donc pas assumer l'augmentation de la demande. »

Nous entrons donc dans une période où il est désormais impossible de répondre à la demande mondiale en énergie.

Aujourd'hui toutes les conditions sont en place pour que du jour au lendemain un épisode aigu de crise énergétique soit possible. Car une modification de seulement 3% de la production mondiale – c'est-à-dire un accident politique ou industriel en Iran, en Arabie Saoudite, au Venezuela, au Nigéria ou en Irak – produirait une crise qui en deux jours ferait passer le prix du baril de 100 dollars à 500 dollars. Soit cinq fois le prix du litre de carburant actuel ! Et 3% de la production, c'est vraiment trois fois rien, ce qui nous indique la grande fragilité du système actuel.

Il est donc fort probable qu'au milieu des tensions créées par les deux épisodes précédents, une crise énergétique apparaisse soudain. Sans doute aura-t-elle lieu au moment où l'économie occidentale aura un peu redémarré. Mais selon toute probabilité nous aurons alors du jour au lendemain un prix du litre de carburant se multipliant par cinq au minimum, pendant une courte période très difficile pour l'économie mondiale déjà si défaillante. Puis un retour progressif à un prix d'équilibre, vraisemblablement autour de 150 dollars le baril. Entre parenthèses, notons qu'en 1973, lors de la Guerre des Six Jours, les prix furent multipliés par dix ; qu'en 1979, lors de la chute du Shah d'Iran, ils furent multipliés par cinq, tout comme en 2003 lors du troisième choc pétrolier.

Il faut s'imaginer une chose pareille ! Soudain le litre de carburant à 5 ou 6 euros le litre ! Il faut s'imaginer combien soudain nous serons devant des pertes difficiles dans notre quotidien. Rien à voir avec les épisodes précédents ! Car avec le manque d'énergie ce sont tous les secteurs essentiels de notre mode de vie occidental qui seront touchés : le chauffage, l'électricité, tous nos déplacements en voiture, tous les frais de transport des denrées, les voyages en avion, etc.

Sans doute, chacun sera mesuré dans sa façon de plus ou moins bien vivre toutes ces pertes inacceptables, et dans la mise en place inéluctable de comportements de moindre consommation d'énergie. Sans doute, une révision complète de notre mode de vie en matière énergétique rendra possible le lancement de grands plans basés sur le nucléaire surtout, et plus accessoirement sur les énergies alternatives.

Nul doute qu'après la mutation énergétique charbon/pétrole du siècle dernier va apparaître celle du pétrole/nucléaire pour le siècle qui vient. Nul doute aussi que les populations, même en étant effrayées par la pollution et le danger du nucléaire, ne tarderont pas à réclamer son développement, tant l'utilisation des biocarburants au-delà d'une certaine limite produirait des famines en masse. Et tant les autres énergies alternatives seront encore en retard dans leur développement.

Evidemment, avec le coût accru des transports, toutes les matières premières vont subir des augmentations très importantes, puisque la plupart traversent la terre entière pour arriver dans nos magasins. Evidemment aussi, des logements aux normes d'isolation très hautes et des véhicules à basse consommation d'énergie vont apparaître, entraînant d'importantes modifications de nos habitudes de vie. Mais nous avons tant gaspillé d'énergie depuis cent ans, n'est-il pas quelque part vraiment juste que nous soyons rappelés de la sorte à la raison ?

Ce sera donc le troisième épisode de la Crise ! Où nous allons affronter les pertes difficiles et

inacceptables parfois, qui nous feront choisir le camp de l'homme aux mains fermées de plus en plus, ou bien celui de l'homme aux mains de plus en plus ouvertes.
Inévitablement, pour chacun de nous, avec ces pertes si difficiles il y aura un grand rendez-vous invisible et sacré nous intimant l'ordre de choisir un destin plus qu'un autre, une humanité plus qu'une autre. Et à cette époque il sera vital de savoir perdre en gardant le sourire pour inventer une nouvelle façon de vivre.

Bien sûr, d'un certain point de vue cela ressemble à des épreuves croissantes pour que l'homme du « MOI », l'homme occidental, se remette en question. Mais c'est aussi une opportunité exceptionnelle d'un monde plus juste et d'une croissance spirituelle de chacun. Nous avons tant exagéré dans tous les domaines dans un passé récent, nous avons tant refusé une vie spirituelle capable de nous remettre en question qu'il me paraît bien normal, et même salutaire pour toute notre espèce, que cette Crise nous bouscule vraiment afin que les choses changent désormais.

Bénie soit donc cette Crise qui rattrape cent ans de paresse spirituelle ayant produit cent ans de gaspillage et de pollution en matière énergétique ! Bénie soit cette Crise, si elle nous apprend à perdre au-dehors pour y gagner au-dedans !

Quatrième épisode : Une crise politique viendra ensuite

Acculés de tous les côtés par un système financier puis un système économique et énergétique défaillants, nos gouvernements devront trouver alors des solutions nouvelles et courageuses pour faire face à la situation. Sauront-ils prendre leurs responsabilités forcément impopulaires ? Sauront-ils à temps réformer le capitalisme sans avoir à le renier ? Là est toute la question. Car l'épisode de crise politique qui suivra sans doute les trois autres sera d'une importance capitale pour l'avenir de la paix dans le monde.

En tous les cas un nouvel ordre mondial devra voir le jour. Car les pays émergents, à forte croissance pendant notre récession et à forte consommation pendant notre disette, seront quand même en train de sauver le monde de la faillite complète. Sans doute assisterons-nous à l'émergence d'une nouvelle hégémonie politique, à la fin de l'hégémonie américaine, et à la fin aussi des privilèges accordés à l'Europe du fait de son ancienne hégémonie au cours des siècles passés.

Sans doute un nouveau capitalisme devra-t-il être inventé, avec des parts de gâteau désormais plus réduites tant les pays seront plus nombreux à manger. Alors disparaîtra peut-être la notion de pays, et dans un effort politique sans précédent se fondera partout dans le monde la notion d'Etats unis : Etats-Unis d'Europe, Etats-Unis soviétiques, Etats-Unis d'Afrique, d'Asie, d'Amérique du Sud ou encore d'Australie. Et il faudra certainement attendre la grande Crise suivante pour que la mondialisation soit enfin possible.

Quoiqu'il en soit, la notion politique d'Etats unis devra accoucher de la vraie démocratie, et non pas de cette démocratie royaliste à laquelle nous assistons encore de nos jours, où le chef d'un Etat peut être élu sur un programme qu'il n'est pas tenu de suivre à la lettre.

Quoiqu'il en soit, ce nouveau capitalisme démocratique devra se fonder à temps, car l'Histoire nous raconte que lorsque le monde politique tarde à réformer les choses, alors il devient obligatoire qu'une guerre mondiale ramène tout le monde à la raison et finisse par imposer les solutions précédemment refusées.

Soyons-en sûrs, le capitalisme va devoir se réformer sans se renier car cela reviendrait à renier l'ego, ce qui est une chose impossible. Soyons-en sûrs aussi, il faudra des réformes structurelles s'attaquant aux fondements des divers systèmes financiers, économiques et politiques pour éviter la troisième guerre mondiale. Car toutes les réformes actuelles sont pour l'instant seulement des réformes conjoncturelles essayant de faire survivre tant bien que mal le système au lieu de le réformer.

Puissions-nous éviter les fascismes démocratiques et les fous en tout genre qui risquent de surgir au pouvoir de partout dans le monde en proposant à nouveau une fausse race pure et un faux partage. Car si les réformes politiques attendues par l'Histoire n'ont pas lieu en temps de paix, alors ce sera par la guerre que nous y serons contraints. Se peut-il d'ailleurs qu'entre 1930 et 1939, si les gouvernements avaient pris leurs responsabilités, la seconde guerre mondiale aurait pu être évitée ? Cette seconde guerre mondiale qui permit tout de même que des réformes structurelles financières, économiques et politiques soient enfin mises en place, mais seulement au sortir du conflit.

Lors de cet épisode de crise politique mondiale, très probablement existera-t-il une période de grande violence sociale. Et ce nouvel épisode, plus ou moins à cheval sur les autres, sera sûrement l'occasion de s'affronter à un nouveau problème : l'insécurité. Cette insécurité courante qui nous fera protéger nos cuves à mazout, protéger nos jardins peut-être, protéger en tout cas tout ce qui nous reste. Tant la misère finira bien un jour par sortir des banlieues pour aller voir dans les beaux quartiers !
Alors la violence sociale produite par des réformes impopulaires, plus l'insécurité engendrée par des modes de vie de moins en moins acceptables pourraient bien faire apparaître des régimes plus autoritaires.

Mais cette insécurité quotidienne s'ajoutant aux diverses pertes des étapes précédentes risque fort de produire, chez chacun de nous, ou bien le retour à la tribu protectrice soumise à la loi du plus fort ou bien l'apparition de communautés de partage soumises à la loi du plus juste et du plus aimant, et allant jusqu'à vivre dans de mêmes lieux.

Une chose est certaine : tôt ou tard, avec l'insécurité croissante et le nouveau caractère précieux des biens de consommation, les hommes seront obligés de se regrouper. Soit dans la régression tribale de l'humain de plus en plus « nous » et de moins en moins « MOI », soit dans une communauté de partage de l'humain de plus en plus « JE » et de moins en moins « MOI ».
A un monde beaucoup plus violent les hommes répondront par une vie en groupes de plus en plus prononcée. Que ce soit dans les groupes tribaux ou dans les communautés de partage, la vie quotidienne deviendra tout autre. Et il sera désormais inconcevable de posséder une télévision à soi, une voiture à soi, peut-être même une maison à soi, tant pour maintes raisons il sera plus simple et plus sécuritaire de tout partager.

De même qu'en 1900 il paraissait impossible que chacun ait sa télévision, sa maison et sa voiture, se peut-il qu'en 2060 il soit incroyable de les avoir encore individuellement ? Mais cette lente mutation de nos habitudes quotidiennes se fera toujours – je le répète – dans deux directions : soit vers le groupe tribal de partage imposé, soit vers la communauté de partage choisi. Et cette longue mutation aura lieu principalement en Occident, pendant que dans les pays émergents c'est l'accession à la propriété qui sera le nouveau modèle social à la mode.

Que ce soit avec ou sans la troisième guerre mondiale, les régimes politiques vont donc devoir inventer un nouvel ordre du monde. Que ce soit avec ou sans la troisième guerre mondiale, nous traverserons un épisode d'insécurité pour que nous cherchions une sécurité nouvelle. Mais n'est-ce pas notre modernité occidentale qui, en inventant l'hyper-assuré, en inventant la fausse sécurité en tout genre, force ainsi l'Histoire à nous faire vivre la solidarité obligatoire comme seul vrai moyen d'être assurés et rassurés ?
Oui vraiment, nous devenions ridicules avec nos assurances pour un oui et pour un non. Voilà que la solidarité sera désormais le seul moyen de nous protéger. Car il faut bien le dire aussi : nos anciens systèmes de protection sociale ne pourront pas tenir bien longtemps dans ces périodes de crises successives. Les arrêts-maladie, la sécurité sociale, la retraite, tout cela devra être repensé, et sûrement compensé par une solidarité devenue obligatoire quand il n'y a plus d'argent dans les caisses pour nous protéger.

Bref, c'est toute la vie humaine qui sera peu à peu remise en question. Et sans aucun doute dans l'épreuve, par l'épreuve, pendant que certains seront moins bien d'autres seront meilleurs.

Bénie soit la Crise, si elle nous met en sécurité dans des communautés de partage ! Bénie soit la Crise, si elle invente la vraie démocratie dans les Etats-Unis d'Europe ! Bénie soit la Crise, si elle réforme le capitalisme sans le renier ! Car nous avons tout à y gagner.

Cinquième épisode : Alors une crise spirituelle et philosophique surviendra

Tôt ou tard, à la suite de tels bouleversements financiers, économiques, énergétiques et politiques, il sera bien normal que les hommes se retrouvent devant de grandes questions à résoudre, des questions spirituelles et philosophiques à la fois. Et quand les choses terrestres changent à ce point, comment voulez-vous que les choses célestes ne bougent pas à leur tour ! Alors, forcément, un épisode aigu de crise spirituelle finira par avoir lieu. Tant la foi elle aussi devra grandir en maturité et s'adapter aux conditions nouvelles d'existence.

Sans doute les grandes religions monothéistes vont-elles se radicaliser chacune à sa façon au fur et à mesure des étapes de cette Crise. Et cette radicalisation – qui a déjà tant commencé dans l'islam, mais aussi dans la chrétienté avec un pape

figeant la foi dans le passé au lieu de l'ouvrir à la modernité – cette radicalisation rendra asociales et impopulaires ces différentes Eglises. Alors il se produira peut-être un certain déclin de l'hégémonie religieuse, un certain déclin de cette forme de foi, largement aidé par l'intolérance croissante du discours religieux.
Sans doute aussi divers intégrismes continueront-ils à nuire à l'image même de la foi monothéique. Et tout comme aujourd'hui l'ensemble de l'islam souffre de ses intégristes, il se peut bien que demain la même chose arrive à la chrétienté.

Sans doute aussi existera-t-il par ailleurs des persécutions religieuses et des conflits toujours aussi navrants entre des populations de religions différentes. Sans doute encore de nombreuses nouvelles formes de foi feront-elles leur apparition. Des petits mouvements absolument pas destinés à devenir une religion mais à rester une mosaïque d'expériences spirituelles diverses selon les enseignements des uns et des autres.

Alors peut-être la foi laïque et citoyenne apparaîtra-t-elle peu à peu. Cette foi plus intéressée par l'expérience intérieure que par l'identification à un système religieux. Cette foi réclamant désormais un Dieu plus personnel au cœur de l'expérience de transformation. Cette foi dans l'ange, dans le maître intérieur, ou dans notre inspiration géniale venant remplacer la foi en un trop lointain Créateur. Cette foi qui sans renier la foi précédente, sans se délier du chemin indiqué par les prophètes, n'éprouvera plus le besoin de se conformer aux rites désormais trop figés des institutions religieuses. Cette foi enfin qui saura relier l'intériorité avec un engagement citoyen dans les dimensions humanitaire et écologique.

Et cela n'a-t-il pas déjà commencé, tant les églises se vident d'un côté pendant que les mouvements spirituels se remplissent de l'autre avec pourtant des exigences beaucoup plus élevées ? Bref, à cette époque les hommes deviendront beaucoup plus des chercheurs spirituels que des croyants. Car c'est l'expérience centrale du dépassement de soi-même qui guidera les pas de cette nouvelle foi, sous de multiples formes.

Or ne l'oublions pas, les hommes vivront à cette époque dans un contexte permanent de pertes successives, d'insécurité et d'instabilité politique. Et cette expérience du dépassement de soi, du passage du pire au meilleur de soi-même, sera devenue un besoin central pour désormais mieux vivre son quotidien. Il va alors se créer une sorte de synergie entre la vie ordinaire réclamant de se dépasser et une foi nouvelle qui, justement, proposera cette expérience centrale de dépassement aux nouveaux croyants. Les conditions de la vie ordinaire se rapprocheront tellement, sans que l'on s'en aperçoive, des conditions de la vie spirituelle que naturellement cela produira un certain réveil de la foi.

Alors, grâce au retour à une vie plus simple, grâce aussi à une existence désormais plus juste suite aux divers épisodes de la Crise, tous ces nouveaux comportements inciteront l'homme à cette nouvelle forme de foi : la foi spirituelle laïque. Et cette croissance de maturité de la foi dira aux hommes combien tous ces autres comportements qu'ils ont découverts sont une chance et non un drame, transformant ainsi la Crise en une vraie bénédiction.

Car il est important de le dire : seule cette foi saura faire comprendre aux humains que les évènements qu'ils traversent sont une opportunité de nouveaux bonheurs, une opportunité d'évolution intérieure. Partout ailleurs on criera au scandale, ou à la punition bien méritée : une tout autre version des faits !
Oui, peut-être bien qu'assez naturellement la vie quotidienne renverra chacun à une certaine foi spirituelle laïque et citoyenne, une foi dans l'expérience d'être meilleur grâce aux épreuves de la Crise, une foi dans la solidarité désormais obligatoire avec autrui, une foi dans le partage nécessaire pour avoir une nouvelle estime de soi.

Cette conjonction avec le vécu de chacun, invitant à une nouvelle forme de foi pour mieux comprendre ce qui nous arrive, produira un formidable retour sur le devant de la scène de la vie spirituelle tant oubliée depuis un siècle. Sans aucun doute, comme l'avait dit André Malraux, « le XXIe siècle sera spirituel ou il ne sera pas ».

Cette spiritualité dans l'ordinaire a pour but de nous apprendre à bien vivre tout ce qui nous arrive. Cette spiritualité laïque dont le centre est l'instant a pour finalité le passage du pire au meilleur de soi. Et cette spiritualité sans exploit n'a d'autre intention qu'une tentative d'évolution de notre espèce, en la faisant passer de la conscience du « MOI » à celle du « JE », produisant ainsi de tout autres yeux sur le monde et une tout autre définition de soi.
Ainsi l'homme de plus en plus « JE » et de moins en moins « MOI » aura-t-il transformé sa foi, en fonction du nouveau plan de conscience qui fait croire désormais tout autrement.

Sans doute ne verrai-je pas cet épisode aigu de la Crise où la foi sera soudain le centre du problème. Tant c'est vers le milieu du XXIe siècle qu'il devrait avoir lieu. Mais les choses n'en resteront pas là. Car l'Histoire cherchera dans les deux épisodes suivants à désormais tester cette nouvelle foi face à la misère des hommes, face à la misère de notre terre souillée.

Bénie soit la Crise, si elle nous fait grandir en maturité dans la foi ! Bénie soit la Crise, si elle nous enseigne que toutes les réponses sont en nous-mêmes ! Bénie soit la Crise, si elle nous renvoie aux dialogues avec l'ange, aux dialogues avec notre Conscience, comme une nouvelle habitude humaine ! Bénie soit la Crise, si après un siècle de recherche de confort extérieur, elle instaure un siècle de recherche du confort intérieur !

Sixième épisode : Alors arrivera l'épisode humanitaire

Parce qu'il faudra bien que ce nouvel homme ayant conquis de nouveaux comportements de vie associés à une nouvelle foi soit mis en face de ses responsabilités, les épisodes suivants nous mettront de plein fouet devant la misère humaine et la misère écologique de la terre que nous avons tous engendrées.

Sauf si une troisième guerre mondiale a fait des catastrophes, il est fort probable que durant la seconde moitié du XXIe siècle la terre subira une importante surpopulation. Premier fléau humanitaire !

Mais à ce premier fléau viendra s'ajouter un second : la grande misère d'une importante partie de la population, misère en Afrique, misère dans nos grandes cités pour tous ceux qui auront sombré. Car chacun ayant dû accepter de réduire sa part du gâteau – en Occident comme dans les pays émergents, puisque désormais nous serons beaucoup plus nombreux à devoir manger à notre faim – il deviendra de plus en plus difficile d'avoir encore à réduire nos parts pour aider la misère dans le monde. Et jusqu'où serons-nous capables d'aller avant de nous réveiller ?

Peut-être faudra-t-il que cela devienne une véritable honte collective que de voir disparaître l'Afrique, d'en voir disparaître tous les animaux et les hommes à la fois ? Peut-être faudra-t-il que nos trottoirs deviennent invivables dans les grandes métropoles, tant ils étaleront une sous-humanité désolante ? Quelle misère faudra-t-il, pour que nous ayons vraiment mal et que nous décidions de bouger ?

En tous les cas, comme souvent en pareilles circonstances, quand misère et surpopulation s'additionnent la vie risque d'inventer sa solution : une pandémie pour réguler la situation.
Allons-nous assister à l'émergence d'une toute nouvelle maladie, comme chaque siècle créa la sienne ? Allons-nous devoir subir une maladie connue mais devenue très contagieuse par mutation de virus ? Toujours est-il que sans doute un « super sida » invitera les hommes à l'intolérance ou bien à la compassion, pendant qu'une partie de la population mondiale sera décimée.

Mais la crise humanitaire aura aussi un autre aspect. Tant une vie désormais un peu plus juste dans tous les domaines induira très probablement un allongement significatif de la durée de vie, créant ainsi une population vieillissante et inoccupée qui sera lourde à porter pour la société occidentale. Troisième fléau et troisième dimension humanitaire : que faire de nos vieillards si inutiles ? Jusqu'où irons-nous dans le mépris de la fin de vie, tellement nous avons peur de la mort ? Jusqu'où irons-nous dans l'abrutissement de la vieillesse, alors que le grand âge est aussi une possibilité de sagesse ? Il faudra que les vieux deviennent très nombreux et encombrants pour que les hommes commencent à être gênés et commencent à s'en occuper vraiment. Il faudra que les hommes acceptent la question de la mort pour enfin avoir le courage de considérer autrement leurs vieux.

Oui, se peut-il que dans un tel contexte ce soit la question de la vieillesse et de son utilité possible qui occupe la fin du XXIe siècle ? Car tout me porte à croire que la fin de ce siècle, après avoir inventé une nouvelle forme de vie active fondée sur le Service, après avoir recompris un peu mieux la vie humaine dans sa phase adulte, sera devant le problème du XXIIe siècle : la vieillesse, et surtout la mort.

Tout me porte à croire aussi que cette longue mutation de notre espèce produira de nouvelles populations peu propices à la générosité, car ayant depuis peu accès au « MOI » et réclamant leur part de consommation ; alors qu'en Occident une population ayant accès au « JE » pourrait bien inventer d'autres modalités d'existence plus solidaires et plus humanitaires. Mais tout cela au milieu d'une humanité frustrée, figée dans des comportements régressifs et qui ne portera qu'un intérêt distrait à toute la misère du monde.

Bénie soit la Crise, si malgré nos richesses désormais moins grandes nous sommes encore capables d'aider les plus démunis. Qu'elle soit bénie, si elle recomprend la vieillesse aussi ! Qu'elle soit bénie, si elle apprend à mieux regarder la mort en face !

Septième épisode : En dernier ressort la Crise sera écologique

Evidemment tous ces épisodes vont plus ou moins se superposer, mais chacun aura néanmoins sa phase aiguë. Et il est fort probable que l'inévitable passage à l'énergie nucléaire, à la fission nucléaire si dangereuse et si polluante par ses déchets, entraînera quelques accidents lors du prochain siècle. L'homme maître du minéral doit sans doute passer par la fission nucléaire et tous ses tâtonnements, s'il veut un jour dans un lointain futur contrôler la fusion nucléaire qui, elle, sera propre et non polluante.
Mais combien d'accidents devra subir notre espèce pour en arriver à ce résultat ?

Il est à prévoir aussi que les pollutions planétaires diverses ne vont pas cesser, et qu'elles vont même augmenter avec les pays émergents. Et l'on peut s'attendre à des changements climatiques qui, à plus ou moins long terme, devraient poser des problèmes majeurs à la vie sur terre. Combien de catastrophes nous faudra-t-il pour comprendre l'urgence de vrais programmes antipollution ?

N'oublions pas non plus le problème de l'eau qui risque fort, durant le prochain siècle, de devenir plus précieuse que le pétrole. Et de modifier à son tour nos comportements quotidiens. Même si nous revenions à une agriculture cent pour cent biologique, il faudrait beaucoup de temps pour que les eaux redeviennent propres. Mais avec le manque d'eau dans une partie du monde, avec de l'eau impropre dans l'autre partie du monde, les hommes connaîtront sans doute une guerre de l'eau comme le siècle passé a vu des guerres du pétrole.

Il faut apercevoir ces sept étapes de la Crise comme en même temps superposées et en même temps se succédant les unes aux autres. Il faut apercevoir combien, à travers toutes ces étapes, c'est notre regard sur les épreuves successives qui en fera des chances à saisir ou bien des calvaires à subir. Et que par là les deux jumeaux vont peu à peu devenir distincts, de plus en plus distincts.
Tout cela prendra un siècle peut-être, ou beaucoup plus ou beaucoup moins ! Selon notre faculté d'agir soumise à la loi de la douleur suffisante qui donne le courage nécessaire.

Pendant que les uns inventeront de nouvelles conditions d'existence courageuses, avec les mains ouvertes et les yeux gentils, avec le partage comme nouvelle économie, avec la solidarité comme nouvelle forme d'estime de soi, les autres lutteront pour préserver les avantages acquis, lutteront les mains fermées, les yeux crispés pour conserver un mode de vie qui deviendra de plus en plus impossible. Au terme des sept épisodes de cette grande mutation, l'Histoire sera arrivée à ses fins : la création des deux jumeaux d'humanité, adaptés ou inadaptés aux conditions nouvelles de la société.

Alors bénie soit la Crise, car qu'on le veuille ou non, la vie aura progressé sur la terre à travers ces divers épisodes ! Faisant avancer chacun selon ses moyens.

Chapitre 5

Processus d'adaptation à la Crise

Comment ne pas indiquer une fois encore aux chercheurs de sens combien, s'ils veulent mieux sentir les sept épisodes de cette Crise, il conviendrait de les rapprocher point par point des sept étapes de la naissance lors d'un accouchement ? Car c'est bien d'une naissance qu'il s'agit, celle du nouvel homme qui devrait voir le jour à l'issue de cette grande mutation, à l'issue de cet accouchement de toute notre espèce.

Mais par quel processus d'adaptation ce nouvel homme va-t-il apparaître ? C'est là tout le propos de ce chapitre : étudier comment l'intériorité va triompher (ou échouer) de l'extériorité pourtant de plus en plus pressante. Et une fois encore, je voudrais répéter combien durant cette Crise ce sont nos yeux qui feront la réalité, combien ce sera notre lecture des évènements qui produira des solutions possibles ou bien des impasses. Bien sûr, nos conditions de vie vont sans doute considérablement changer, mais selon la lecture que nous en ferons, ces nouvelles conditions de vie seront une chance ou bien un enfer.

Si la crise de 1929 a poussé l'homme à inventer la modernité au-dehors et l'égocentrisme au-dedans, la Crise de 2008 incitera l'homme à créer la postmodernité au-dehors et l'altruisme au-dedans.

Avant de rentrer dans les détails du processus d'adaptation à la Crise, faisons le tour de ce que nous savons déjà. Pour dresser une sorte d'état des lieux des circonstances historiques et des grands enjeux de notre période actuelle.

L'ambiance mondiale de la Crise

Après la vieille Europe qui dirigea l'Histoire pendant plusieurs siècles vint le tour des Etats-Unis de devenir une culture motrice entraînant le reste du monde à tenter de les imiter.
Bien sûr, les Etats-Unis se sont bâtis principalement sur une immigration venue d'Europe. C'est-à-dire, en matière d'évolution de la vie intérieure, sur un ego déjà construit venant chercher de la réussite matérielle dans un nouveau monde. Sans aucun doute, les Américains ont ainsi développé ce niveau

de conscience à l'extrême, au point de fonder les premiers Etats unis du monde et une économie où la réussite financière individuelle fut toujours possible. Le rêve américain, quoi ! Le comble du « MOI » !

Cette réussite sociale, économique et politique ne tarda pas à devenir une hégémonie mondiale, faisant des Etats-Unis le banquier du monde, le gendarme du monde, l'arbitre du monde, et j'en passe pour éviter de nous agacer.
Evidemment, la vieille Europe suivit en trottinant derrière cette évolution des mœurs et de la culture, derrière cet ego de plus en plus gourmand de possessions diverses pour produire une bonne estime de soi.

Jusque dans les années 80, la loi du « MOI » fut la loi des pays les plus développés, c'est-à-dire tout l'Occident. Ainsi un capitalisme effréné put-il s'établir avec pour principe d'*en avoir toujours plus* pour assouvir cet ego, *en avoir toujours plus* pour permettre cette nouvelle estime de soi : « J'ai réussi ! » Et cela construisait alors un « MOI » solide, un « MOI » accompli. Jusque-là rien de mal, seulement l'évolution intérieure de notre espèce faisant sa route vers une autre maturité de la conscience.

Mais à partir de ces années-là, avec l'explosion de la misère mondiale d'un côté et l'incroyable progression de la pollution de l'autre, il se produisit une mutation discrète de la vie intérieure : le « MOI » jusqu'alors au comble de la bonne santé devint un « MOI » pathologique dans les pays les plus développés. Comme si en profondeur ce besoin d'en avoir plus, toujours plus, devenait un besoin d'en avoir trop, beaucoup trop. Au point que l'ego devint dangereux pour la vie sur terre. Tant désormais, en produisant un surcroît de richesse pour seulement quelques privilégiés, il engendrait beaucoup trop de misère et de pollution dans le reste du monde.

Et jamais depuis ces vingt dernières années notre capitalisme insatiable n'a su se remettre en cause. Pas le moindre signe de culpabilité ! Alors l'Occident est devenu le nouveau mal du monde, malgré son triomphe sur l'ancien mal, celui du faux partage du communisme. Alors l'Occident est devenu le plus grand mal du monde, tant il lui reste à inventer le vrai partage qui fait tant défaut dans le capitalisme.

Jubilant de sa victoire, et désormais sans ennemi sérieux, ce nouveau « MOI » déjà pathologique à force d'*en vouloir trop, beaucoup trop* est devenu fou de prétention. Et il suffit de regarder la terre en 2008 pour voir à quel point la pauvreté s'est aggravée jusque dans nos cités et dans l'Afrique entière, pour voir combien la pollution s'est emballée ! Si on le laissait faire, cet ego devenu fou, jusqu'où irions-nous, sinon vers la fin de toute vie sur terre ?

Alors il fallait bien une crise du système capitaliste occidental au-dehors et une crise de conscience de l'ego au-dedans pour rétablir cette situation dramatique. Il fallait bien une crise au-dedans comme au-dehors pour supprimer tous ces « avoir trop » devenus fous, et redistribuer les richesses.

Et d'ailleurs cela tombe bien ! Car voilà qu'une autre partie du monde se met depuis peu à réclamer son dû : avoir droit à un néocapitalisme pour que les populations indienne et chinoise puissent sortir de la misère. Voilà donc deux milliards d'individus qui tout d'un coup s'invitent dans le cercle restreint des privilégiés. Le coup est forcément dur ! Tant il va falloir diviser la part de chacun par deux ou par dix pour que désormais, à l'autre bout du monde, chacun ait aussi un petit ego.

Evidemment cette nouvelle donne va faire plonger l'Occident dans le *avoir moins, avoir de moins en moins* jusqu'à ce que les parts soient acceptables par tous. Mais il faut tout de même en convenir : n'est-ce pas un juste retour des choses à la normale ?
Avoir de moins en moins, voilà le voyage que nous propose cette Crise, en nous faisant tout de même choisir entre *avoir moins* ou *avoir mieux* selon la lecture que nous ferons des évènements.

Naturellement, tout ce qui fit le succès de notre ego avant qu'il devienne fou – c'est-à-dire l'industrie florissante, le commerce et la consommation effrénée, la croissance de l'économie des Etats et des particuliers – va désormais se retrouver délocalisé dans tous les pays émergents. En bref, le monde du travail va foutre le camp là-bas ! Et c'est bien normal, puisqu'il leur faut se construire un ego à leur tour. Tout ce que nous avons vécu depuis les années 50 jusqu'aux années 2000, ils vont le vivre à leur tour, mais sûrement en accéléré ! Tandis que dans le même temps il y aura chez nous une grave récession, une explosion du chômage, une consommation réduite et l'effondrement de nos économies.

Pourvu que nous ne rations pas ce rendez-vous ! Car même si les épreuves seront parfois difficiles, il est quand même offert à l'Occident d'inventer la postmodernité, avec des comportements plus écologiques, plus humanitaires, avec une nouvelle façon de consommer l'essentiel, avec une invitation au partage pour ne manquer de rien, avec une vie de foi retrouvée et tellement plus mûre, avec la conscience du « JE » en point de mire. Quand enfin nos ego dépassés nous feront rejoindre une nouvelle façon d'avoir une bonne estime de nous-mêmes : non plus « je suis parce que j'ai », mais « je suis parce que j'aide ! »

Pourvu que nous ne rations pas ce rendez-vous ! Parce qu'à défaut du bel avenir cité plus haut, nous plongerions alors dans une régression collective nous faisant revenir à des instincts de survie, et à une frustration belliqueuse et jalouse qui pourrait bien induire des représailles guerrières.

L'Histoire est encore en train d'essayer d'accomplir l'ego dans les autres pays de la terre, en l'implantant désormais en Asie mais en ignorant toujours certains pays d'Amérique du Sud et d'Afrique qui sont encore loin du compte. Et même si nous ne serons plus à l'avenir la grande culture motrice de notre planète, il n'en demeurera pas moins que nous ferons alors progresser le « MOI » vers plus de justesse et de justice. Ils sont encore si nombreux, tous ces peuples qui ne pressentent le monde du « MOI » qu'à travers la télévision ! Et il y a encore tant à faire sur la terre entière avant que chacun approche notre niveau d'évolution de conscience déjà acquis. Il nous reste la possibilité de choisir entre chercher à être le nouveau bien ou devenir le nouveau mal.

Mais comment va donc s'y prendre l'Histoire au-dehors pour nous forcer à inventer une suite à nos ego devenus fous ? Par quel processus va passer la vie intérieure pour que cette adaptation ait lieu ou non ? Voilà ce qu'il nous faut voir maintenant.

L'ambiance de la Crise dans nos foyers

Ne perdons pas de vue l'axe central de cette Crise : nous faire passer en Occident d'un *avoir beaucoup trop* devenu fou à un *avoir moins*. En sachant que cet avoir moins va pouvoir devenir un *avoir mieux* ou bien un *avoir pas assez* selon la lecture de notre vie intérieure sur les évènements de la vie extérieure.

Avant de décrire en détail les étapes de cette mutation de notre intériorité occidentale, il faut apercevoir combien cette Crise va réclamer en chacun de nous une attention croissante à notre quotidien. Il faudra au fur et à mesure des sept épisodes que nous soyons attentifs, de plus en plus attentifs, à avoir des comportements justes, voire même de plus en plus justes, si nous ne voulons pas gaspiller l'eau, l'énergie, gaspiller de l'argent dans des achats inutiles ; si nous voulons mesurer nos déplacements justifiés ou non, notre pollution personnelle, surveiller nos économies, et j'en passe.

Bref, si nous ne voulons pas perdre beaucoup d'argent dans un gaspillage quotidien auquel le passé nous a tant habitués, il nous faudra être beaucoup plus présents qu'hier à notre façon de vivre très ordinaire, beaucoup plus attentifs aux moindres gestes et aux moindres situations. Et à ce jeu-là, ce n'est pas par bonté d'âme que nous allons nous améliorer, mais seulement parce que cela deviendra un gouffre financier que de consommer comme autrefois, en laissant les lampes allumées, le chauffage excessif, le robinet couler, ou encore en prenant notre voiture pour un oui ou pour un non.

Alors il faut sentir combien c'est cette exigence de présence attentive à notre vie courante qui va être la source profonde d'un malaise général. Car l'humanité occidentale moyenne a un niveau de présence à sa vie courante très peu développé. En effet, regardez combien de temps nous parvenons à maintenir une attention soutenue sur un même sujet. D'ailleurs les publicitaires l'ont bien compris avec leurs messages de trente secondes, et les chaînes de télévision aussi avec leurs programmes courts pour nous empêcher de zapper.

La conscience du « MOI » est ainsi faite. Nous sommes beaucoup plus souvent absents à nous-mêmes – en « pilotage automatique », pourrais-je dire – que présents à nous-mêmes et conscients de l'instant. N'est-ce pas pour cette raison d'ailleurs que toutes les voies spirituelles sérieuses ont des pratiques qui permettent de développer la vigilance à soi ? Comme si cette présence à soi, en appartenant plus à la conscience du « JE » qu'à celle du « MOI », n'était vraiment pas acquise de nos jours dans la population moyenne.

Alors vous comprendrez aisément que cette Crise qui va nous imposer une présence à soi de plus en plus vigilante risque fort de plonger la plupart d'entre nous dans un grand malaise, tant personne ne parviendra à maintenir son attention en permanence sur les choses. Parce que nous serons surpris sans cesse en flagrant délit d'absence et de gaspillage, il s'ensuivra une perception accrue de nos imperfections personnelles, et des règlements de compte accrus envers autrui que nous surprendrons en permanence coupable de menus délits.

Ce sera du genre : « Merde, j'ai encore oublié d'éteindre la lumière, je suis nul ! », et puis plus tard « Mais pourquoi je n'ai pas arrêté l'eau en me brossant les dents, je suis vraiment con ! », et puis encore plus tard « Ah mais c'est incroyable comme je suis débile, j'ai encore tiré la chasse d'eau pour un petit pipi de rien du tout ! » Et ainsi toute la journée, toute la semaine, toute l'année. Sans compter le nombre de fois où ce sera l'autre, inquiet, qui nous le fera remarquer, plus ou moins habilement.

Engrenage terrible et pernicieux d'un jugement croissant contre soi-même, ponctué de règlements de compte sanglants avec les autres pour des détails qui jusque-là ne retenaient jamais notre attention. Sale ambiance en perspective que cette inflation de mésestime !

Prenons une image pour symboliser combien cette Crise va devenir de plus en plus oppressante intérieurement. Imaginez une autoroute où plus nous avançons, plus il y a de radars à des vitesses si variées qu'il est impossible de ne pas se faire flasher.

Allez hop, une fois, deux fois, on se fait prendre ! Et allez, encore un flash, et puis deux, et trois… et maintenant c'est le quinzième de la journée ! Avec d'un côté le sentiment qu'on est vraiment un con, un bon à rien, une merde, et de l'autre que tout cela coûte vraiment cher, en fin de compte, même si à chaque fois c'est seulement une petite amende à payer. Voilà, maintenant vous y êtes, maintenant vous la sentez, la Crise, vous sentez l'ambiance malsaine qu'elle risque de créer. Ce sera procès-verbal sur procès-verbal, et l'on se fera flasher toute la journée. Ce sera inévitable pour celui qui n'a fait aucun travail sur lui-même. Et ce ne sera pas gagné non plus pour tous ceux qui ont un certain sens de l'intériorité.

Il faut donc bien apercevoir que la Crise va produire une grande dépression collective, avec parfois des bouffées de violence pour la réguler. Une dépression d'autant plus forte qu'une véritable contagion aura lieu, tant chacun sera dans le même cas. C'est la multiplication des constats d'absence à soi, la souffrance accumulée des jugements contre soi-même, plus la culpabilité de nos microconflits incessants qui produiront une sorte de repli de la vie, de retrait de toutes activités, du genre : « Je ne bouge plus pour ne plus me faire pincer ! » La dépression, quoi ! La vraie dépression nerveuse !

Elles sont si centrales, ces souffrances d'absence à soi ! Elles sont le cœur même des limites de l'ego. Et c'est le psychanalyste corporel qui vous le redit : l'ego n'aime pas du tout être pris en flagrant délit de faiblesse. Parce qu'elles sont centrales, ces souffrances, elles produiront sans aucun doute

« l'homme vaincu », et vaincu par lui-même d'abord. Et cela aura trois terribles conséquences : une perte progressive de l'estime de soi, une peur du lendemain dramatisé et une perte de tout espoir de réussir quoi que ce soit. Dans ces trois cas, c'est vrai, il faut essayer de ne plus bouger, vraiment plus bouger pour ne pas prendre le risque que les choses s'aggravent encore plus. La vraie dépression, je vous le dis. Mais à l'échelle d'un pays entier, de l'Europe tout entière peut-être, et des Etats-Unis aussi.

Ainsi la Crise va-t-elle venir nous chercher jusque dans nos foyers ! Personne ne pourra y échapper. Et pour tous ceux qui refuseront un travail sur soi, un entraînement spirituel à la présence, il sera difficile, de plus en plus difficile, de traverser les exigences nouvelles de la vie courante. Alors, chez certains, il s'installera une grande apathie hébétée, une sorte d'abrutissement nécessaire pour sortir de la réalité devenue trop exigeante ; il s'installera un quotidien de mensonges pour inventer un autre monde, avec parfois des sursauts de violence pour ne pas perdre complètement la raison… Ce sera l'homme aux poings fermés et aux yeux si abattus !

Mais il faut le savoir : c'est vraiment notre façon personnelle de traverser le quotidien en temps de Crise qui déterminera ou non cette chute dans une sous-humanité si douloureuse.

Car à l'inverse, il existera aussi celui que la Crise aura rendu meilleur. Celui qui profitant de la pression des circonstances aura appris à être beaucoup plus présent à lui-même, mais aussi à se pardonner ses multiples absences. Il n'y a pas de mystère en cette matière : sans une vie spirituelle sérieuse, il n'y a aucun moyen d'apprendre à jouer à ce terrible jeu !

Sans doute est-ce par là que la vie spirituelle retrouvera toutes ses lettres de noblesse. Quand elle deviendra tellement vitale pour que chacun traverse un peu mieux un quotidien devenu si dangereux. Alors cette grande mutation pourrait bien produire « l'Homme vainqueur », vainqueur de lui-même pour commencer. Et là encore cela aura trois effets majeurs sur ce nouvel humain en voie d'apparition : une bien meilleure estime de soi, une dédramatisation du présent par simple retour à l'Essentiel, de nouveaux espoirs dans un monde de services et de partage… L'Homme aux mains ouvertes tournées vers le ciel, et aux yeux gentils tournés vers autrui !

Je le répète, au risque de vous agacer : c'est chacun de nous qui sera le seul responsable de son avenir d'un côté ou de l'autre de cette histoire annoncée. Jusque dans nos foyers, jusque dans les tout petits instants quotidiens, cette Crise va nous mesurer en absence ou en présence à nous-mêmes. Et c'est là que se fera toute la différence entre ceux qui sombreront dans le pire et ceux qui deviendront meilleurs, à circonstances égales.

Ce livre ne peut pas être seulement une contemplation spirituelle des temps qui viennent. Ce livre souhaite être aussi une force de proposition de solutions nouvelles pour que chacun ait l'occasion de sortir par le haut de cette période un peu difficile.
Alors je vous le dis tout net, et entende qui pourra !

La première solution que je vous conseillerais de trouver en réponse à cette Crise est de chercher au plus vite une scolarité de la vie intérieure, une voie spirituelle pour apprendre la présence à soi-même. Après un siècle de conquête du confort au-dehors vient un siècle de conquête du confort au-dedans. Non pas avec quelques stages par-ci par-là, dans un ésotourisme papillonnant de recettes en recettes, mais avec une vraie éducation spirituelle dans la continuité permettant une certaine réussite intérieure, comme autrefois l'école nous conduisait à la réussite extérieure.
Puissiez-vous entendre que le temps presse, car bientôt l'absence à soi-même coûtera très cher, de plus en plus cher au fil des jours.

L'ambiance intérieure de la Crise

Explorons maintenant comment notre vie intérieure va réagir au fur et à mesure des divers épisodes de la Crise. Combien à chaque fois il faudra entendre nos pertes et nos douleurs pour apercevoir les solutions attendues. Et combien chaque épisode, par son contexte particulier, va créer des conditions si précises que seules des attitudes nouvelles tout aussi précises pourront nous aider à traverser l'épreuve sans encombre.

Cette Crise qui commence à peine sera un long chemin de pertes successives où chacun pourra sombrer ou bien grandir à sa guise. Un long chemin de pertes croissantes qui nous éduquera à toujours plus donner, toujours plus partager l'inutile et le superflu pour faire de la place à l'Essentiel. Et c'est incroyable, comme l'Histoire va s'ingénier à ce que l'Essentiel prenne toute sa place ! Oui, ce sera un long chemin de pertes nous invitant à « vivre plus simplement pour que d'autres puissent tout simplement vivre », comme disait Gandhi.

1 - L'ego devenu fou : la perte de la raison !

Sans doute fallait-il d'abord que nous perdions la raison, comme préliminaire nécessaire à cette Crise. Jusque-là un « MOI » solide était fondé sur le principe d'*en avoir plus, toujours plus*. Et chaque fois que nous réussissions à en avoir plus, nous produisions de la bonne estime de soi. Jusque-là, rien à dire. Mais nous avons vu que, depuis peu, ce *en avoir plus* était devenu un *en avoir trop*, un ego cannibale produisant une dérégulation généralisée.

Et nous faisant vivre notre première perte : la perte de raison.

Qu'avons-nous fait devant les avertissements de plus en plus nombreux nous indiquant combien les choses désormais ne tournaient plus rond ? Qu'avons-nous fait devant la misère et la pollution croissantes ? Rien, jamais rien, malgré l'insistance des signes ! Oui, ce fut vraiment notre première perte, celle de la raison.

Ainsi, à cause de cette perte de la raison, la loi du *en avoir plus* est devenue dans nos ego d'Occidentaux celle du *en avoir trop*. Avec un « MOI » pathologique tant dorénavant il menaçait la vie sur terre, tant dorénavant il était devenu le nouveau mal du monde.

Notre perte de raison, en nous rendant sourds, collectivement tous sourds, va produire la première étape d'une Crise devenue nécessaire pour éliminer tous ces « trop » et mieux redistribuer toutes les richesses. Songez-y, c'était hier encore ! Notre ignoble jubilation de prospérité se divertissait de la misère à la télévision. C'était hier encore ! Notre abondance cannibale souillait la terre avec tous nos déchets.

Il fallait bien un coup de semonce pour nous rappeler à la raison. Mais tôt ou tard, il ne faudra pas oublier de dire « pardon ! » à la terre entière. Voilà bien le premier acte de dépassement que l'Histoire attend

de nous : savoir reconnaître notre folie précédente et savoir nous en excuser.

2 - La perte de confiance !

Automne 2008 : c'est soudain la crise financière ! Il fallait s'y attendre, même si depuis un an nous faisions semblant de ne pas avoir été alertés. Alors soyons clairs : pour l'instant, qu'est-ce que la plupart d'entre nous a perdu durant cette banqueroute mondiale ? Rien, presque rien ! Les banques et les joueurs en bourse y ont laissé quelques plumes, c'est vrai. Mais si nous n'avons pas perdu grand-chose dans nos porte-monnaie, par ailleurs nous avons déjà commencé une seconde perte, si sournoisement douloureuse : la perte de confiance !

Or n'avons-nous pas été alertés, très en profondeur, par le fait que nos économies personnelles n'étaient plus en sécurité ? Alertés aussi par un pressentiment tenace du genre : « La fête est finie ! » ? Alertés encore par l'intuition d'un avenir difficile et la fin de la loi du *en avoir plus, toujours plus* en Occident ? Et c'est sans doute là que nous avons retrouvé la raison, toute notre raison. Alors merci, la crise financière !

Mais qu'allons-nous faire avec cette raison retrouvée et notre seconde perte : la perte de confiance ? Sinon un terrible repli dans la peur !

Une peur assortie sans doute d'une formidable chute de la consommation qui produira une formidable récession, un formidable épisode de crise économique ! La peur, uniquement la peur, et bingo ! Cette peur rampante qui va se vivre sans se dire tant chacun fera le courageux. Cette peur sournoise qui nous fait déjà serrer les poings sur tout ce que l'on ne veut pas perdre. Cette peur hallucinogène qui produit un pessimisme ambiant et une sorte de résignation préalable… Bref, tout cela, c'est de la perte de confiance !

Alors dressons le tableau de l'homme du jour : alerté en profondeur, secrètement très inquiet, déjà si pessimiste et n'ayant plus du tout confiance en rien. Pas génial, ce bilan du moment ! Mais c'est le second vrai épisode des pertes : pertes de confiance, de courage, de combativité, d'espoir, etc.

Alors qu'il faudrait mettre de l'ordre dans nos finances et dans nos vies. Non plus chercher à en avoir plus, mais chercher à perdre le moins possible avec un peu d'imagination. Nous continuons à faire semblant de croire que les choses vont s'arranger. Comme tétanisé par la peur et la perte de confiance, chacun de nous est en suspens, la tête rentrée dans les épaules, comme quand on s'attend au pire. Or déjà il faudrait apercevoir les nouvelles bonnes affaires : savoir y perdre un peu avant que ce soit beaucoup ; savoir y perdre financièrement si c'est pour y gagner ailleurs, dans le partage, l'écologie ou la vie intérieure ; savoir que la meilleure façon d'économiser, c'est d'investir avant d'avoir tout perdu. C'est un tout autre monde qui commence, où même les bonnes affaires ne seront jamais plus celles d'hier.

Alors ces pertes de confiance, de courage, de combativité, d'espoir vont devenir un pessimisme chronique comme un brouillard épais planant sur nos têtes. Et c'est bien là le piège intérieur de ce second épisode de la Crise : installer une résignation pessimiste qui ne croit plus en rien.

Il faut donc apercevoir le premier dépassement de l'ego que l'Histoire nous propose, le premier dépassement de l'ego capable de nous faire choisir l'Homme vainqueur plutôt que l'homme déjà vaincu. Et ce premier dépassement n'est autre que la conquête d'un optimisme militant qui croit encore en l'avenir. La conquête d'une façon de garder le sourire tant nous quittons le mensonge pour aller vers plus de vérité. Car c'est ainsi : le nouveau courage par les temps qui courent, c'est d'avoir le sourire mesuré de l'optimiste responsable.

Et l'optimisme, ça marche, figurez-vous ! On dit même que c'est le meilleur des médicaments pour le corps, et le moins cher ! Et si nous avons de bonnes raisons d'être optimistes, justement grâce à cette Crise parce qu'elle annonce tout de même un monde meilleur, alors notre optimisme agira en sens inverse de la peur des pessimistes. Alors notre optimisme limitera la chute de la consommation, de la récession et de la crise économique.

Mais attention, ne trichons pas avec l'optimisme. Pour qu'il soit vrai, il faut de bonnes raisons, de vraies raisons d'être optimistes !

Avec l'épreuve des pertes de confiance, un certain pessimisme se prépare à ne plus croire en rien. Sachez-le, avec un tel état d'esprit, c'est l'homme déjà vaincu qui attend les épisodes suivants. Seulement avec un sursaut d'optimisme conscient et créateur – premier dépassement du besoin de mélodrames de l'ego – ce sera l'Homme vainqueur qui vivra la suite des évènements.

Alors je vous en prie : cherchez les bonnes raisons de cette Crise, quoi qu'il arrive ! Je vous en prie, cherchez le moyen de retrouver un certain sourire, qui vous redonnera à coup sûr la confiance perdue ! Je vous en prie, cherchez en vous cet optimiste inébranlable qui sait déjà tout ce qu'il va y gagner dans les temps à venir ! Le voilà, le premier dépassement spirituel qui est attendu en chacun de nous. Car alors non seulement nous serons meilleurs, mais en plus nous aurons de fortes chances de diminuer la gravité des épisodes suivants.

« Être humain, c'est être conscient que nous sommes capables d'inventer demain. Être optimiste, c'est avoir une attitude constructive pour cet avenir », disait Albert Jacquard lors d'une récente conférence à Bruxelles.* Alors gageons que cette première épreuve de la vie intérieure nous conduira à notre premier dépassement réclamé : le sourire discret de l'optimiste convaincu !

3 - Les pertes acceptables

Ce sera sans aucun doute durant la crise économique, puis durant les crises énergétique et politique suivantes (avec passage ou non par une troisième guerre mondiale si les gouvernements n'ont pas su faire à temps les réformes structurelles que l'Histoire attend) que va commencer une longue période de pertes successives de certaines habitudes de la vie courante.

Ce long chemin des pertes de certains biens, ce long chemin des pertes de certains comportements, produira peu à peu un terrible jeu de dépouillement croissant plus ou moins douloureux lors de chaque perte. Ainsi, selon l'attachement que nous aurons aux choses ou bien aux manies de notre vie, selon la dépendance que nous aurons à notre abondance jusque-là si naturelle, nous devrons endurer ou non chacune de ces pertes à venir.

Magnifique épreuve que nous propose l'Histoire ! Car c'est par l'acceptation de perdre le moins utile

* Extrait d'une conférence donnée à Bruxelles en avril 2008 sur le thème : « l'Optimisme volontariste ».

qu'à chaque fois le « MOI » va apprendre à céder, en conservant l'Essentiel.

Comme si dans le grand fatras de la modernité on se mettait à faire le ménage, à jeter nos jouets inutiles pour faire toute sa place à l'Essentiel. Pas mal, tout de même ! Mais jusqu'où saurons-nous y perdre au-dehors en essayant d'y gagner au-dedans ?

Alors toutes ces pertes successives en s'additionnant les unes aux autres au fil du temps – les pertes de valeurs immobilières, les pertes de valeur de l'argent, les pertes de pouvoir d'achat, les pertes de protections sociales, les pertes de consommations diverses – vont-elles réveiller un monde de partage ou bien un monde de repli sur soi-même ? Là sera tout l'enjeu de la période des pertes acceptables si différentes pour chacun de nous !

Car enfin, n'est-ce pas la seule solution pour ne rien perdre du tout qu'à l'avenir nous apprenions à partager ce qu'il n'est plus nécessaire de posséder individuellement ? Qu'est-ce qui pourrait bien rendre toutes nos pertes acceptables, sinon de ne rien perdre en vérité, en acceptant désormais de tout partager ?

Perdrons-nous nos maisons secondaires devenues trop chères à entretenir si dorénavant nous les achetons à plusieurs ? Perdrons-nous nos machines à laver et tous nos appareils de cuisine tellement sous-employés si dorénavant nous inventons des lieux de possession partagée ? Perdrons-nous les bonnes choses à manger si nous inventons les jardins, les poulaillers collectifs ? Perdrons-nous la moindre chose, si nous nous mettons à plusieurs pour l'acheter ?

C'est vraiment un tout autre monde qu'il faudra inventer, avec de nouvelles habitudes de consommation, de nouvelles attitudes d'économie d'énergie, de nouveaux comportements plus respectueux de l'environnement. Si nous nous mettions à vraiment tout partager, comme cette étape des pertes acceptables va nous l'imposer, ne pensez-vous pas que nous y gagnerions une vie quotidienne bien meilleure, tant il est possible de s'enchanter en partageant avec autrui ? En vérité nous ne perdrons rien, strictement rien durant cette période, mais seulement si nous apprenons à partager.

Il faut le dire et le redire encore, contre tous les pessimistes de mauvais augure qui ne vont pas cesser de nous annoncer le chaos : nos besoins vitaux ne seront jamais menacés ! Mais seulement si nous partageons il y aura assez de tout pour tout le monde à l'avenir. Assez de tout, même à l'échelle du monde entier.

Alors je vous en prie : inventons des groupes de partage entre anciens privilégiés ! Je vous en prie, inventons une entraide solidaire par quartier, par affinité spirituelle, par association, par entreprise ! Je

vous en prie, inventons partout la notion de partage de tous nos biens courants, parce que nous aurons alors la chance de tout y gagner !

Voilà le nouveau dépassement de l'ego que l'Histoire attend de nous. Voilà la réponse adaptée que nous pouvons faire à cette période des pertes acceptables. Convenez-en, cette Crise pourrait aller vers un monde meilleur, si elle parvenait à un tel résultat !

4 - Les pertes douloureuses

Et puis viendra l'étape suivante, celle des pertes de plus en plus compliquées. D'abord parce qu'il y aura des choses impossibles à partager et des choses vraiment de plus en plus douloureuses à perdre. Et ensuite tout simplement parce que ces pertes toucheront désormais des secteurs centraux de nos existences, comme la perte du travail, la perte de la sécurité, la perte importante du pouvoir d'achat, la perte des protections sociales.

A cette époque, partager ne suffira plus pour ne rien y perdre. Les groupes de partage entre anciens privilégiés ne pourront plus être une solution adaptée aux nouvelles pertes en vigueur. A cette époque, il sera vraiment devenu douloureux de perdre son métier sans espoir d'en retrouver un autre, de perdre sa retraite sans espoir de compensation, de perdre sa maison principale devenue trop difficile à garder. Jusqu'où ira cette Crise pour nous faire inventer la postmodernité ?

Bref, en approchant peu à peu des choses auxquelles nous tenons le plus, nous entrerons dans les pertes vraiment douloureuses remettant en cause toute notre vie et tout notre ancien modèle de société. Alors l'Histoire va sans doute convier les hommes à créer une nouvelle solution, convier les hommes à un nouveau dépassement spirituel de l'ego : le besoin d'aider autrui, pas seulement dans le partage de biens mais désormais dans un service à lui rendre.

Après une communauté de biens, serons-nous capables d'inventer une communauté de services ? Une solidarité, toujours entre anciens privilégiés déchus, mais capable de créer une société – voire même toute une économie – de services divers. Se peut-il que durant cet épisode des pertes vraiment douloureuses nous fondions une société de services qui, durant le siècle à venir, remplacera le monde du travail désormais délocalisé en Asie ou ailleurs ? Là est bien tout l'enjeu social, politique et économique de cette période. Mais aussi tout l'enjeu de chacun pour donner un sens nouveau à la vie active !

Durant cette période, les populations occidentales apprendront vraiment à revenir à l'Essentiel, tant il coûtera de plus en plus cher de maintenir nos anciennes habitudes de vie. Durant cette période, l'absence à soi deviendra véritablement très coûteuse, tandis que la présence à soi sera désormais la meilleure façon de faire des économies.

Alors je vous en prie : inventons les communautés de services entre anciens privilégiés ! Je vous en prie, après le partage des biens, inventons le partage des services et des compétences de chacun ! Que ce soit dans nos quartiers, dans nos associations, dans nos cercles d'amis ou bien dans nos voies spirituelles, je vous en prie, regroupons-nous pour inventer des milliers de services rentables qui bientôt pourront remplacer les milliers de métiers partis ailleurs.

Alors, tous ensemble nous aurons fondé une nouvelle forme de vie active, redonné une bonne estime de soi à tous ceux qui croiront avoir tout perdu. C'est ce réseau de services solidaires qui sera la meilleure réponse créative à cette période des pertes vraiment douloureuses. Alors oui, cette Crise est vraiment bénie, si elle parvient à ses fins !

5 - Les pertes inacceptables

Plus nos pertes seront difficiles, et plus nous allons en souffrir pour avoir le courage de vraiment inventer des solutions nouvelles. Est-ce bien utile de dire que, durant chaque épisode de pertes, nous serons mesurés individuellement en bonheur retrouvé ou bien en souffrances accrues ?

Ainsi, chacun de nous approchera peu à peu de son point de rupture : la perte totalement inacceptable pour lui. Et pour chacun de nous ce sera un rendez-vous secret et sacré à la fois, un rendez-vous avec l'Essentiel de notre vie.
Car il faut bien comprendre que seule la perte inacceptable, en réclamant un dépassement total, conduira chacun devant le questionnement intérieur le plus élevé qui soit. Soudain chacun aura besoin de vérité absolue, soudain chacun sera devant les plus grandes questions de sa vie, soudain chacun sera en attente des plus grandes réponses qui soient, tant il faudra donner du sens à cette situation insupportable.

C'est ce rendez-vous secret de chacun qui sera sans doute le sommet de l'épreuve et le sommet de l'expérience de dépassement de soi-même durant toute la Crise. C'est lui qui déterminera à l'avenir à quelle humanité nous voudrons désormais appartenir : celle de l'homme vaincu ou bien celle de l'Homme vainqueur des pires circonstances extérieures.

C'est par ces pertes inacceptables – la perte de la liberté d'agir, de la liberté de penser, les pertes éventuelles de besoins vitaux, les grands dangers – ou bien par la barbarie d'une guerre que l'homme va se retrouver devant un impérieux besoin de Dialogues Essentiels avec l'Ordre des choses.

Et alors un certain besoin de dialoguer en Vérité avec soi-même fera peu à peu son apparition. Comme si la nature cherchait à inventer cette nouvelle fonction humaine : le dialogue avec l'ange, le dialogue avec son maître intérieur, le dialogue avec ses intuitions géniales, le dialogue avec sa Conscience, le dialogue avec son Inspiration... appelons-le comme nous voulons. Car peu importe le nom de l'expérience, pourvu que nous vivions l'expérience en question.

Faudra-t-il la barbarie d'une troisième guerre mondiale, ou bien un épisode vraiment aigu de la Crise ? Toujours est-il que tôt ou tard l'Histoire nous conviera à ce rendez-vous avec notre questionnement le plus élevé. Tôt ou tard nous aurons à trouver le sens à l'inacceptable qui nous sera proposé. Alors il nous faudra inventer le Dialogue intérieur avec la Conscience comme seule réponse possible à cette situation extrême.

Alors je vous en prie : inventons des groupes de Dialogues pour approcher la Vérité entre anciens privilégiés ! Je vous en prie, créons tous ensemble une nouvelle habitude humaine : le Dialogue intérieur avec la Conscience sans concession ! Je vous en prie, inventons LA solution de cette période des pertes inacceptables : le Dialogue intérieur qui donne du sens à tout ce qui peut nous arriver, même le pire !

Se peut-il que nous ayons dès aujourd'hui le courage de nous regrouper par quartiers, par associations diverses, par amitié ou par affinité spirituelle, pour inventer des groupes de Dialogues Essentiels ? Tant ce n'est pas une mince affaire que d'apprendre à dialoguer avec la Vérité sans concession et sans intelligence.* Ne faudra-t-il pas, après le partage des biens, après le partage des services, que nous instaurions le partage des Dialogues Essentiels, ce troisième niveau de partage auquel la Crise semble bien nous convier ?

Sans doute, avec les pertes inacceptables où nous ne pourrons plus rien y gagner sur la terre, l'Histoire a prévu de nous faire gagner au ciel une nouvelle foi, plus mûre que la précédente. Alors est-il possible que nous inventions dans tous ces groupes de dialogue une foi laïque et citoyenne, une foi plus sensible à l'expérience intérieure qu'à l'appartenance à une Eglise, sans avoir à la renier ? Une foi postmoderne, à l'image de la nouvelle vie active que nous viendrons tout juste d'inventer.

6 - Les pertes facultatives

Passé le niveau des pertes inacceptables, les pertes suivantes seront beaucoup moins douloureuses, mais vraiment difficiles par leur caractère facultatif.

* Voir : B. et P. Montaud, *Dialoguer avec son ange – une voie spirituelle occidentale*, Ed. Edit'as, 2007.

Est-ce par la barbarie humaine capable de tout qu'un jour nous nous réveillerons à l'horreur de la misère en Afrique, à l'horreur des SDF sur nos trottoirs ? Est-ce par nos Dialogues Essentiels et sans concession que nous serons soudain les yeux dans les yeux devant tous ces démunis que nous avons produits ? Toujours est-il qu'un jour les hommes seront devant de nouvelles pertes possibles, mais facultatives : les pertes nécessaires pour sauver la vie sur terre, puis sauver la vie de la terre.

L'Histoire, là encore, aura prévu que nous n'y gagnions rien lors de ces derniers épisodes. Bien au contraire, tant il faudra de nouveau accepter de perdre sur nos portions congrues, pour sauver la misère encore plus pauvre qu'avant depuis que toutes les parts du gâteau se seront réduites dans le monde. Sauver l'Afrique, sauver tous ceux qui se seront tant égarés durant la Crise qu'ils finiront nombreux sur les trottoirs de nos cités !

Il s'agira alors de vivre encore plus simplement, pour que d'autres puissent tout simplement vivre, dirais-je à nouveau en paraphrasant Gandhi. Et pour sauver les pauvres de la terre il nous faudra accepter d'en avoir encore moins désormais. Pas simple, cette histoire ! En aurons-nous le courage ?

Alors se peut-il qu'un peu plus tard encore, en face d'un dérèglement climatique croissant, d'une pollution alarmante ou d'un accident nucléaire, nous soyons tous invités à de nouvelles pertes mais cette fois-ci pour sauver la terre ?

Il en faudra, des Dialogues Essentiels, pour que l'Homme se résolve à ces dernières pertes facultatives, seulement pour sauver les pauvres et la terre. Mais n'est-ce pas le prix à payer pour que toute notre espèce un jour prochain accède à un nouveau niveau de conscience ?

Je vous en prie : inventons des réseaux de solidarité pour les déshérités et pour la terre ! Je vous en prie, réunissons-nous dans nos quartiers, dans nos associations, avec nos amis, ou par affinité de croyance, pour aider les pauvres, tous les pauvres, et notre pauvre terre ! Je vous en prie, même si c'est facultatif, acceptons dès maintenant de ne pas laisser tomber la misère et la désolation de la nature !

Alors partager ensemble, servir ensemble, dialoguer ensemble entre anciens privilégiés nous permettra peut-être d'aider ensemble tous les déshérités et la terre. Quatrième volet du dépassement de soi-même !

Sans aucun doute, à l'avenir, la nouvelle façon de faire fortune sera dans les groupes de partage de biens, les communautés de services, les groupes de Dialogues et les réseaux d'aide aux déshérités et à la terre. La nouvelle richesse à l'issue d'un tel voyage sera désormais la richesse intérieure : celle des yeux gentils, celle des mains ouvertes, celle d'un certain silence de dialogue avec LUI. Depuis toujours on le sait, depuis toujours on nous le dit : ce n'est finalement que la richesse intérieure qui fait le bonheur !

Chapitre 6

Le Réseau d'Initiatives Solidaires, une solution à la Crise

Paraphrasant Martin Luther King dans son discours du 28 août 1963 à Washington, je dirais :

J'ai fait un rêve, cette nuit !
J'ai rêvé d'un monde rempli d'enfants, rempli de tout petits enfants en larmes, pleurant de ne plus avoir de nouveaux jouets aux prochains Noëls. Pire encore ! Je les ai vus désespérés car à partir de ce jour, désormais à chaque Noël un jouet leur serait enlevé !
Mais était-ce un rêve, ou bien un bain de l'âme dans l'Histoire en cours ?

J'ai fait un rêve cette nuit, et c'est là que tout a commencé !

J'ai rêvé d'un monde où tous les enfants étaient assis en rond. Des petits ronds partout sur la terre. Et les enfants riaient maintenant en se prêtant leurs jouets et en retrouvant ainsi ceux qu'ils avaient perdus à chaque Noël. Ils riaient très fort de ne manquer finalement d'aucun jouet et d'avoir gagné de la sorte plein, plein de petits copains.

Je les ai vus, de mes yeux vus ! Et j'ai rêvé d'un monde…
Ils étaient assis en rond, des petits ronds joyeux partout sur la terre. Se prêtant d'abord tous leurs jouets, pour se prêter ensuite tous leurs jeux. Et se racontant tous ensemble des histoires merveilleuses auxquelles chacun participait. J'en ai même vu qui se levaient, pour aller chercher des enfants tristes tout seuls dans leur coin.
Bref, je l'ai vu, de mes yeux vu : le nouveau monde !

Alors qu'en est-il, dans la réalité ? Chacun à sa façon vivra les sept épisodes de la Crise, et selon son histoire personnelle les sept Noëls désenchantés du grand jeu des pertes. Pendant que les uns passeront parfois sans encombre tel ou tel partage de biens ou de services – assis en rond sur la terre – d'autres au contraire buteront sur une perte inacceptable au risque de verser dans les larmes, tout seuls dans leur coin.

C'est donc forts de toutes les constatations des chapitres précédents, forts d'une certaine perception des épisodes de la Crise et du long chemin des pertes successives que chacun va traverser, que nous allons tenter d'apercevoir comment concrètement on fait asseoir les hommes en rond, des petits ronds partout sur la terre, pour qu'ils apprennent à partager tous leurs jouets, tous leurs jeux et toutes leurs histoires.

Vraiment, j'ai rêvé d'un monde où tous les hommes étaient assis en rond ! Des tout petits ronds partout sur la terre, des ronds pour sourire de tout et tout partager !

Car la chose est étrange, en vérité ! D'un côté il y a la grande Histoire qui avance inexorablement à travers sept épisodes. Et de l'autre il y a nos toutes petites histoires personnelles qui piétinent, trébuchent, ou avancent à chaque perte infligée. En voilà une grammaire compliquée pour les temps futurs ! Il va falloir inventer des solutions nouvelles, comme celle de pouvoir vivre en rond désormais, si l'on ne veut pas finir en pleurant tout seul dans son coin.

Car ne l'oublions pas, l'enjeu majeur de toute cette Crise est bien de faire naître les deux jumeaux : l'enfant vaincu aux poings fermés et l'enfant vainqueur aux mains ouvertes. Et seul sera vainqueur finalement celui qui aura su garder les mains ouvertes à travers toutes ses pertes. Car il y a fort à parier qu'une seule perte refusée suffira à nous faire chuter dans le monde de la peur, du repli sur soi et de la précarité.

Les temps qui viennent sont décisifs pour chacun de nous, tant un pointillé invisible va désormais séparer peu à peu les deux jumeaux d'humanité selon notre façon de vivre toutes les pertes successives annoncées. Alors il convient vraiment de s'organiser pour que le plus grand nombre aille du bon côté, celui d'un certain dépassement de soi-même, celui des hommes assis en rond pour sourire de tout et tout partager. Il convient de tout faire pour nous entraîner à être meilleurs, nous entraîner à la présence à soi, nous entraîner à nous entraider.

Seul dans son coin, chacun de nous est si faible devant l'adversité ! Mais ensemble, quelle est la tempête qui nous fera chavirer ? Tout comme Noé inventa une arche pour faire passer les animaux d'un monde à l'autre, il nous faut inventer des lieux, des maisons, des groupes pour s'asseoir en rond et pour faire passer les hommes d'un monde au suivant.

Alors se peut-il que nous apprenions désormais à nous réunir régulièrement pour affronter ensemble la Crise qui vient, et chercher ensemble les solutions pour chaque perte infligée ? Se peut-il que nous lancions la mode de l'insurrection des consciences, celle du sourire avec nos jouets, avec nos jeux et nos histoires partagés ?

Ce matin-là, en me réveillant de ce rêve enchanté, je me suis dit : « Mon vieux, il va falloir te bouger un peu ! Chercher des petits copains pour t'asseoir avec eux en rond quelque part, et commencer à jouer autrement ! » Il faudrait que nous soyons si nombreux à l'avenir avec la même petite idée derrière la tête. Il faudrait que nous inventions tous un Réseau d'Initiatives Solidaires – le RIS – en réponse à cette Crise qui veut nous piquer tous nos jouets.

Le Réseau d'Initiatives Solidaires (le RIS) : c'est d'abord une idée

Soyons clairs ! Il s'agit de créer des points de rencontre, des lieux de rencontre pour tous les hommes de la terre qui veulent bien s'asseoir en rond pour ne pas souffrir de leurs prochains Noëls désenchantés. Et peu importe de quelle façon un groupe tout rond va se former !

Inventons tous ensemble un formidable réseau d'entraide solidaire par quartier, par affinité spirituelle, par association, par amitié, par entreprise ou pour toute autre raison. Pourvu qu'il ait lieu !

Evidemment, maintenant que nous apercevons les solutions qu'il faudra trouver à chaque étape de nos pertes, nous pourrions dans ces groupes tout ronds établir un entraînement, un véritable entraînement aux quatre partages qui tôt ou tard nous seront imposés : le partage des biens de consommation, le partage de services, le partage de dialogues essentiels, le partage avec les déshérités et la terre souillée.

Alors le RIS deviendrait véritablement un lieu de passage d'un monde à l'autre, un lieu d'expérience du dépassement de soi, un lieu d'entraînement à la présence à soi, un lieu de créativité collective pour inventer de nouvelles habitudes humaines, un lieu où chaque groupe totalement libre de son fonctionnement inventerait ses propres solutions, tout en restant relié au Réseau central pour profiter de celles des autres.

Ainsi des groupes RIS pourraient commencer à se réunir en rond, régulièrement. Et alors le rêve d'un nouveau monde deviendrait un début de réalité. Chaque groupe RIS fixerait ses règles et la périodicité de ses propres rencontres, mais tous répondraient à une quadruple vocation, fidèles en cela aux enfants partageant leurs jouets, leurs jeux, leurs histoires enchantées et une solidarité avec les copains tout seuls dans leur coin.

1. Chaque groupe RIS organiserait d'abord le partage des biens de consommation entre tous ses membres. Quitte même un jour à inventer des magasins RIS ouverts au public pour que ce partage soit encore plus grand.

2. Ensuite chaque groupe pourrait partager un ou plusieurs services, ou avoir des échanges de services avec les populations locales. Sans exclure le moins du monde que ces services puissent être rémunérés.
3. Puis chaque groupe pourrait s'engager dans une action humanitaire envers les déshérités, ou bien écologique envers la terre. Même en étant membres d'autres associations humanitaires ou écologiques.
4. Enfin chaque groupe serait aussi un groupe de Dialogues Essentiels partagés. Parce qu'à plusieurs on peut vraiment s'entraîner à trouver nos vraies questions d'hommes inspirés, parce qu'à plusieurs il y en a toujours un qui saura dire la réponse de l'homme éclairé.

Alors oui, j'ai rêvé d'un monde où des hommes assis en rond s'entraîneraient aux quatre partages, comme une nouvelle façon d'exister !

Mais il est évident aussi que cette Crise de nos futurs Noëls désenchantés sera celle du renouveau de la vie spirituelle. Ce que le RIS ne doit pas oublier. Car la présence à soi deviendra de plus en plus importante à l'avenir, même pour celui qui voudrait seulement faire des économies. Savoir perdre au-dehors nous enjoindra de savoir y gagner au-dedans. Tant le dépassement de soi que chaque épisode va réclamer ne s'improvise pas spontanément. Bref, toutes ces choses-là ne peuvent pas s'apprendre sans une certaine scolarité intérieure, un certain travail sur soi.

Même les actions humanitaires et écologiques devront être repensées, tant à l'avenir elles seront indissociables de la dimension spirituelle si nous voulons aider plus dignement. C'est-à-dire en arrêtant d'engendrer nous-mêmes la misère et la pollution que nous voudrions faire cesser.

Au risque de déplaire, il me semble qu'il faut insister : aucun groupe RIS ne pourra se passer de la dimension spirituelle. Tous ces groupes devront, forcément, de près ou de loin être reliés à une forme d'enseignement spirituel. Car avant de vouloir réformer le monde, ne faut-il pas que chacun ait fait d'abord sa propre réforme personnelle ? Ils sont si nombreux, ceux qui veulent tout changer au-dehors mais surtout ne rien changer au-dedans !

Alors les groupes RIS seront comme les boules multicolores d'un sapin de Noël de la foi. Le sapin tout seul ne ferait qu'un arbre sombre. Et les boules sans sapin qu'une guirlande orpheline. Seulement ensemble ils deviennent l'arbre de Noël qui éclaire les yeux de tous les enfants.

Comment pouvons-nous dignement faire de l'humanitaire et de l'écologie tant que nous sommes les principaux producteurs de la misère et de la pollution du monde ? Comment pourrions-nous accueillir les autres et partager correctement avec eux, tant que nous ne sommes que rejet et intolérance envers nous-mêmes ?

Sans un certain travail sur soi, qui donc peut s'occuper des autres véritablement, partager avec les autres véritablement ? Sans un certain travail sur soi, qui pourra traverser les dépassements que la Crise va occasionner ?

Alors oui, j'ai rêvé d'un monde où des hommes assis en rond seraient plus des chercheurs spirituels que de simples croyants. Des hommes de foi pour apprendre à mieux partager, des hommes de partage pour apprendre une foi plus élevée.

Le Réseau d'Initiatives Solidaires : ses principes fondateurs et sa structure

Il faudrait inventer un réseau RIS soutenu par une foi laïque et citoyenne, une sorte de vie spirituelle relayée et renforcée par l'appartenance à ce genre d'action, tout comme l'action pourrait être relayée et renforcée par l'appartenance à ce genre de foi. Il faudrait des principes fondateurs qui soient clairs sur trois points.

Alors oui, j'ai rêvé de trois principes fondateurs :
1. « Même si tu crois différemment de moi, je ferai tout pour que tu aies le droit de le croire. »
2. Pour qu'un jour le monde se transforme, je ferai tout pour d'abord me transformer moi-même.

3. Même si le monde ne veut pas changer, je ferai tout pour vivre dans un lieu ressemblant au monde auquel j'aspire.

Mais bien sûr, les grands principes ne suffisent pas ! Déjà il faudrait apercevoir une structure de fonctionnement capable de bien encadrer ce Réseau, tout en laissant chaque groupe libre, totalement libre de ses modalités d'actions.
Il faudrait inventer une vraie démocratie à l'intérieur du RIS – en quelque sorte les prémices d'une nouvelle République – pour inspirer peut-être le monde politique.

Alors on peut imaginer des groupes nombreux assis tous en rond par quartier, par entreprise, par amitié, par association, par mouvement spirituel, ou par voisinage tout simplement. On peut imaginer des petits ronds joyeux partout, dans toute la France, dans tous les pays !

Tenez, rêvons un peu ! Ils seraient cinq pour commencer, tout simplement parce qu'ils habitent dans le même quartier, dans le même village, dans la même cité. Ils se sont branchés sur Internet un soir, pour aller voir sur le site du RIS les modalités de fonctionnement d'un groupe. Et voilà, ils se mettent à penser à leurs soirées, à établir un programme. « Ah oui, il faut assumer quatre partages ! » Un groupe RIS serait né ! Ce n'est quand même pas compliqué…

Tout d'abord ils choisiraient un garage où désormais ils vont entreposer tous les objets qu'il n'est plus nécessaire d'avoir individuellement : la tondeuse à gazon, la friteuse, l'appareil à raclette, un vélo, des boules de pétanque… avec chaque mois de nouveaux objets qui viendraient remplir le garage RIS pour l'usage commun de nos cinq amis. Un jour, peut-être, il y aurait même les clefs d'une maison secondaire commune, ou encore une voiture achetée ensemble. Et voilà le premier partage accompli : le partage de biens matériels !

Et puis ils décideraient de créer deux services ouverts au public : un jardin collectif – pour cultiver ensemble de beaux légumes et pouvoir les donner ou les vendre dans le voisinage – et un service d'initiation à l'informatique et à Internet, un service pour les nuls qui s'en voient vraiment avec leurs maudits ordinateurs. Services gratuits ou bien payants, selon les cas peut-être. Et voilà le second partage accompli : le partage de services !

Ensuite, après mûre réflexion, nos cinq amis décideraient de s'occuper pour l'instant d'un petit groupe de SDF non loin du quartier, en tant que partage humanitaire selon le principe du RIS. Mais cela aurait pu tout aussi bien se faire dans le cadre d'une association municipale décidant de nettoyer régulièrement la rivière du village. Et voilà le troisième partage accompli : l'entraide envers les plus démunis, ou envers la terre souillée !

Evidemment, une fois par mois, ils essayeraient d'apprendre à dialoguer ensemble sur l'Essentiel en toute transparence et en toute sincérité. Ils apprendraient à chercher les vraies questions, et à entendre les vraies réponses de chacun. Oh, il en faudrait, du temps, pour que chacun soit à l'aise ! Alors ils inventeraient peut-être des jeux pour mieux se dégourdir dans cet exercice de vérité. Et voilà le quatrième partage accompli : le partage des dialogues essentiels !

Bon, ce n'est quand même pas sorcier ! Et pourtant cela pourrait bien permettre à chacun de traverser la Crise sans problème ; cela pourrait bien offrir à chacun l'occasion d'être meilleur ! Qu'attendons-nous pour tenter l'aventure ?

Evidemment, il faudrait que chaque groupe RIS sache se faire un programme d'actions bien établi pour assumer ses quatre partages régulièrement. Il faudrait surtout que chaque groupe ne perde jamais de vue que les partages RIS sont toujours des réponses à une situation imposée par la Crise. Ainsi, par exemple, même si les soins palliatifs sont une cause louable, tout comme l'accompagnement des mourants, il ne s'agit pas là d'une réponse à une situation engendrée par la Crise et pouvant donc figurer dans les actions RIS.

Et puis il serait nécessaire que chaque groupe RIS élise un responsable, un porte-parole qui siégerait dans une assemblée dirigeante constituée ainsi de tous les représentants des groupes. Dans un tel réseau RIS, il faudrait tellement que seule cette assemblée centrale ait le pouvoir de faire les nouvelles lois, de gérer les informations et de programmer les grandes actions nationales. Se peut-il même que cette assemblée de tous les représentants de groupes fonctionne à la majorité des 3/4 ou des 4/5, tant la simple majorité est source de problème ?

Il faudrait enfin que cette assemblée des représentants élise à son tour un comité directeur – trois personnes, pas plus – qui serait chargé de faire respecter ses décisions. Trois personnes, non pas au pouvoir mais au service du Réseau. Trois personnes devant fonctionner comme une seule, afin qu'aucune n'ait le goût du pouvoir personnel. On peut toujours rêver…
Bref, le chantier est énorme, car il faudrait que toutes ces bonnes volontés inventent une nouvelle démocratie, tellement plus juste que cette fin de royauté à laquelle nous assistons actuellement dans tous nos gouvernements.

Alors oui, j'ai fait un rêve ! Et j'ai vu des hommes assis en rond qui souriaient au milieu de la Crise. Incroyable tout de même ! J'ai vu des hommes qui jouaient tous à être bien meilleurs ! Non mais, quelle idée !

Le Réseau d'Initiatives Solidaires : son évolution dans le temps

Ce sont sans doute les différentes épreuves de la Crise qui feront évoluer un tel réseau, qui feront évoluer les groupes obligés de s'adapter à des conditions de vie de plus en plus rigoureuses. Le long chemin des pertes successives produira sûrement une entraide spécifique à chaque étape, sans cesse remise en cause par l'épisode suivant de l'Histoire. Ainsi le réseau RIS des débuts ne sera-t-il plus du tout le même d'épisode en épisode de la Crise, tant il passera par différentes phases. Car chaque nouveau Noël désenchanté, en nous privant d'un jouet, produira une nouvelle entraide à inventer.

Phase une : le groupe RIS de salle à manger

Reprenons la vie de notre petit groupe de cinq amis habitant dans le même quartier, dans le même village ou dans la même cité.
Au début ce serait un groupe RIS « de salle à manger », oserais-je dire. C'est-à-dire un groupe se réunissant dans la salle à manger de chacun, pour des soirées RIS régulières. Des soirées où se ferait le point sur les différents partages, des soirées où s'organiserait le calendrier du mois qui vient, des soirées où un temps serait consacré aux Dialogues Essentiels et dont chaque groupe devrait inventer la forme.

Mais bien sûr, entre ces réunions, il y aurait aussi tous les moments d'entraide commune : soit dans le garage de partage des biens, soit dans le jardin collectif, soit avec les SDF du quartier.
Et durant tout un temps ce groupe RIS s'entraînerait ainsi à partager petit, tant les conditions historiques ne réclameront pas encore de faire plus grand.

Mais songez-y… comme il sera bon de s'être entraînés d'abord dans le facile, d'avoir goûté au bonheur de tous ces partages, avant que les choses se compliquent peu à peu !

Phase deux : le groupe RIS et son magasin RIS

Alors se peut-il qu'ensuite le groupe grossisse au fil du temps et des situations sociales qui vont se dégrader inévitablement… Sans doute le garage deviendra-t-il trop petit. Et il faudra envisager un autre local, avec des présentoirs mieux organisés, une gestion des prêts plus rigoureuse et l'entretien du matériel prêté. Il faudra inventer une nouvelle sorte de magasin – le magasin RIS – fournissant un travail à ceux qui pourraient le gérer, fournissant un partage de plus en plus important d'objets divers.

Mais ce petit groupe ayant grossi, il proposera désormais des services plus importants. Alors le jardin va s'agrandir. Le service d'entraide à l'informatique va s'étendre. Et de nouveaux services feront leur apparition en fonction des talents de chacun des nouveaux venus : le service des courses livrées à domicile, le service de covoiturage organisé, par exemple, entre autres idées.

Ah mais alors, le magasin RIS sera aussi le lieu de gestion des différents services offerts par le groupe ! Et comme ce groupe en grossissant devra se scinder en sous-groupes – ne serait-ce que pour ne pas être trop nombreux lors des soirées Dialogues Essentiels – alors le magasin RIS deviendra un lieu de réunion pour les sous-groupes, un lieu de partage de biens et un lieu d'offre de tous ses services. Gageons qu'avec les difficultés sociales qui s'annoncent, avec un chômage croissant, tous ces services deviendront peu à peu autant d'activités rémunérées qui pourront remplacer les métiers.

Evidemment, avec la multiplication de ses membres, le groupe de nos cinq amis passé à quinze ou vingt pourrait désormais mener de front son action SDF du quartier, plus l'entretien de la rivière, le reboisement d'un parc, ou une aide aux orphelins du Togo par exemple.

Ainsi le groupe des débuts sera-t-il devenu plusieurs groupes RIS utilisant un même local. Une sorte de magasin vraiment d'un nouveau genre – le magasin RIS – où pourraient se gérer le partage croissant des biens, les divers services proposés, les différentes actions humanitaires et écologiques, et enfin les importantes soirées RIS de Dialogues Essentiels partagés.

Voilà bien les deux premières phases par lesquelles pourrait passer le réseau RIS. Car au-delà de nos cinq amis, c'est pour nous tous qu'il devra probablement en être ainsi.

Phase trois : la maison RIS partagée

Mais si, plus tard, il devenait trop lourd d'avoir encore une maison secondaire pour certains d'entre nous ? Et si, plus tard, il devenait vraiment très difficile que l'on ait encore tous des voitures individuelles ? Et si, plus tard, les choses se compliquaient vraiment !

Alors il faudrait aller vers des solutions plus radicales. Peut-être vendre nos maisons secondaires et nous regrouper pour acheter une propriété commune qu'aucun de nous n'aurait pu se payer. Oh bien sûr, il n'est pas question d'y vivre en communauté ! Ce serait juste une maison RIS, une maison commune où chacun pourrait passer du temps à sa guise. Un lieu de vie où l'on pourrait s'entraîner à être plus juste dans tous les domaines. Un lieu de vie qui pourrait ressembler de plus en plus au monde auquel nous aspirons.

Sans doute ce Lieu de Vie RIS deviendrait-il désormais le lieu des réunions de nombreux groupes. Le lieu aussi où un grand jardin, un grand atelier de bricolage collectif et un magasin de partage de biens pourraient être réunis. Alors ce lieu de séjour RIS donnerait sans doute une toute nouvelle importance aux quatre partages du RIS. Tant il pourrait être aussi un territoire d'entraînement à la gestion juste de l'eau, de l'électricité, un territoire d'entraînement à toutes sortes de comportements nouveaux imposés par la Crise. Un véritable territoire d'entraînement pour permettre à chacun d'améliorer sa présence à lui-même et adopter des attitudes RIS de faible consommation d'énergie.

Un tel lieu ne nous rendrait-il pas tous meilleurs en fin de compte, quelles que soient les épreuves endurées ? Dans un tel lieu, n'est-ce pas un nouveau monde, une nouvelle société qui en éprouvette seraient inventés et testés ? Dans un tel lieu, que risquerions-nous tant ailleurs tout nous sera enlevé ?

Phase quatre : la communauté RIS

Alors on peut toujours rêver… mais est-il possible que dans une dernière phase la maison RIS devienne une communauté RIS ?
Imaginons des temps vraiment difficiles. Imaginons que certains de nos amis des débuts du RIS soient soudain dans l'impossibilité de payer leurs locations, ou de conserver leurs maisons. Il

viendra forcément un moment où certains, à juste titre, se diront que le mieux est d'habiter ensemble quand tout fout le camp dans la société.

Alors la Crise sera parvenue à nous faire partager les biens les plus essentiels à notre vieil ego : la maison principale, la voiture. Rien à voir avec les communautés de 1968 qui refusaient la modernité. Les communautés RIS seront des communautés pour traverser la Crise, dépasser l'ego certes, mais sans avoir à le renier.

Alors vivre ensemble désormais constituera sans doute une amélioration de chacun, tant la juste présence des uns aidera la faiblesse des autres. Tant une saine contagion de comportements justes viendra remplacer une malsaine contagion de comportements faux. Sans doute alors découvrirons-nous combien le partage de nos biens – de tous nos biens – est désormais la meilleure façon de vivre et de faire des économies.

Alors oui, j'ai fait un rêve et j'ai vu dans de grandes propriétés des communautés de vie nouvelle, des communautés de partages et de services où s'inventait la postmodernité d'un monde à venir.

Personnellement cela fait vingt ans que je partage mes maisons successives et la fortune familiale qui me fut léguée. Et si aujourd'hui nous en sommes arrivés à partager un château et son immense domaine dans le Berry, c'est parce que nous avons commencé tout petit, avec quelques amis, et Gitta Mallasz au milieu pour nous inspirer. Au bout de ces vingt années, j'en suis convaincu, non seulement je n'ai rien perdu, mais j'ai tellement gagné en instants inoubliables d'amitié et de partages en tout genre. J'en suis convaincu, c'est ainsi que l'on fera désormais des bonnes affaires. J'en suis convaincu, partager tout, vraiment tout, c'est la nouvelle façon de faire fortune !

Le Réseau d'Initiatives Solidaires : quelques points particuliers

Le cœur du réseau RIS sera assurément les réunions régulières de chaque groupe RIS. Réunions où il faudra, **toujours en réponse à la Crise**, s'entraîner et s'entraider dans tous les domaines, s'entraîner à tout partager peu à peu. S'entraîner surtout à vivre l'Homme qui cherche ses vraies mains ouvertes et ses vrais yeux gentils. Au point peut-être que les petits jeux, proposés dans le premier chapitre, pourraient bien devenir une sorte de rituel d'introduction lors de ces réunions…

Abordons alors quelques points particuliers qui méritent des précisions, tant les choses ne sont pas aussi simples qu'il y paraît.

S'entraîner à s'entraider… à une meilleure présence à soi

Comme nous l'avons déjà vu, la Crise va sans doute produire une pression quotidienne accrue d'attention à soi-même. A cause de la nécessité de nous surveiller sans cesse dans des comportements de moindre consommation en tout genre, nous serons alors conviés à une auto surveillance dont nous ne serons pas toujours capables.

Il n'y aura pas moyen d'y échapper ! Il nous faudra bien apprendre une certaine présence à nous-mêmes, pour éviter une existence énervée par des séries de flashs incessants nous prenant en flagrant délit d'attitudes désormais coûteuses.

Voilà pourquoi il sera souhaitable que chaque membre des groupes RIS ait par ailleurs une vie spirituelle. Car c'est par les pratiques spirituelles assidues que se développe peu à peu une meilleure présence à soi-même. Que ce soit par le yoga, par les arts martiaux, par la méditation, par le taï chi chuan ou par l'assise immobile, chacune de ces pratiques vécues régulièrement développe l'attention au présent.

Ainsi faudra-t-il parfois inventer dans les groupes RIS un jogging de la présence à soi, si d'aventure certains membres n'avaient pas de pratique spirituelle régulière. Ainsi faudra-t-il parfois que de véritables séances d'entraînement à la présence soient inventées dans les groupes. Pour aider chacun à mieux traverser cette Crise qui deviendra de plus en plus exigeante en la matière.

S'entraîner à s'entraider… à des attitudes RIS

De nouvelles habitudes de la vie quotidienne vont devoir apparaître peu à peu, tant il nous faudra apprendre à consommer désormais en gaspillant le moins possible. Alors se peut-il également que le réseau RIS invente mille jeux proposés à tous les groupes, pour inciter chacun à des attitudes RIS adaptées à nos nouvelles conditions d'existence ?

Tenez, nous pourrions jouer tous ensemble à l'utilisation la plus juste possible de l'eau, de l'électricité, de la vitesse en voiture, du chauffage, de la nourriture, etc. Et nous pourrions de la sorte explorer une quantité d'attitudes RIS nouvelles nous permettant peut-être d'éditer un manuel du nouveau savoir-vivre, un manuel du nouveau savoir-consommer.

Prenons un exemple, celui de l'utilisation de nos voitures. Se peut-il qu'en nous limitant aux déplacements vraiment nécessaires, en faisant certains longs voyages en covoiturage, en roulant à 110 km/heure au lieu des 130 autorisés, en coupant la climatisation quand elle n'est pas nécessaire, nous économisions beaucoup d'essence même si nous perdons un peu de temps ?

Et si durant ce temps « perdu » par rapport à nos anciennes habitudes gaspilleuses, nous en profitions pour dire notre amour, ou toute notre tendresse, ou bien un vrai compliment à celui qui est assis à côté de nous ? Alors non seulement on n'aurait pas perdu de temps, en l'utilisant de la sorte, mais en plus on aurait presque gagné du temps pour être meilleur.

Ainsi faudra-t-il penser tous nos nouveaux comportements à l'avenir : accepter d'y perdre d'un côté, pourvu que l'on y gagne de l'autre ! Alors la Crise nous fera faire des économies en tout genre, pendant que nous apprendrons à dépenser sans compter tout notre amour pour autrui.

Des attitudes RIS, je pourrais vous en citer tellement, comme autant de jeux possibles pour s'amuser d'une certaine façon. Par exemple, toujours éteindre les lumières en sortant d'une pièce ; ne jamais laisser un appareil électrique en veille ; ne pas tirer la chasse d'eau systématiquement mais seulement quand c'est nécessaire ; rouler économique en voiture ; apprendre à utiliser le moins possible le chauffage ; jouer à toujours remettre les choses à leur place… et toujours, toujours chercher à y gagner par ailleurs !

S'entraîner et s'entraider… aux Dialogues RIS

Faudra-t-il que nous attendions des conditions d'existence extrêmes, des privations difficiles

ou la barbarie d'une guerre pour avoir droit aux vraies questions qui seules conduisent aux vraies réponses, aux réponses en Vérité ?
Gageons que dans les groupes RIS une bonne habitude se prendra au plus vite : apprendre à dialoguer ensemble sur l'Essentiel. Apprendre à tout se dire pour exorciser nos peurs que les temps qui viennent ne vont pas manquer d'occasionner. Apprendre à chercher nos vraies questions.

Il faudra que les groupes RIS inventent ce lieu nouveau où entre vrais amis on doit pouvoir tout se dire sur l'Essentiel. Il faudra que dans les groupes RIS chacun apprenne à se livrer dans une vraie question, tout comme il faudra que chacun découvre aussi qu'il peut répondre en Vérité à quelqu'un qui souffre.
Ils étaient quatre amis durant la dernière guerre, quatre amis en Hongrie qui soudain se posèrent des questions de la sorte sur l'Essentiel de leur vie. Ils inventèrent les Dialogues avec l'ange, les Dialogues avec la conscience inspirée, peu importe le nom. Gageons qu'en ayant inventé cette nouvelle habitude humaine, ils inspireront tous les groupes RIS à l'avenir. Gageons que désormais chacun pourra être tour à tour celui qui questionne et ensuite le porte-parole de l'ange qui répond.

Que chaque groupe invente sa méthode. Que chaque groupe affronte cette expérience. Que chaque groupe découvre combien donner du sens à tout ce qui nous arrive – surtout quand c'est de plus en plus difficile – est la seule façon de trouver de vraies solutions.

Ainsi fut dit, ainsi fut fait, juste après mon rêve, ce matin-là !
Et hop, notre propre réseau RIS fut fondé, avec un quart d'heure d'avance sur l'Histoire. Tant à l'époque la Crise n'était encore qu'un mot, quelque chose qui risquait seulement d'arriver.
En un tour de main, ils furent cinquante groupes dans cinquante villes de France, de Suisse et de Belgique. De quoi en étonner plus d'un !

Sans doute ne sommes-nous qu'un gentil brouillon, préparant d'autres réseaux d'initiatives solidaires qui s'appelleront tout autrement. L'important, en fin de compte, c'est que chacun invente son propre réseau, invente ses propres règles. L'important, c'est que beaucoup se mettent à réaliser leurs propres rêves. Alors la Crise sera un cadeau si elle devient un tel pas vers un monde meilleur !

Alors oui, j'ai fait un rêve ! Où j'ai vu des hommes assis en rond sur toute la terre, des hommes qui souriaient au milieu d'un monde en larmes. Un enfant s'est approché d'eux, intrigué, en leur demandant pourquoi ils souriaient de la sorte.
Ils lui répondirent : « C'est Noël, tu sais, nous avons reçu plein de cadeaux depuis que nous les partageons ! »

En conclusion

La Crise, et après…

C'est l'histoire de deux petits oiseaux enfermés dans une cage, à l'image de deux hommes enfermés dans leur ego. L'un, insouciant, n'a fait aucun travail sur lui-même tandis que l'autre, après un certain temps de pratique, a réussi à se fabriquer une clef pour sortir parfois de la cage et faire des vols plus ou moins grands avant de revenir.

Au fil du temps d'ailleurs, celui qui sait désormais voler va découvrir combien pour s'envoler de plus en plus longtemps – s'envoler dans le meilleur de soi-même – il suffit d'aider les autres de plus en plus longtemps. Alors revenir dans la cage n'est pas une punition, car elle est désormais un lieu de repos avant le prochain service.

Et voilà que soudain un serpent vient à entrer dans la cage. Le serpent venimeux de la Crise peut-être ? Et le serpent les mangea tous les deux. Morale de cette histoire : lequel des deux est vraiment le plus stupide ? Celui qui ne pouvait pas s'envoler, ou bien celui qui aurait pu s'enfuir ?

C'est à cet endroit exact que cet ouvrage est un peu dangereux, car dorénavant nous voilà avertis, dorénavant nous voilà comme l'oiseau qui pourrait s'enfuir. Sans aucun doute nous avons une clef pour nous envoler quand le serpent va surgir, quand la Crise va essayer de mordre chacun. Et celui qui se fera manger alors qu'il avait la clef dans sa poche n'aura vraiment aucune excuse de s'être fait piéger.

Le Réseau d'Initiatives Solidaires que nous venons de décrire est une chose si simple ! Et cela pourrait être si naturel que nous commencions à tout partager au fur et à mesure des exigences historiques. D'ailleurs, le RIS, cela pourrait même être la Fête au milieu des décombres de nos anciennes sociétés. Une fête presque sacrée, tant elle serait en train d'inventer de nouvelles façons de vivre en Occident.

Alors bénie soit la Crise, pour tous ceux qui veulent bien s'envoler !

Il y a vraiment deux petits oiseaux adorables, dans cette histoire, deux petits jumeaux à peine nés. Et si je vous ai parlé du jumeau qui pourrait apprendre à voler seulement s'il se décide à aider les autres – tant il est impossible de rester dans le meilleur de soi sans rien faire – alors il faut aussi parler de l'autre jumeau, celui qui ne saura pas comment faire face à l'adversité. A défaut de se tourner vers autrui pour s'envoler, on finit toujours par se replier sur soi-même et trembler sur son perchoir devant le danger !

Ainsi sans doute sera l'autre humanité : paralysée de peur, paralysée devant un quotidien devenu si exigeant en présence à soi-même, énervée de plus en plus par tous ces flagrants délits d'absence coûteux vis-à-vis de l'eau, de l'électricité, du carburant. Alors, blottie sur son perchoir, ne risque-t-elle pas une grosse dépression nerveuse, à moitié plongée dans une apathie du genre « pas bougé, pas pris ! » et à moitié plongée dans de grandes bouffées de violence pour essayer de s'en sortir tout de même ? Mon Dieu, les pauvres, sans clef comment pourraient-ils avoir une chance de sauver leur peau ? C'est sûr, il faudra les aider ; c'est sûr, cela pourrait même être notre salut de tenter de les aider puisqu'ils nous permettront de voler. Nous sommes jumeaux après tout, comment pourrions-nous oublier des petits frères aussi démunis ?

Partager nos biens avec des anciens privilégiés, partager nos services avec autrui, partager avec les plus démunis, partager nos Dialogues Essentiels entre humains concernés... Oui, les quatre partages seront notre seul salut ! Comment pourrait-il en être autrement ?

Alors bénie soit la Crise, si elle nous apprend à tout partager !

Mais comme le disait Mère Teresa dans une lettre adressée à sa communauté :

« Les gens sont déraisonnables,
illogiques et égocentriques.
Aimez-les tout de même !
Si vous faites le bien, les gens vous prêtent
des motifs égoïstes ou calculateurs.
Faites le bien tout de même !
Si vous réussissez, vous gagnerez de faux amis
et de vrais ennemis.
Réussissez tout de même !
Le bien que vous faites sera oublié demain.
Faites le bien tout de même !
L'honnêteté et la franchise vous
rendent vulnérable.
Soyez honnête et franc tout de même !
Ce que vous avez mis des années à construire
peut être détruit du jour au lendemain.
Construisez tout de même !
Les pauvres ont vraiment besoin de votre secours,
mais certains peuvent vous
attaquer si vous les aidez.
Aidez-les tout de même !
Si vous donnez au monde le
meilleur de vous-même,

vous risquez d'y laisser des plumes.
Donnez ce que vous avez de
mieux tout de même. »

D'un côté il y aura l'homme aux mains ouvertes et aux yeux gentils, avec un certain sourire au coin des lèvres soulignant un petit supplément d'âme désormais acquis ; de l'autre il y aura l'homme aux mains fermées et aux yeux inquiets, sans aucune envie de sourire en pareilles circonstances. Et voilà, la Crise aura fait son boulot : créer deux frères ennemis – comme les dinosaures et les mammifères dans une période précédente – qui se supportent encore, mais qui finiront tôt ou tard par s'affronter pour déterminer lequel des deux représentera le sommet de la vie sur terre à l'avenir.

Et puis les deux jumeaux vont grandir, chacun dans son monde de plus en plus divergent. La Crise les aura fait naître, et l'Histoire pourra alors les faire vieillir. Mais une autre Crise viendra un jour, bien plus longue, bien plus terrible, bien plus dévastatrice, quand les deux frères ne pourront plus se supporter. Quand les « hommes-dinosaures » et les « hommes-mammifères » s'affronteront eux aussi pour la survie de toute notre espèce. Il faudra sans doute des milliers d'années avant cette prochaine échéance, mais c'est aujourd'hui que tout cela se prépare, aujourd'hui que tout a déjà commencé.

Se peut-il que les futurs hommes à sang chaud appelés à triompher soient ceux qui auront appris à vivre le Dialogue Essentiel avec la nouvelle Conscience, cette nouvelle chaleur intérieure venant soudain tout renouveler dans le genre humain ?
Alors les groupes de partage en matière de Dialogues Essentiels sont vraiment au cœur du problème de l'évolution de toute notre espèce. Et il va bien falloir à l'occasion de cette Crise que nous apprenions à nous réchauffer en cherchant vraiment le sens de tout ce qui va nous arriver. Etrange chose, en vérité, que ce petit dialogue réchauffant capable à lui seul de faire toute la différence !

Alors bénie soit la Crise, pour tous ceux qui voudront bien apprendre à vivre ce Dialogue Essentiel !

Sans l'avènement d'une certaine dimension spirituelle dans tous les secteurs de nos sociétés occidentales, aurons-nous la possibilité de tout recomprendre ? Là est vraiment l'enjeu des temps qui viennent ! Et le monde religieux n'a pas le monopole du travail intérieur et de l'expérience du dépassement de soi-même. Aussi devra-t-il accepter lui aussi de se réformer.

Une nouvelle forme de foi devra apparaître, tout autant qu'un nouveau monde politique et économique. Comment pourrions-nous y échapper ?

Est-ce vraiment un hasard, tout ce bruit surdimensionné autour d'un soi-disant phénomène sectaire ? N'est-on pas en train de dresser toute une population du côté de la suspicion et de l'intolérance spirituelle au moment même où il faudrait au contraire tant sensibiliser tout le monde à l'Essentiel ? Mais quelles sont donc les intentions politiques en cette matière, pour laisser s'établir de la sorte un tel mensonge organisé, si lourd de conséquences ?

Par ces temps qui courent où l'on nous dit : « Ne dépassez pas 130km/h, attention aux radars, c'est pour votre bien ! », ou encore : « Allez fumer dehors, c'est pour votre bien ! », mais aussi : « Mangez sans sucre, ne buvez pas trop de vin, c'est pour votre bien ! », et j'en passe et des meilleures, on ne tardera pas à nous dire comment il faut croire, toujours pour notre bien sans doute !

Alors bénie soit la Crise, pour tous ceux qui découvriront la foi laïque dans le meilleur de soi-même au service d'autrui !

Tout est en route, la Crise a commencé ! Même si pour l'instant nous en sommes encore aux prémices, avec une formidable crise de confiance si lourde de conséquences. La Crise a vraiment commencé, tout le monde le sait plus ou moins confusément. Et quelque part dans les coulisses de chacun, l'ego s'est raidi devant les échéances à venir. La récession va produire de la précarité ou bien de la solidarité, ce sera à chacun de nous de choisir. Et nous serons impardonnables si ayant aperçu la solution nous préférons souffrir.

Le pire, voyez-vous, serait que la Crise ne soit pas assez forte, pas assez résistante aux mesures conjoncturelles que prennent tous nos gouvernants. Le pire serait qu'ils parviennent à éteindre le feu, à calmer les choses sans vraiment les soigner en profondeur.
Car alors cette Crise enrayée nous entraînerait dans une aggravation du mensonge collectif et dans la barbarie de notre fausse modernité. Sans aucun doute, nous ne ferions que reporter le problème plus loin, et confier à une génération future une prochaine Crise bien plus forte à cause de notre surdité d'aujourd'hui.

Alors il se peut bien que cet ouvrage soit vain, si d'aventure la Crise s'éteignait seulement en fabriquant de la monnaie. Qu'importe, il fallait que ce soit dit, pour cette génération ou pour une autre : l'homme qui partage, c'est l'Homme de demain !

Le travail va bientôt partir ailleurs, là où il coûte moins cher ! Le monde financier va perdre toute sécurité ! Et le prix de l'essence si bas aujourd'hui nous prédit assurément la hausse qui vient… Tout cela nous annonce que les dés sont jetés !
Faites vos jeux, mesdames et messieurs : mains ouvertes ou mains fermées ! Il est l'heure de choisir son camp, et c'est chacun pour soi. « Jeux

de mains, jeux de vilains », dit-on ! Alors j'aimerais dire : « Jeux de mains, jeux d'humains » !
Les dés sont jetés, rien ne va plus... être comme avant !

La Crise qui s'annonce n'est rien d'autre qu'une crise de la quarantaine se produisant à l'échelle terrestre. Quand soudain, vers cet âge-là, chacun sait ce dont il ne veut plus, mais ne sait pas encore ce qu'il veut désormais.
La Crise qui s'annonce n'est rien d'autre que la crise des difficiles fins de « MOI ».

Alors bénie soit la Crise, s'il y a un après !

Bibliographie

Attali J. *Les trois mondes : pour une théorie de l'après-crise.* Paris, Ed. Fayard, 1984.

Attali J. *La crise, et après ?* Paris, Ed. Fayard, 2008.

Jansen T. *La solution intérieure – vers une nouvelle médecine du corps et de l'esprit.* Paris, Ed. Fayard, 2006.

Laszlo E. *Virage global : l'effondrement de notre monde est-il inévitable ?* Montréal, Québec, Editions de l'Homme, 2002.

Morin E. *Où va le monde ?* Paris, Ed. L'Herne, 2007.

Morin E. *Vers l'abîme ?* Paris, Ed. L'Herne, 2007.

Ziegler J. *La haine de l'Occident.* Paris, Ed. Albin Michel, 2008.

Sites Internet :

Les Amis de la Terre : www.amisdelaterre.be

La Ligue des Optimistes : www.liguedesoptimistes.be

Table des matières

Cet ouvrage a été imprimé en France par
CPI - France Quercy, 46090 Mercuès
N° d'impression : 90155 - Dépôt légal : mars 2009